Elizabeth Strout

# Am Meer

Roman

*Deutsch von
Sabine Roth*

**btb**

Die amerikanische Originalausgabe erschien unter dem Titel
»Lucy by the Sea« bei Random House, einem Imprint von
Penguin Random House LLC, New York.

Der Verlag behält sich die Verwertung der urheberrechtlich
geschützten Inhalte dieses Werkes für Zwecke des Text- und
Data-Minings nach § 44 b UrhG ausdrücklich vor.
Jegliche unbefugte Nutzung ist hiermit ausgeschlossen.

Penguin Random House Verlagsgruppe FSC® N001967

1. Auflage
Genehmigte Taschenbuchausgabe April 2025
btb Verlag in der Penguin Random House Verlagsgruppe GmbH,
Neumarkter Straße 28, 81673 München
Copyright © der Originalausgabe 2022 Elizabeth Strout
Copyright © der deutschsprachigen Ausgabe 2024
Luchterhand Literaturverlag, München,
in der Penguin Random House Verlagsgruppe GmbH
produktsicherheit@penguinrandomhouse.de
(Vorstehende Angaben sind zugleich
Pflichtinformationen nach GPSR)

Covergestaltung: buxdesign | Ruth Botzenhardt
nach einem Entwurf von Duomo Ediciones unter Verwendung
eines Entwurfs und einer Illustration von © Stefania Infante
Druck und Einband: GGP Media GmbH, Pößneck
KLÜ · Herstellung: han
Printed in Germany
ISBN 978-3-442-77542-2

www.btb-verlag.de
www.facebook.com/penguinbuecher

*Für meinen Mann Jim Tierney
und meinen Schwiegersohn Will Flynt,
mit Liebe und Bewunderung für sie beide*

# Erstes Buch

# I

1

Ich hatte es so wenig kommen sehen wie die meisten.

Aber William ist Naturwissenschaftler, und er sah es kommen; ihn überrumpelte es nicht so wie mich, das meine ich damit.

\* \* \*

William ist mein erster Mann; wir waren zwanzig Jahre verheiratet und sind etwa ebenso lange geschieden. Wir stehen gut miteinander, ich habe mich all die Jahre hindurch immer wieder mit ihm getroffen; wir waren als Jungverheiratete zusammen nach New York gezogen und beide dort wohnen geblieben. Aber weil mein (zweiter) Mann gestorben und William von seiner (dritten) Frau verlassen worden war, hatte ich ihn im letzten Jahr öfter gesehen.

Etwa um die Zeit, als seine dritte Frau ihn verließ, entdeckte William, dass er eine Halbschwester in Maine hatte; er erfuhr von ihr durch ein Ahnenforschungsportal. Er hatte sich zeitlebens für ein Einzelkind gehalten, deshalb war die

Erkenntnis ein ziemlicher Schock, und er bat mich, mit ihm für zwei Tage nach Maine zu fahren, um sie zu suchen. Wir fanden sie auch, doch die Frau – Lois Bubar heißt sie –, Lois Bubar also sprach zwar mit mir, zu ihm wollte sie jedoch keinen Kontakt, und das war sehr schmerzhaft für ihn. Auf dieser Reise nach Maine kamen außerdem Dinge über seine Mutter ans Licht, die ihn tief bestürzten. Sie bestürzten auch mich.

Seine Mutter war in bitterster Armut groß geworden, fanden wir heraus, in noch schlimmeren Verhältnissen als ich.

Jedenfalls fragte mich William zwei Monate nach unserem Ausflug nach Maine, ob ich ihn nach Grand Cayman begleiten würde. Auf den Kaimaninseln waren wir vor vielen, vielen Jahren mit seiner Mutter gewesen, Catherine, und als unsere Töchter klein waren, hatten wir einige Male mit ihnen und Catherine dort Urlaub gemacht. An dem Tag, als er bei mir ankam und fragte, ob ich mitkommen wolle, hatte er seinen riesigen Schnauzbart abrasiert und sein dichtes weißes Haar ganz kurz schneiden lassen – und erst später begriff ich, dass dies seine Reaktion auf die Abfuhr durch Lois Bubar sein musste, und auf die Enthüllungen über seine Mutter. Er war schon einundsiebzig, aber irgendwie stürzte ihn all das offenbar in eine Art Midlife- oder wohl eher Alterskrise: seine weitaus jüngere Frau war ausgezogen und hatte die gemeinsame zehnjährige Tochter mitgenommen, seine Halbschwester wollte nichts von ihm wissen, und nun war auch noch seine Mutter nicht die, als die er sie gekannt hatte.

Ich kam mit. Ich flog mit ihm Anfang Oktober für drei Tage nach Grand Cayman.

Und es war seltsam, aber nett. Wir hatten getrennte Zimmer, und wir gingen behutsam miteinander um. William war schweigsamer als sonst, und es war ungewohnt, ihn ohne seinen Schnauzbart zu sehen. Aber ein paarmal warf er doch den Kopf zurück und lachte laut auf. Beide nahmen wir sehr viel Rücksicht aufeinander, und so war es ein bisschen ungewohnt, aber nett.

Als wir zurück nach New York kamen, fehlte er mir. Und mir fehlte David, mein verstorbener zweiter Mann.
 Mein Gott, fehlten sie mir beide, vor allem David. Meine Wohnung war so still!

\* \* \*

Ich bin Schriftstellerin, und in diesem Herbst erschien ein neues Buch von mir, darum warteten nach unserer Rückkehr von Grand Cayman Leseauftritte im ganzen Land auf mich, die ich absolvierte; das war Ende Oktober. Für die erste Märzhälfte standen Termine in Italien und Deutschland auf dem Programm, aber Anfang Dezember – es wunderte mich selbst – beschloss ich, sie abzusagen. Ich sage nie Lesereisen ab, und die Verlage waren nicht eben erfreut, doch ich blieb dabei. Als der März näher rückte, sagte jemand: »Wie gut, dass du nicht nach Italien gefahren bist, da haben sie diesen Virus.« Und das war das erste Mal, dass ich Notiz davon nahm. Jedenfalls glaube ich das. Dass New York irgendwann betroffen sein könnte, kam mir nicht in den Sinn.

Aber William schon.

2

Wie ich später erfuhr, hatte William in der ersten Märzwoche unsere Töchter Chrissy und Becka angerufen und sie gebeten – förmlich angefleht – aus New York wegzugehen. Sie lebten beide in Brooklyn. »Und sagt eurer Mutter noch nichts davon, aber hört bitte auf mich. Ich bringe es ihr selber bei.« Also hatten sie mir nichts gesagt. Was interessant ist, denn ich bilde mir ein, eine enge Beziehung zu unseren Töchtern zu haben, enger als William, hätte ich gedacht. Aber sie nahmen ihn ernst. Chrissys Mann Michael, der Banker ist, nahm ihn sogar sehr ernst, und er und Chrissy beschlossen, fürs Erste in das Haus von Michaels Eltern in Connecticut zu ziehen – seine Eltern waren in Florida, darum stand das Haus leer –, aber Becka sträubte sich. Ihr Mann wolle nicht aus der Stadt weg, sagte sie. Und beide Mädchen wollten, dass ich von den Plänen erfuhr, und ihr Vater sagte zu ihnen: »Das übernehme ich schon, versprochen, aber macht bitte, dass ihr aus der Stadt kommt.«

Eine Woche später rief William mich an und erzählte es mir, und ich hatte keine Angst, es verwirrte mich nur alles. »Und sie ziehen allen Ernstes aufs Land?«, fragte ich,

Chrissy und Michael, meinte ich, und William sagte Ja. »Bald werden alle von zu Hause aus arbeiten«, sagte er, und auch das verwirrte mich. Er fügte hinzu: »Michael ist Asthmatiker, da muss er besonders aufpassen.«

Ich sagte: »Aber er hat ja kein schweres Asthma«, und William schwieg einen Moment und sagte dann: »Wie du meinst, Lucy.«

Dann erzählte er mir, dass sein alter Freund Jerry mit dem Virus infiziert war und künstlich beatmet wurde. Jerrys Frau sei ebenfalls krank, allerdings nicht im Krankenhaus. »Ach, Pill, das tut mir so leid«, sagte ich, doch die volle Tragweite dessen, was da geschah, ging mir nicht auf.

Merkwürdig, wie das Hirn sich weigert, gewisse Dinge aufzunehmen, bis es bereit dafür ist.

Am Tag darauf rief William an und sagte mir, Jerry sei gestorben. »Lucy, lass mich dich aus der Stadt rausbringen. Du bist nicht mehr jung und sowieso viel zu mager, und Sport treibst du auch nicht. Du bist gefährdet. Ich hole dich ab, und wir fahren, ja?« Er ergänzte: »Nur für ein paar Wochen.«

»Aber was ist mit Jerrys Beerdigung?«, fragte ich.

Und William sagte: »Es gibt keine Beerdigung, Lucy. Wir ... wir haben eine echte Krise.«

»Was heißt ›aus der Stadt raus‹?«, fragte ich.

»Aus der Stadt raus«, sagte er.

Ich sagte ihm, dass ich Dinge zu erledigen hätte, ich hatte

einen Termin bei meinem Steuerberater, und zum Friseur wollte ich auch. William sagte, ich solle mir beim Steuerberater einen früheren Termin geben lassen und den Friseur absagen und in zwei Tagen reisefertig sein.

Ich konnte nicht glauben, dass Jerry tot war. Das meine ich wörtlich: Ich sah mich außerstande, es zu glauben. Ich hatte Jerry viele Jahre nicht mehr gesehen, vielleicht rührten meine Schwierigkeiten auch daher. Aber dass Jerry tot war, wollte mir nicht in den Kopf. Er war einer der Ersten in New York City, die an der Krankheit starben; das wusste ich zu der Zeit noch nicht.

Aber ich verlegte meinen Termin beim Steuerberater vor und den Friseurtermin auch, und als ich zu meinem Steuerberater ging, fuhr ich mit dem kleinen Lift hoch zu seinem Büro, der Lift hält auf jeder Etage (die Kanzlei liegt im vierzehnten Stock), und Leute drängen sich herein, Pappbecher mit Kaffee in der Hand, und schauen auf ihre Schuhe, bis sie wieder aussteigen, Stockwerk für Stockwerk. Mein Steuerberater ist ein großer, korpulenter Mann, wir sind beide gleich alt, und wir mochten uns von der ersten Sekunde an. Wir haben keinen privaten Umgang, deshalb klingt das vielleicht merkwürdig, aber er gehört zu meinen absoluten Lieblingsmenschen, er war so unsagbar gut zu mir über die Jahre. Als ich in sein Zimmer trat, sagte er: »Abstand« und winkte mir zu, und ich begriff, dass wir uns nicht umarmen würden wie sonst immer. Er witzelte über die Krankheit, aber ich merkte ihm an, dass er nervös deswegen war. Als wir mit allem durch waren, sagte er: »Wollen Sie vielleicht den Lastenaufzug nehmen, ich zeige Ihnen, wo er ist. Da wären Sie allein drin.« Ich war erstaunt und sagte, nein, nein, nicht nötig. Er wartete kurz, und dann sagte er: »Na gut. Adieu, Lucy B.«, und warf mir eine Kusshand zu, und ich fuhr mit dem normalen Aufzug nach unten. »Dann sehen wir uns Ende des Jahres«, sagte ich zu ihm, ich höre mich das noch sagen. Und dann stieg ich in die U-Bahn und fuhr zum Friseur.

Mit der Frau, die mir die Haare tönt, bin ich nie warm geworden. Ihre Vorgängerin, bei der ich jahrelang war, liebte ich heiß und innig, aber sie ist nach Kalifornien gezogen, und diese neue Frau – nein, sie war mir einfach unsympathisch. Und das war sie an diesem Tag auch wieder. Sie war jung und hatte ein kleines Kind und einen neuen Freund, und mir wurde an dem Tag klar, dass sie ihr Kind nicht liebte, sie war kalt, und ich dachte: Zu dir gehe ich nie mehr.
Ich weiß noch genau, wie ich das dachte.

Als ich nach Hause zurückkam, traf ich im Lift einen Mann, der sagte, er hätte gerade in den Fitnessraum im ersten Stock gehen wollen, doch der sei zu. Er klang ganz verwundert. »Wegen diesem Virus«, sagte er.

\* \* \*

Am Abend rief William an und sagte: »Lucy, ich hole dich morgen früh ab, und wir fahren.«

Es war sonderbar; richtig beunruhigt war ich nicht, eher überrascht von seiner Beharrlichkeit. »Wohin denn überhaupt?«, fragte ich.

Und er sagte: »An die Küste von Maine.«

»Maine?«, sagte ich. »Machst du Witze? Wir fahren wieder nach *Maine*?«

»Ich erklär's dir später«, sagte er. »Könntest du bitte einfach morgen früh fertig sein.«

Ich rief die Mädchen an, um ihnen zu berichten, was ihr Vater vorhatte, und sie sagten beide: »Es sind doch nur ein paar Wochen, Mom.« Wobei Becka ja gar nirgends hinfuhr. Ihr Mann – der Trey heißt und Dichter ist – wollte in Brooklyn bleiben, also blieb sie auch.

3

Am nächsten Morgen kam William mich abholen. Er sah wieder mehr so aus wie früher, die Haare waren nicht mehr so kurz, und seinen Schnauzbart ließ er auch wieder wachsen – fünf Monate war es jetzt her, dass er ihn abrasiert hatte –, aber es war kein Vergleich zu vorher, und ein bisschen fremdelte ich damit immer noch. Am Hinterkopf hatte er eine kahle Stelle. Ich konnte die rosa Kopfhaut sehen. Und er benahm sich so komisch. Er stand mit angespanntem Gesicht in meiner Wohnung, als dauerte ihm das alles hier viel zu lang. Er setzte sich aufs Sofa und sagte: »Lucy, können wir jetzt bitte los?« Also stopfte ich ein paar Anziehsachen in meinen kleinen lila Koffer und stellte das

Frühstücksgeschirr in die Spüle. Die Frau, die mir im Haushalt hilft, Marie, sollte am nächsten Tag kommen, und ich lasse ihr ungern schmutziges Geschirr stehen, aber William saß wie auf Kohlen. »Pack deinen Pass ein«, sagte er. Ich drehte mich um und sah ihn an. »Warum das denn?«, fragte ich. Und er zuckte die Achseln und sagte: »Vielleicht fahren wir nach Kanada.« Ich holte also meinen Pass, und dann hob ich meinen Laptop auf und stellte ihn wieder hin. William sagte: »Nimm deinen Computer mit, Lucy.«

Aber ich sagte: »Nein, für die paar Wochen komme ich auch ohne aus. Das iPad reicht mir.«

»Nimm ihn lieber mit«, sagte er. Aber ich ließ ihn stehen.

William griff nach dem Laptop und nahm ihn unter den Arm.

Wir fuhren mit dem Lift nach unten, und ich rollte meinen kleinen Koffer zu seinem Auto. Ich trug den Frühjahrsmantel, den ich mir neu gekauft hatte, dunkelblau mit Schwarz – die Mädchen hatten mich dazu überredet, bei unserem letzten Treffen bei Bloomingdale's wenige Wochen zuvor.

4

Aber es gab etliches, was ich an diesem Märzmorgen nicht wusste: Ich wusste nicht, dass ich meine Wohnung nie wiedersehen würde. Ich wusste nicht, dass eine Freundin von mir und jemand aus meiner Familie an dem Virus sterben würden. Ich wusste nicht, dass die Beziehung zu meinen

Töchtern sich auf eine Weise verändern würde, die ich nie für möglich gehalten hätte. Ich wusste nicht, dass mein ganzes Leben von Grund auf anders werden würde.

Nichts von alledem ahnte ich, als ich an diesem Märzmorgen mit meinem kleinen lila Rollkoffer zu Williams Auto ging.


5


Als wir losfuhren, sah ich die Narzissen, die neben unserer Hauswand aufgeblüht waren, und rund um das Gracie Mansion standen die Bäume in Blüte; die Sonne badete alles in einer sanften Wärme, die Gehsteige waren belebt, und ich dachte: Oh, was für eine schöne Welt, was für eine schöne Stadt! Wir fuhren auf den FDR Drive, wo der Verkehr dicht war wie immer, und links von der Straße, auf einem Platz mit hoher Maschendrahtumzäunung, spielte eine Gruppe Männer Basketball.

Nachdem wir auf den Cross Bronx Expressway aufgefahren waren, teilte William mir mit, dass er ein Haus in einer Kleinstadt namens Crosby gemietet hatte, die dicht am Meer lag; Bob Burgess, Pam Carlsons Exmann von ganz früher, lebe jetzt dort und habe es ihm vermittelt. Pam Carlson ist eine Frau, mit der William über die Jahre hinweg ab und an etwas hatte, was aber keine Rolle spielt. Inzwischen, meine ich, inzwischen spielt es keine Rolle mehr. Pam ist bis heute gut Freund mit William, und mit ihrem Exmann Bob auch, und anscheinend arbeitete Bob in diesem Crosby als Anwalt. Jedenfalls hatte die Besitzerin des Hauses es vor Kurzem auf den Markt gebracht, ihr Mann war gestorben, und sie war in ein Seniorenheim gezogen und hatte Bob gebeten, ihr Eigentum zu verwalten. Bob sagte, wir könnten in dem Haus wohnen; die Miete dafür betrug nicht einmal ein Viertel meiner Miete in New York, aber William hat sowieso Geld.

»Für wie lange?«, wollte ich auch jetzt wieder wissen.

Er zögerte. »Vielleicht ja nur ein paar Wochen.«

\* \* \*

Was mich im Rückblick so seltsam berührt, ist meine Ahnungslosigkeit damals.

\* \* \*

Meine Stimmung war schon seit einigen Monaten recht gedrückt. Das hatte damit zu tun, dass ein Jahr vorher mein Mann gestorben war; außerdem werde ich gegen Ende einer Lesereise oft niedergeschlagen, und diesmal war es schlimmer als sonst gewesen, weil es keinen David mehr gab, den ich von unterwegs anrufen konnte. Das war für mich das Schwerste an dieser Reise: nicht täglich mit David telefonieren zu können.

Kurz zuvor hatte eine Freundin von mir, auch eine Schriftstellerin – sie heißt Elsie Waters und war unmittelbar vor mir Witwe geworden, was uns noch mehr verband –, mich zu sich zum Essen eingeladen, und ich hatte ihr gesagt, im Moment sei ich dafür zu erschöpft. Kein Problem, hatte sie gesagt, sobald du wieder fit bist, holen wir es nach.

Auch so etwas, was ich nie vergessen werde.

\* \* \*

Einmal hielt William an, um zu tanken, und als ich zufällig auf die Rückbank schaute, lag da eine durchsichtige Plastiktüte mit OP-Masken darin und daneben eine Schachtel Einweghandschuhe. »Was ist das denn?«, fragte ich.

»Mach dir deswegen keine Gedanken«, sagte William.

»Trotzdem. Was ist das?«, fragte ich noch einmal, und er sagte: »Mach dir keine Gedanken, Lucy.« Aber er zog einen dieser Handschuhe über, bevor er den Zapfhahn berührte, das sah ich. Mir schien, dass er ziemlich überreagierte, und ich verdrehte im Stillen die Augen, sprach ihn aber nicht darauf an.

\* \* \*

William und ich fuhren an diesem Tag also nach Maine, es war eine lange, sonnige Fahrt, und soweit ich mich erinnere, sprachen wir wenig. Aber William beschäftigte es, dass Becka in Brooklyn blieb. Er sagte: »Ich habe ihr gesagt, sie sollen sich ein Haus in Montauk mieten, ich zahl's ihnen auch, aber sie wollen nicht weg.« Und er fügte hinzu: »Sie wird sowieso bald von daheim aus arbeiten, wart's nur ab.« Becka ist Sozialarbeiterin bei der Stadt, und ich sagte, dass sie doch unmöglich von daheim aus arbeiten könne, worauf William nur den Kopf schüttelte. Trey, Beckas Mann, hat einen Lehrauftrag an der New York University, er unterrichtet Lyrik, und auch bei ihm hätte ich nicht gewusst, wie er das von daheim machen sollte. Aber das sagte ich nicht. In gewisser Weise fühlte es sich für mich nicht real an, glaube ich, hauptsächlich deshalb, weil mir das Ganze – seltsamerweise – keine *so* großen Sorgen machte.

6

Als wir in Maine von der Schnellstraße abfuhren und uns Crosby näherten, zog es plötzlich zu. Ich setzte die Sonnenbrille ab, aber alles blieb braun und trist, und doch hatte es etwas, diese Landschaft mit ihrem vielerlei Braun in den Gräsern am Wegrand; eine Ruhe ging davon aus. Dann erreichten wir die Stadt selbst, wo auf einem kleinen Hügel eine große weiße Kirche stand. Die Gehsteige waren gepflastert und die Häuser mit weißen Schindeln verkleidet, aber Backsteinhäuser gab es auch. Man konnte sehen, dass es ein recht hübsches Städtchen war, wenn man dergleichen mag.

Ich mag es nicht.

Wir hielten vor dem Haus von Bob Burgess, einem Backsteinhaus im Stadtzentrum. Die Bäume ringsherum waren grau und spindelig, völlig blattlos vor dem düsteren Himmel, und Bob kam heraus und blieb ein Stück vom Auto entfernt in der Einfahrt stehen. Er war ein großer Mann mit grauem Haar, und er trug ein Jeanshemd und ausgebeulte Jeans, er stand gebückt, um zu uns hereinschauen zu können – William hatte das Fenster heruntergefahren –, und er sagte, die Schlüssel seien auf der Veranda des Hauses, und beschrieb uns den Weg dorthin. »Ihr bleibt ja erst mal zwei Wochen in Quarantäne, oder?«, sagte er. Und William sagte, ganz genau. Bob sagte, die Lebensmittel, die er uns besorgt hatte, müssten uns eigentlich so lange reichen. Er kam mir furchtbar nett vor, soweit ich das an William vorbei sehen konnte, aber ich verstand nicht ganz, warum William nicht ausstieg und ihm die Hand gab, und als wir weiterfuhren, sagte William: »Er sieht uns als Gefahr. Wir kommen direkt aus New York. Für ihn sind wir verseucht. Was ja auch gut sein könnte.«

* * *

Wir fuhren eine schmale Straße entlang, die sich endlos hinzog; hier und da standen Nadelbäume, aber all die anderen Bäume waren kahl, und dann plötzlich bot sich mir durch das Autofenster ein erstaunlicher Anblick: Rechts und links der Straße war Meer, aber ein Meer, wie ich es noch nie gesehen hatte. Selbst bei dem bedeckten Himmel benahm es mir den Atem; es gab keinen Strand, nur dunkelgraue und braune Felsen und spitzige Nadelbäume, die direkt aus dem Stein zu wachsen schienen. Dunkelgrünes Wasser klatschte an den Felszacken hoch, und Seetang von bräunlich goldener Farbe, ein tiefer Kupferton fast, lag in

Wellenlinien auf diesen Felsen, gegen die das dunkelgrüne Wasser schlug. Das übrige Meer war dunkelgrau, und weiter draußen sah ich sehr kleine weiße Wellenkämme, nichts als eine enorme Weite von Wasser und Himmel. Dann bogen wir um eine Kurve, und vor uns lag eine kleine Bucht mit vielen Fischkuttern, es schien so viel freie Luft um sie, um diese Kutter in ihrer kleinen Bucht, die alle in dieselbe Richtung zeigten, vor dem offenen Meer, und – doch, ja, ich fand es schön. Ich dachte: Das ist der *Ozean*! Es kam mir vor wie ein fremdes Land. Wobei die Wahrheit ist, dass mir fremde Orte Angst machen. Ich mag Orte, die mir vertraut sind.

\* \* \*

Das Haus, in dem wir wohnen sollten, sah von außen sehr groß aus und lag am äußersten Ende einer Landspitze hoch auf einem Felsen, ganz allein lag es da; es war aus Holz und ungestrichen, verwittert. Eine sehr steile, steinige Einfahrt führte zu ihm empor, der Wagen schwankte von einer Seite zur anderen, als wir sie hinaufrumpelten. Kaum stieg ich aus, roch ich die Luft, und ich wusste, das ist das Meer, der Atlantik. Aber es roch nicht wie in Montauk an der Ostspitze von Long Island, wo wir Ferien zu machen pflegten, als die Kinder klein waren, oder wie auf Grand Cayman; das hier war ein beißender Salzgeruch, und ganz ehrlich, ich fand ihn unangenehm.

Das Haus hätte schön sein können, ich meine, früher war es sicherlich schön gewesen; es hatte eine riesige verglaste

Veranda hoch über dem Wasser, aber als ich durch die Tür trat, empfand ich das Gleiche wie bei allen fremden Häusern, in die ich komme: Abwehr. Ich hasse es, wenn es nach dem Leben anderer Menschen riecht (und zu diesem Geruch kam noch der Meeresgeruch!); das Glas der Veranda war gar kein Glas, sondern dickes Plexiglas, und die Möbel waren seltsam, was heißt seltsam, es waren einfach herkömmliche Möbel, eine durchgesessene dunkelrote Couch, diverse Stühle und Sessel, ein Esstisch aus Holz mit vielen Kratzern darin, und im Obergeschoss gab es drei Schlafzimmer mit Patchworkdecken auf den Betten. Irgendetwas an diesen Patchworkdecken deprimierte mich zutiefst. Und kalt war es. »William, mir ist eiskalt«, sagte ich, ich rief es von der Treppe zu ihm hinunter, und er sah nicht hoch zu mir, aber er ging zum Thermostat, und nach wenigen Augenblicken hörte ich durch die Lüftungsschlitze am Boden entlang der Zimmerwände die Heizung anspringen. »Dreh sie ordentlich auf«, sagte ich. Das Haus war weniger groß, als es die riesige Veranda draußen vermuten ließ, und die Veranda machte es innen ziemlich dunkel. Die Veranda, und natürlich die Wolken. Ich ging durch die Zimmer und schaltete fast jede Lampe im Haus an.

Alles wirkte eine Spur klamm. Küche und Wohnzimmer blickten aufs Wasser hinaus, es erstaunte mich auch jetzt wieder, wie ich da stand, dieses offene Meer; das Ufer war felsig, und das dunkle Wasser strudelte über die Felsen, in Wellen, die weiß schäumten, wo sie sich an dem Stein brachen: was für eine Aussicht! Weiter draußen waren zwei Inseln, die eine klein, die andere ein Stück größer, es wuchsen einzelne Nadelbäume auf ihnen, und man sah die vorgelagerten Felsen.

Irgendwie berührte mich der Anblick der beiden Inseln, sie erinnerten mich an meine Kinderzeit in unserem winzigen Haus in der Kleinstadt Amgash in Illinois, an die Sojabohnen- und Weizenfelder ringsum, in deren Mitte ein einzelner Baum wuchs; ich hatte ihn als meinen Freund empfunden, diesen Baum. Und nun stand ich hier, und die zwei Inseln dort draußen lösten fast das gleiche Gefühl in mir aus wie damals der Baum.

»Welches Schlafzimmer willst du?«, fragte mich William, der unser Gepäck aus dem Auto hereintrug und im Wohnzimmer ablud.

Die drei Schlafzimmer waren nicht sonderlich groß, und bei dem hintersten reichten die Bäume bis dicht ans Fenster heran, also sagte ich William, bitte nicht dieses Zimmer, aber die anderen seien mir beide gleich recht. Vom Fuß der Treppe sah ich ihm zu, wie er meinen Koffer und eine Reisetasche mit seinen Sachen nach oben schleifte. »Du kriegst das mit dem Dachfenster«, rief er, und dann hörte ich ihn in eines der anderen Zimmer gehen, und kurz darauf erschien er mit seinem Wintermantel an der Treppe, warf ihn mir herunter und sagte: »Zieh den über, bis dir warm geworden ist.« Also zog ich ihn an, aber ich kann es nicht leiden, im Mantel in Innenräumen zu sitzen. Ich sagte: »Sehr vorausschauend von dir, deinen Wintermantel mitzunehmen. Woher wusstest du, dass du ihn brauchen würdest?«, und er sagte, schon auf dem Weg die Treppe hinunter: »Weil wir in

Maine sind und damit nördlicher, und weil wir März haben und es hier kälter ist als in New York.« Ich hatte nicht das Gefühl, dass er es boshaft sagte.

Und so bezogen wir das Haus.
»Wir können zwei Wochen lang niemanden treffen«, sagte William.
»Was ist mit spazieren gehen?«, fragte ich.
»Spazieren gehen können wir, aber komm niemandem zu nahe.«
»Es wird niemand da sein, dem ich zu nahe kommen kann«, sagte ich, und William warf einen Blick aus dem Fenster und sagte: »Nein, vermutlich nicht.«

Ich war nicht gerade glücklich. Ich mochte das Haus nicht, es war mir zu kalt, und ich hatte gemischte Gefühle William gegenüber. Ich fand, er übertrieb es mit der Angstmacherei, und ich lasse mir nicht gern Angst machen. Wir aßen unsere erste Mahlzeit an dem kleinen runden Esstisch, Nudeln mit Tomatensoße. Im Kühlschrank waren vier Flaschen Weißwein, was mich überraschte. »Hat Bob die für uns besorgt?«
»Für dich«, sagte William, und ich fragte: »Hast du ihm das gesagt?« Und er zuckte die Achseln. »Vielleicht.« William trinkt fast nie.
»Danke«, sagte ich, und er zog nur die Augenbrauen hoch, und mir ging es ein bisschen wie auf unserer Reise nach Grand Cayman (die inzwischen Monate her war): Irgendwie fand ich sein Benehmen etwas merkwürdig, und

sein Schnauzbart war auch noch nicht wieder der alte, und ich konnte mich immer noch nicht richtig daran gewöhnen.

Aber zwei Wochen würde es schon gehen, sagte ich mir.

Später ging ich in das hintere Schlafzimmer, das mit den Bäumen so dicht vor dem Fenster, und diesmal bemerkte ich – das hatte ich zuvor ganz übersehen – an der Wand gegenüber dem Fenster ein großes Regal voller Bücher, hauptsächlich Romane aus der viktorianischen Zeit und Geschichtsbücher, die meisten über den Zweiten Weltkrieg. Ich nahm die Steppdecke von dem Bett dort und legte sie über die Decke auf meinem Bett. Und als ich einschlief, schlief ich durch bis zum Morgen, was mich sehr wunderte. Es war ein Donnerstag, als wir ankamen, das weiß ich noch.

* * *

Das Wochenende brachten wir mit Spaziergängen hinter uns, gemeinsam und getrennt. Das Wetter war so grau, und es gab keinerlei Farben irgendwo, bis auf den kleinen grünen Rasenfleck an der Felskante neben dem Haus. Ich fühlte mich rastlos. Und ich fror immerzu. Ich *hasse* es, zu frieren. In meiner Kindheit hatte es an allem gefehlt, ich hatte permanent gefroren als Kind. Ich war jeden Tag nach Schulschluss im Klassenzimmer geblieben, nur um es warm zu haben. In diesem Haus jetzt trug ich zwei Pullover übereinander und zog noch Williams Strickjacke darüber.

# 7

Am Montagmorgen las William die Nachrichten auf seinem Laptop, und er sagte: »Kanntest du eine Schriftstellerin namens Elsie Waters?« Die Frage überraschte mich. »Ja«, sagte ich, und er schob mir seinen Computer hin. Auf diesem Weg erfuhr ich, dass die Frau, Elsie Waters, die Freundin, die mich zum Essen hatte einladen wollen und der ich wegen Müdigkeit abgesagt hatte – dass sie an dem Virus gestorben war.

»Um Gottes willen!«, sagte ich. »Nein!«

Elsie lächelte mir fröhlich vom Bildschirm entgegen. »Nimm das weg«, sagte ich und schob den Computer wieder zu William. Tränen waren mir in die Augen gestiegen, aber sie flossen nicht, und ich nahm meinen Mantel und steckte das Handy ein und ging nach draußen. *Nein, nein, nein*, dachte ich immer wieder; ich war so wütend. Und dann rief ich eine Freundin von ihr an, die ich auch kannte, und die Freundin weinte. Aber ich konnte nicht weinen.

Von der Freundin erfuhr ich, dass Elsie zu Hause gestorben war. Sie hatte noch den Notarzt gerufen, aber als er kam, atmete sie schon nicht mehr. Wir sprachen noch ein paar Minuten länger, und mir wurde klar, dass ich dieser gemeinsamen Freundin kein Trost sein konnte, so wenig wie sie mir.

Ich lief und lief, wie durch einen Tunnel; ich hätte gern geweint, aber ich konnte es nicht.

Bis zum Ende der Woche waren noch drei weitere meiner New Yorker Bekannten an dem Virus erkrankt. Mehrere andere hatten Symptome, konnten sich aber nicht testen lassen, weil kein Arzt sie bei sich in der Praxis haben wollte. Das erschreckte mich – dass Ärzte die Kranken nicht zu sich in die Praxis ließen.

Ich rief Marie an, meine Haushaltshilfe, und bat sie, vorerst nicht mehr zu kommen; ich wollte nicht, dass sie meinetwegen U-Bahn fuhr. Sie sei an dem Tag nach unserer Abreise da gewesen, sagte sie, aber ab jetzt käme sie nicht mehr. Ihr Mann war einer der Portiers in unserem Haus, und sie erzählte mir, dass er den Weg von Brooklyn jetzt mit dem Auto zurücklegte – mit der U-Bahn wollte er nicht mehr fahren – und dass er einmal die Woche meine große Zimmerpflanze gießen würde. Es ist die einzige Pflanze, die ich besitze, ich habe sie schon seit zwanzig Jahren – seit ich bei William ausgezogen bin –, deshalb hänge ich sehr an ihr. Ich dankte Marie überschwänglich dafür, für alles, was sie getan hatte. Sie klang sehr gefasst. Sie ist religiös, und sie sagte, sie würde für mich beten.

\* \* \*

Ich hatte die Mädchen gleich nach unserer Ankunft angerufen, aber nun rief ich sie wieder an, und bei Chrissy schien alles in Ordnung zu sein, Becka dagegen hörte sich nicht gut an – nörgelig, so empfand ich –, und sie war nicht zum Reden aufgelegt. »Tut mir leid«, sagte sie zu mir, »irgendwie finde ich alles einfach nur zum Kotzen.«

»Das kann ich dir nachfühlen«, sagte ich.

\* \* \*

In der Wohnzimmerecke stand ein großer Fernsehapparat, der dank Bob Burgess noch angeschlossen war. Ich sehe fast nie fern – sicher auch deshalb, weil es in meinem Elternhaus keinen Fernseher gab; ich kann einfach nichts damit anfangen –, aber William schaltete diesen Apparat jeden Abend ein, und dann sahen wir die Nachrichten. Das war mir recht; ich hatte das Gefühl, dass es mich (uns) mit der Welt verband. Es ging fast nur um die Krankheit, jeden Tag stieg in einem neuen Bundesstaat die Fallzahl, aber ich begriff noch immer nicht, was uns bevorstand. An einem der Abende sagte der Gesundheitsminister, die Lage würde sich noch verschlimmern, bevor sie besser würde. An diesen Satz erinnere ich mich noch genau. Und die Theater am Broadway waren da schon geschlossen, auch daran erinnere ich mich.

\* \* \*

In einer Kiste auf der Veranda, einer alten Spielzeugkiste, die eng an die Hauswand gerückt war, entdeckten William und ich ein altes Mensch-ärgere-Dich-nicht-Spiel. Die Ecken der Schachtel waren so abgestoßen, dass sie Löcher hatten, aber William holte sie trotzdem heraus. Und ein Puzzle fanden wir, auch ziemlich alt, aber die Teile schienen uns alle da zu sein; es war ein Selbstporträt von Van Gogh. Ich sagte: »Ich *hasse* Gesellschaftsspiele«, und er sagte: »Lucy, wir haben einen Lockdown, hör auf, immer alles zu hassen.« Und er legte es auf einem kleinen Ecktisch im Wohnzimmer aus. Ich half ihm bei den vier Ecken und den Rändern, aber den

Rest ließ ich ihn mehr oder weniger allein machen. Ich habe noch nie gern gepuzzelt.

Wir spielten ein paarmal Mensch-ärgere-ich-nicht, und ich dachte die ganze Zeit nur: Hoffentlich ist es bald zu Ende. Das Spiel, meinte ich.

Nein. Alles.

8

Nach exakt einer Woche rief ich einen meiner Ärzte in New York an. Er verschreibt mir mein Schlafmittel und auch Tabletten gegen meine Panikattacken, und ich rief ihn an, weil mir beides knapp wurde und ich, seit ich von Elsie Waters' Tod gehört hatte, nicht gut schlief. Der Arzt hatte die Stadt ebenfalls verlassen, er war in Connecticut, und er riet mir, nach dem Einkaufen im Supermarkt meine Kleider zu waschen. »Ernsthaft?«, fragte ich, und er sagte: »Ja.« Ich sagte ihm, dass voraussichtlich William unsere Einkäufe erledigen würde, wenn wir unsere Quarantäne hinter uns hatten, und er sagte, dann solle eben William seine Kleider waschen, wenn er vom Einkaufen zurückkam.

Es schien mir so unfasslich. »Ernsthaft?«, fragte ich noch einmal, und er sagte, ja, so, wie man seine Sachen nach dem Sport ja auch wusch.

Ich sagte: »Aber wie lange soll das denn so gehen, meinen Sie?« Und er sagte: »Wir haben spät reagiert, über ein Jahr würde ich schon rechnen.«

Ein Jahr.

Das war der Punkt, als mir zum ersten Mal richtig – *richtig* – angst wurde, und doch brauchte es lang, dieses Wissen, um in meinem Hirn anzukommen, merkwürdig lang, und als ich William erzählte, was der Arzt gesagt hatte, antwortete er nichts, und mir wurde klar, dass es für ihn nicht überraschend kam. »Wusstest du das denn?«, fragte ich ihn, und er sagte nur: »Lucy, niemand von uns weiß etwas Gewisses.« Und mir dämmerte – langsam, so ungeheuer langsam –, dass ich New York lange, lange Zeit nicht wiedersehen würde.

»Und du sollst deine Kleider waschen, wenn du einkaufen warst«, sagte ich. William nickte nur.

Ich war todtraurig, auf eine ganz kindliche Art, und ich musste an die Geschichte von Heidi denken, die ich in meiner Jugend gelesen hatte – sie war in die Fremde geschickt worden, und vor lauter Heimweh begann sie zu schlafwandeln. Dieses Bild von Heidi kam mir immer wieder in den Kopf. Ich konnte nicht mehr nach Hause zurück, und mit jeder Sekunde sickerte das tiefer in mich ein.

\* \* \*

Und dann sahen William und ich im Fernsehen zu, wie New York von einem Grauen überrollt wurde, für das mir die Worte fehlten. Abend für Abend sahen wir die fürchterlichsten Szenen, Bilder von Menschen in der Notaufnahme, Menschen an Beatmungsgeräten, Krankenhausmitarbeiter ohne die geeigneten Masken oder Handschuhe, und die Leute starben und starben. Krankenwagen jagten durch die Straßen. Dies waren Straßen, die ich kannte, es war mein Zuhause!

Ich sah das alles, und ich glaubte, was ich sah, ich zweifelte nicht an seiner Realität, meine ich, aber ich sah es mit einer schwer beschreibbaren Gespaltenheit. Es war, als läge ein Abstand zwischen dem Fernseher und mir. Was natürlich der Fall war. Aber mein *Inneres*, so schien mir, hatte einen Schritt rückwärts getan und verfolgte das Geschehen aus echter Distanz, während mich gleichzeitig das Entsetzen gepackt hielt. Selbst jetzt, viele Monate später, sehe ich im Geist seltsam blassgelbe Bilder vor mir, es müssen die Krankenschwestern in ihrer Schutzkleidung gewesen sein oder vielleicht in Decken gehüllte Menschen auf dem Weg ins Krankenhaus, doch in meiner Erinnerung liegt über sämtlichen Fernsehbildern aus jener Zeit dieser eigenartige Gelbschleier. Es wurde richtiggehend zur Sucht für uns (für mich) – schien es mir –, jeden Abend im Fernsehen die Nachrichten zu sehen.

Ich sorgte mich um die Rettungssanitäter, sie mussten sich doch alle anstecken, dachte ich, und das Personal in den Krankenhäusern auch. Ich musste an einen Blinden denken, dem ich manchmal an der Haltestelle vor unserem Haus aus dem Bus geholfen hatte, und auch um ihn sorgte ich mich: Traute er sich jetzt noch, jemandem seinen Arm zu geben? Und die Busfahrer! All die vielen Menschen, mit denen sie in Kontakt kamen!

Und mir fiel etwas an mir auf, als ich während dieser Zeit die Nachrichten sah. Nämlich, dass ich sehr oft zu Boden schaute; ich konnte meine Augen nie durchgehend auf den Bildschirm richten, meine ich. Es war, als wäre da jemand, der mich anlog, und Leuten, die mich belügen, kann ich nicht ins Gesicht sehen. Nicht, dass ich glaubte, in den Nachrichten würden mir Lügen aufgetischt, ich wusste ja, es war alles real; ich will damit nur sagen, dass ich über viele Tage hinweg – die zu Wochen wurden – oft zu Boden blickte, wenn wir die Abendnachrichten sahen.

Interessant, welche Durchhaltestrategien die Menschen entwickeln.

\* \* \*

In dieser Phase riefen wir jeden Abend Becka an, und sie sagte: Mom, es ist grauenhaft, gleich vor unserem Haus stehen Kühllaster voll mit Toten, du kommst aus der Tür, und da stehen sie, und durchs Fenster sehe ich sie auch. »Um Gottes willen«, sagte ich. »Geh nicht raus!« Und sie sagte, sie würde die Wohnung nur verlassen, wenn sie ganz dringend etwas brauchten. Nachdem wir aufgelegt hatten, lief ich draußen ums Haus, immer im Kreis. Ich wusste nicht, wohin mit meinen Gedanken.

\* \* \*

Alles schien gleichsam gedämpft.

Als wäre ich unter Wasser und meine Ohren wären zu.

* * *

William hatte recht gehabt. Becka war jetzt im Homeoffice, und ihr Mann, Trey, hielt seinen Unterricht online ab. Becka sagte: »Ich versuche in unserem Schlafzimmer zu arbeiten, und Trey ist im Wohnzimmer, aber er beschwert sich trotzdem, dass ich zu laut bin. Rausgehen können wir nicht – was sollen wir denn tun? Mein Gott, er ist dermaßen gereizt«, sagte sie.

Auch Chrissy und Michael in Connecticut arbeiteten von daheim aus. Michaels Eltern hatten beschlossen, in Florida zu bleiben, dadurch hatten die zwei das große Haus weiter für sich. Auf dem Grundstück stand auch noch ein kleines Gästehaus. »Gott sei Dank müssen wir nicht da drin hocken, so haben wir wenigstens Platz«, sagte Chrissy.

9

Als unsere zwei Wochen Quarantäne um waren, kam Bob Burgess, um nach uns zu schauen. Offenbar hatte er William eine Nachricht geschickt und sich angekündigt, aber William war dessen ungeachtet zu seinen ersten fünftausend Schritten aufgebrochen, deshalb war ich allein, als Bob die Einfahrt hochgefahren kam. Ich ging zu ihm hinaus. Er stand auf dem kleinen Rasenfleck vor der Felskante und fragte, ob wir uns hier draußen ein bisschen hinsetzen wollten. Er hatte seinen eigenen Klappstuhl dabei, und bei uns auf der Veranda standen auch Klappstühle. Also zog ich meinen Frühjahrsmantel an und darüber Williams Strickjacke und holte einen von den Klappstühlen, um mich zu Bob zu setzen. Er trug eine Maske, die selbst gemacht aussah, aus einem geblümten Stoff, und ich sagte »Moment« und ging noch einmal nach drinnen und holte eine Maske aus Williams Zimmer – ich fand sie in einer durchsichtigen Plastiktüte –, und dann stellten wir unsere Gartenstühle weit voneinander weg auf, weiter jedenfalls, als wir es vor der Pandemie getan hätten.

»Komische Zeiten«, sagte Bob, er saß vorgebeugt da, die Ellbogen auf den Knien, und ich sagte: »Ja, es ist alles so seltsam.«

Und es war eiskalt hier oben an der Felskante, der Wind peitschte von allen Seiten, aber Bob schien nicht zu frieren. Ich zog mir Williams Jacke halb über den Kopf.

Dann lehnte Bob sich zurück und sah hierhin und dorthin, und ich begriff, dass er schüchtern war – das wurde mir jetzt erst klar –, also sagte ich: »Bob, Sie haben uns so unglaublich gut versorgt. Wirklich. Danke. Und auch danke für den Wein.«

Daraufhin sah er mich an, er hatte hellblaue Augen, und er strahlte etwas einnehmend Melancholisches aus. Er war massig, aber nicht dick, und sein Gesicht hatte eine Sanftheit, die ihn jünger wirken ließ, als er vermutlich war, wobei sich das mit der Maske schwer beurteilen ließ. »Keine Ursache. Ich war ja froh, dass ich helfen konnte. William ist schon seit so vielen Jahren mit Pam befreundet, da war ich froh, etwas für euch tun zu können.« Ich bekam fast ein schlechtes Gewissen, denn mit dieser Pam, Bobs Exfrau, hatte William ja damals eine Bettgeschichte gehabt, aber Bob war nicht anzumerken, dass er davon wusste oder, falls doch, dass er damit noch irgendein Problem hatte. Er sagte: »Margaret, meine Frau, wäre eigentlich auch gekommen, aber um ehrlich zu sein, ist sie nicht ganz vorurteilsfrei gegenüber New Yorkern.« Das sagte er so ohne Arg, dass ich richtig gerührt war. »Sie meinen, bloß weil wir aus New York kommen?«, fragte ich. Und er schwenkte die Hand und sagte: »Ja, eine Menge Leute hier oben sehen das so, sie denken, die New Yorker halten sich für was Besseres«, und ich sagte: »Verstehe.« Denn ich verstand es tatsächlich.

Er zögerte und sagte dann: »Aber, Lucy, ich wollte Ihnen unbedingt sagen, wie toll ich Ihr Buch fand.«

»Sie haben es gelesen?«, fragte ich.

»O ja«, sagte er. »Was Sie mit Ihrer Familie erlebt haben, hat mich echt umgehauen. Margaret hat es auch gelesen, und sie fand es auch gut. Für sie ging es darin hauptsächlich um die Mutter-Tochter-Beziehung, aber für mich handelt es vom Armsein. Ich komme selber aus …« Er stockte und fuhr dann fort: »… aus beengten Verhältnissen, Margaret nicht, sollte ich wohl dazusagen, und ich glaube, wer nie, na ja, wer nie arm war, der nimmt das vielleicht nicht so wahr und denkt, es ginge um Mütter und Töchter, was ja auch stimmt, aber im Kern, das war jedenfalls mein Gefühl, geht es um die Klassenschranken in unserem Land, um den Versuch, sie zu überwinden, und …«

Ich unterbrach ihn. »Sie haben absolut recht«, sagte ich und beugte mich ein Stück vor. »*Danke*, dass Sie verstanden haben, worum es mir in diesem Buch ging.«

Meine Gedanken kehrten immer wieder zu Bob Burgess zurück. Ich fühlte mich so viel weniger einsam durch ihn! Das mit Becka und den Kühllastern war ihm richtig nahegegangen, er hatte selbst viele Jahre in Brooklyn gewohnt, und er konnte sich so gut in ihre Situation hineinfühlen. Er hatte mir von seiner Kinderlosigkeit erzählt. Seine Spermien seien zu träge gewesen, sagte er, so leichthin, wie man sonst vielleicht sagt, dass der Himmel blau ist, doch dann fügte er hinzu, das sei das Einzige in seinem Leben, das ihn bedrückte: dass er keine Kinder hatte, und das verstand ich sehr gut.

Und über New York hatten wir geredet. »Es fehlt mir dermaßen«, sagte er kopfschüttelnd, und ich sagte: »Oh, mir auch!« Ich erzählte ihm von den Bäumen, die schon geblüht hatten, als wir gefahren waren, wie wunderschön die Stadt im Sonnenschein ausgesehen hatte. Bob sah um sich. »Der März hier ist grauenvoll«, sagte er. »Und der April auch«, ergänzte er. »Grauenvoll.«

Bob war in Maine aufgewachsen, in der Kleinstadt Shirley Falls keine Stunde von hier entfernt, und als er nach all den Jahren, die er mit seiner ersten Frau Pam in New York verbracht hatte – er war dort Pflichtverteidiger gewesen –, zurück nach Maine kam, hatte er mit seiner jetzigen Frau Margaret wieder in Shirley Falls gelebt. Sie waren erst vor ein paar Jahren nach Crosby gezogen. Dann erzählte mir

Bob von den Winterbournes, dem alten Paar, in dessen Haus wir wohnten. Greg Winterbourne habe jahrelang am College in Shirley Falls unterrichtet, sagte er; er sei ein ziemliches Arschloch gewesen. Seine Frau sei in Ordnung, etwas unnahbar, aber besser als Greg. Ich sagte ihm, an dem College in Shirley Falls sei ich vor Jahren zu einer Lesung eingeladen gewesen und kein einziger Mensch sei gekommen – weil der Leiter der Anglistikabteilung die Lesung schlicht nicht angekündigt hatte, wie mir später klar geworden war.

Darüber konnte sich Bob gar nicht beruhigen. Er wisse nicht, wer damals die Anglistikabteilung geleitet habe, sagte er, aber er kam aus dem Kopfschütteln gar nicht mehr heraus. »Mann!«, sagte er. Ich hatte das Gefühl, mich ewig mit Bob unterhalten zu können, und ihm schien es genauso zu gehen. Ich bereute nur, dass ich ihn nicht gebeten hatte, uns wieder zu besuchen. Als er ging, sagte er: »Rufen Sie an, wenn Sie irgendwas brauchen«, klappte seinen Stuhl zusammen und trug ihn zurück zum Auto. Und ich bedankte mich nur. Ich sagte nicht: Bitte kommen Sie wieder!

\* \* \*

William telefonierte häufig mit Estelle – der Ehefrau, die ihn im Jahr zuvor verlassen hatte – und mit ihrer gemeinsamen Tochter Bridget. Er hatte auch sie gedrängt, die Stadt zu verlassen, so wie unsere Töchter, und Estelle war seinem Rat gefolgt und zu ihrer Mutter nach Larchmont gleich außerhalb der Stadtgrenze gezogen, und dort wohnte sie jetzt mit Bridget und ihrem – Estelles – neuen Freund.

Ich staunte über den Ton, in dem William mit Bridget wie auch mit Estelle sprach. Es war ein Ton großer Zuneigung, und manchmal konnte ich ihn mit Estelle lachen hören, und wenn er dann auflegte, sagte er etwa: »Da hat sie sich ja einen ziemlichen Versager geangelt«, den neuen Freund meinte er, aber es klang nie gehässig. Einmal sagte er auch: »Das kann eigentlich nicht gut gehen.« Ich stellte nie Fragen über den Mann. Ich fand, dazu hatte ich kein Recht.

»Ist bei ihnen alles in Ordnung? Geht es ihnen gut?«, fragte ich nur, und er sagte, ja, alles gut, sie kämen zurande. Die meisten dieser Telefonate bekam ich nicht mit, weil er draußen auf der Veranda oder auf seinen Spaziergängen mit ihnen sprach, und auch oft über FaceTime.

Irgendwann fragte ich ihn: »Aber William, bist du gar nicht wütend auf Estelle?« Schließlich war es kein Jahr her, dass sie ihn verlassen hatte. William ist Parasitologe, und sie war gegangen, als er bei einer Parasitologen-Tagung in San Francisco war und dort einen Vortrag hielt. Als er zurückkam, wartete auf ihn ein Zettel von Estelle, auf dem stand, dass sie ausgezogen war. Sie hatte fast alle Teppiche mitgenommen und einen Teil der Möbel dazu.

Aber William sah mich nur leicht verwundert an. »Ach, Lucy. Sie ist Estelle. Wie lange kann man Estelle schon böse sein.«

Und das verstand ich. Estelle war von Beruf Schauspielerin, auch wenn ich sie nur einmal auf der Bühne erlebt hatte. Aber ich hatte sie über die Jahre viele Male getroffen, sie war ein herzlicher Mensch, und sie hatte etwas Couragiertes, so hatte ich sie immer empfunden.

Nach Joanne, die Williams zweite Frau gewesen war, erkundigte ich mich nie. Ich nahm an, dass es in ihrem Fall sie war, die grollte, da die Trennung von ihm ausgegangen war. Joanne interessierte mich nicht. Sie und William hatten eine Affäre gehabt, als wir zwei noch verheiratet waren, und sie war meine Freundin gewesen. Ihr Name wurde zwischen uns nie erwähnt.

Aber William erzählte es mir, wenn Bridget Probleme hatte, und in der Regel war das Problem Estelles Freund. »Mein Gott, die Arme«, sagte William dann kopfschüttelnd. »Der Kerl hat keinen Schimmer, wie man mit kleinen Mädchen umgeht, er hat keine eigenen Kinder, und er ist einfach ein Depp.«

Mir tat Bridget leid, und doch störte es mich manchmal – nicht oft, und ich bin auch nicht stolz darauf – ein klein wenig, dass William gar so oft mit ihr und von ihr sprach. Wir saßen beim Essen, und er schrieb sich mit ihr übers Handy, und manchmal störte mich das. Einmal fragte ich ihn: »Meinst du, sie wäre jetzt lieber bei dir?« Und er machte ein überraschtes Gesicht, bevor er sagte: »Ich weiß nicht.« Er fügte hinzu: »Selbst wenn sie es *glaubt*, in Wirklichkeit will sie es nicht, nein. Sie ist die Tochter ihrer Mutter, daran kann es keinen Zweifel geben.«

Hätte ich da schon gewusst, was Becka bevorstand, hätte ich mir diese Eifersüchtelei wegen Bridget gespart.

# II

## 1

Aber mein Mann David: An ihn dachte ich – natürlich! – sehr viel in dieser Zeit. Ich dachte an die schlimme Hüfte, die er von einem Unfall in seiner Kindheit zurückbehalten hatte und die ihn sehr unbeweglich machte, und ich dachte: Mein Gott, er wäre an diesem Virus sicher gestorben! Außerdem war er Cellist bei den Philharmonikern gewesen, und die Philharmoniker spielten nicht mehr. Das ganze Lincoln Center war geschlossen. Auch das war so etwas Unfassliches für mich; irgendwie raubte es mir David noch vollständiger, das meine ich damit. Auf meinen Spaziergängen dachte ich: David! Wo *bist* du? Und ich konnte nicht mehr die klassische Musik hören, die er gespielt hatte. Ich hatte den Sender auf meinem Handy, und als ich beim Spazierengehen einmal dachte, ich könnte über die Ohrstöpsel Davids Musik hören, fielen die Klänge mit kreischender Wucht über mich her.

\* \* \*

Einmal die Woche rief ich meinen älteren Bruder an, das war seit Jahren meine Gewohnheit, und ich rief meine Schwester an, auch das wie seit Langem.

Pete, mein Bruder, ist nie aus unserem winzigen Elternhaus in der Kleinstadt in Illinois weggezogen, und seit dem Tod unserer Eltern lebte er dort allein. Er sagte, sein Leben habe sich durch die Pandemie kaum verändert. »Meine Quarantäne dauert schon sechsundsechzig Jahre an«, sagte er. Aber er war immer sehr lieb bei unseren Telefonaten – er ist eine sanfte, traurige Seele –, und er fand es spannend, dass ich jetzt mit William in Maine war.

Meine Schwester Vicky arbeitete in einem Pflegeheim im Nachbarort. Sie hat fünf Kinder, und die Jüngste – die sie recht spät bekommen hat – arbeitete ebenfalls in diesem Heim. Als ich siebzehn war, das sollte ich hier kurz dazusagen, gab mir ein College nahe Chicago ein Stipendium, und durch dieses Stipendium veränderte sich mein Leben von Grund auf. Ganz und gar veränderte es sich. Niemand aus unserer Familie war je über die Highschool hinausgelangt. Darum hatte ich mich ja, als Lila, Vickys Jüngste, vor ein paar Jahren vom selben College ein ganz ähnliches Stipendium bekam, auch so sehr für sie gefreut. Aber sie war nach nur einem Jahr nach Hause zurückgekehrt.

Es machte mir Sorgen, sie beide in dem Heim zu wissen, und meine Schwester sagte: »Ich muss nun mal arbeiten, Lucy.« Sie sagte es grimmig; sie ist schon seit Jahren grimmig, und ich kann sie verstehen. Sie hatte es noch nie leicht im Leben. Ich schickte ihr nach wie vor jeden Monat Geld, und sie verlor nie ein Wort darüber, was ich ihr nicht übel nahm. Ihr Mann ist schon einige Jahre arbeitslos. Es bedrückte mich, an sie zu denken, und auch an Lila, die dieses Stipendium bekommen hatte, genau wie ich. Ich hätte ihr so gewünscht, dass für sie ein neues Leben anfangen würde. Aber sie hatte es nicht geschafft.

Woran liegt das, dass die Menschen so verschieden sind? Wir kommen mit einer bestimmten Veranlagung zur Welt, denke ich. Und dann treibt das Leben sein Spiel mit uns.

2

Nach ein paar Wochen sagte William eines Abends zu mir: »Lucy, ab jetzt übernehme ich das Kochen. Bitte nimm das nicht persönlich. Ich koche nur einfach gern.«
»Keine Angst«, sagte ich. Essen war mir noch nie wichtig.

In meiner Ehe mit David hatte fast immer er gekocht, er hatte sogar für mich vorgekocht, wenn er abends mit den Philharmonikern auftrat. Ich sah ihn wieder vor mir, wie er seine Nase in den Kühlschrank steckte, eine abgedeckte Schüssel zum Vorschein brachte und dazu sagte: »Da, Lucy, das ist dein Essen für nachher.« So sah ich ihn nun, wenn ich dasaß und William beim Essenmachen zuschaute, und ein Schauer rieselte durch meine Seele. Zuweilen musste ich mich ein paar Sekunden lang abwenden und die Augen fest zukneifen.

William kochte jeden Abend etwas anderes, mal Nudelsoße und mal Koteletts, mal Hackbraten und mal Lachs. Aber er hinterließ auch eine ziemliche Schweinerei in der Küche, die ich dann beseitigen durfte. Er wollte viel Lob für seine Kocherei, das merkte ich, und so lobte ich jede Mahlzeit überschwänglich. Zumindest hatte ich das Gefühl, ihn überschwänglich zu loben, aber er fragte trotzdem jedes Mal nach: »Und hat es dir geschmeckt, war es gut?«

»Es war mehr als gut«, sagte ich dann. »Es war fantastisch.« Und dann stand ich auf und brachte die Küche in Ordnung.

Das mag schwer zu glauben sein, aber es stimmt:

In meiner Kindheit gab es auf unserem Tisch nie Salz oder Pfeffer. Wir waren bettelarm, wie ich ja schon gesagt habe, aber ich weiß inzwischen, dass viele arme Leute dennoch Salz- und Pfefferstreuer im Haus haben. Wir nicht. An vielen Abenden gab es bei uns nichts als ein Stück Weißbrot mit Melasse. Das erwähne ich deshalb, weil ich erst im College entdeckte, dass Essen tatsächlich schmecken kann. Wir saßen immer in derselben Gruppe an unserem Tisch im Speisesaal, und eines Abends sah ich, wie der Student mir gegenüber – John hieß er –, eines Abends also sah ich, wie John nach Salz und Pfeffer griff und sein Stück Fleisch damit bestreute. Und so machte ich es ihm nach.

Und ich konnte es nicht glauben!

Ich konnte nicht glauben, welchen Unterschied Salz und Pfeffer ausmachten.

(Aber Essen war mir trotzdem nie wichtig.)

# 3

Eines Tages lud ein Mann mehrere Pakete auf der Veranda ab. Sie waren für mich, versandt durch L.L. Bean. William machte seinen Spaziergang, und als ich die Pakete öffnete, fand ich darin einen Wintermantel in genau der richtigen Größe, er war blau und passte wie angegossen, und zwei Pullover für mich waren auch dabei. Und Turnschuhe in meiner Größe! »William!«, rief ich ihm entgegen, als er in der Einfahrt auftauchte. »Schau, was du mir bestellt hast!«

»Wasch dir die Hände«, sagte er. Weil ich die Pakete angefasst hatte. Also gehorchte ich und wusch mir die Hände.

William stellte die Schachteln auf die Veranda hinaus. Dann kam er herein und wusch sich ebenfalls die Hände.

\* \* \*

William ging morgens immer schon spazieren, wenn ich noch im Bett lag. Er stand früh auf und machte gleich seine ersten fünftausend Schritte. Selbst wenn es bedeckt war – wie eigentlich fast immer –, weckte mich das Licht, das durchs Dachfenster hereinfiel, und das ließ ich an keinem Morgen unerwähnt. Wenn er zurückkam, hatte ich unsere Müslischalen hergerichtet; wir setzten uns an den Tisch und frühstückten dort, wir aßen Cheerios, und auf seine Art gefiel mir das; es war für mich vielleicht der beste Teil des Tages. Auch mit David war das immer meine Lieblingszeit gewesen. Und nun, mit William, mochte ich diese Frühstücke, weil er mir – größtenteils jedenfalls – so vertraut war und weil ich mit dem Morgen immer eine kleine, aber für mich sehr reale Hoffnung verband, dass der heutige Tag möglicherweise den Umschwung brachte, dass die Pandemie vorüber sein könnte und wir heimfahren durften. Nach dem Frühstück setzten wir uns hinüber ins Wohnzimmer und schauten aufs Wasser. Es war sehr kalt draußen, und die Sonne schien fast nie; der Ozean blieb grau. Wenn ich meinen Kaffee getrunken hatte, zog ich meinen neuen Wintermantel an und brach zu meinem Spaziergang auf.

Es gab nur einen Weg, und das war die Straße, die an unserer Landspitze endete. Ich begegnete nie jemandem auf diesen Gängen, auch wenn mir manchmal war, als stünde jemand hinter einer Gardine und beobachtete mich. Die Straße war sehr schmal. Die Zweige waren kahl, und ich musste wieder an die blühenden Bäume in New York denken, an die Tulpen in den Rabatten vor den Häusern. Es berührte mich eigenartig, dass die Welt in New York so schön blieb, während all diese Menschen dort starben.

Eine Erinnerung, die mir beim Spazierengehen kam: In der Nachbarschaft einer New Yorker Freundin von mir – sie lebt im Village – gab es eine alte Frau, die meine Freundin und ich manchmal sahen; sie wohnte im fünften Stock, ohne Lift, und im Hochsommer schleppte sie einen Klappstuhl hinunter auf die Straße und saß dann darin auf dem Bürgersteig; in ihrer Wohnung sei es zu heiß, um sich dort aufzuhalten, sagte sie. Wir hatten ein paarmal mit ihr geschwatzt. In der Hand hielt sie oft einen blauen Pappbecher mit Kaffee, den sie von dem Mann im Feinkostgeschäft bekam. Wo war sie jetzt? Auf einem New Yorker Bürgersteig konnte sie jedenfalls nicht mehr sitzen! Und wie machte sie es mit dem Einkaufen? Lebte sie überhaupt noch?

Und ich dachte, wie gut William doch daran getan hatte, mich hierherzubringen, wo ich mich frei bewegen konnte, auch wenn ich kaum Menschen sah. Die Frage, warum manche mehr Glück haben als andere – es gibt wohl keine Antwort darauf.

\* \* \*

An diesem schmalen Sträßchen, auf dem ich ging, in der kalten Luft, die um mich pfiff, mit den kahlen Bäumen auf beiden Seiten, standen kleine Häuser dicht am Straßenrand, einige sahen aus wie Sommerhäuschen, andere eher so, als würden sie das ganze Jahr über bewohnt. Im Vorgarten eines dieser Häuser stapelten sich Hummerreusen aus gelbem Metall, und an ihnen lehnte ein Brett, das mit rot gestrichenen Bojen behängt war. Am Rand eines anderen Grundstücks lagen Unmengen alter Boote, wie eine Mülldeponie für alte Boote sah es aus, und nicht weit davon war ein Trailer, vor dem ich einmal einen Mann sah. Ich winkte ihm, und er winkte nicht zurück. Ich fühlte mich etwas befangen, auch deshalb, weil ich diesen Weg so oft entlangging. Ich ging immer bis zu der kleinen Bucht, an der wir am Tag unserer Ankunft vorbeigefahren waren und die mir damals so den Atem verschlagen hatte; ein wenig tat sie es immer noch, und ich setzte mich auf eine Bank, die dort stand, und schaute auf all die vielen Boote, manche mit hohen Masten, die in den Himmel hochspießten, nur waren es keine richtigen Masten, sie waren aus Eisen, und mir schien, dass sie mit dem Fischen zu tun hatten; dazwischen ankerten Hummerboote, und auf dem Wasser schaukelten Bojen. Manchmal stürzten Möwen mit großem Gekreisch auf die Bootsstege nieder. Es gab zwei alte hölzerne Bootsstege, und je nach Gezeitenstand ließen sie ihre langen Stöckelbeine sehen – die in Wirklichkeit hohe Holzpfähle waren – oder schienen direkt auf dem Wasser aufzuliegen. Und dann ging ich wieder zurück.

Eines Morgens saß ein alter Mann auf der Türstufe vor einem kleinen Haus; er rauchte eine Zigarette; die Stufe war nicht ganz waagrecht, sondern leicht nach der Seite geneigt. Und das Haus war weiß, aber schon lange nicht mehr gestrichen worden. Der Mann winkte mit seiner Zigarette, ein minimales Winken. Ich blieb stehen, und ich sagte: »Guten Tag, wie geht es Ihnen?« Und der alte Mann sagte: »Bestens, bestens. Und selber?« Und ich sagte: »Ach, ganz gut.« Er zog an seiner Zigarette. Er fragte: »Ihr wohnt in dem Winterbourne-Haus?«, und ich sagte, ganz genau. »Wie heißen Sie?«, fragte ich, und er sagte: »Tom, und selber?« Und ich sagte: »Lucy«, und da strahlte er und sagte: »Da ham Sie aber mal einen schönen Namen.« Wobei es bei ihm eher wie »Naam« klang. Seine Zähne sahen aus wie Prothesen, die zu groß für seinen Mund waren. Wir winkten uns noch einmal zu, und dann ging ich weiter.

Ein paar Autos fuhren vorbei. Die Straße war so schmal, dass sie abbremsen mussten, obwohl ich ganz am Rand ging.

* * *

Als ich an diesem Tag unsere steile Auffahrt hochkam, klemmte an der Heckscheibe von Williams Wagen ein Stück Pappkarton, auf dem in ungelenken Großbuchstaben geschrieben stand: HAUT AB NEW YORKER! VERSCHWINDET!

Ich erschrak furchtbar, und auch William war unangenehm berührt, als er herauskam und es sah, aber er riss die Pappe nur mittendurch und warf sie in die Papiertonne.

# III

## 1

Man hört oft, dass das zweite Jahr nach dem Tod eines Partners schlimmer sei als das erste – weil der Schock abgeklungen ist, nehme ich an, und man nun eben mit dem Verlust leben muss, und diese Erfahrung hatte ich auch gemacht, schon bevor ich mit William nach Maine gekommen war. Aber jetzt gab es Zeiten, da war mir, als wäre die Nachricht von Davids Tod wieder ganz frisch. Und die Trauer übermannte mich wie am ersten Tag. Und obendrein hier zu sein, an diesem Ort, wo David nie gewesen war (!) – es war ein Gefühl vollständiger Entwurzelung, das meine ich.

William sagte ich davon nichts.

William bringt gern Dinge in Ordnung, und das hier ließ sich nicht in Ordnung bringen.

Und ich merkte wieder: Mit seiner Trauer ist man allein. Mein Gott, ist man allein damit.

\* \* \*

William versuchte seine Laborarbeit online zu betreuen, aber seine Assistentin war jetzt ebenfalls nicht mehr vor Ort. Sie telefonierten mehrmals wegen eines Experiments, das sie hatten durchführen wollen, und bei jedem Telefonat sagte er ihr, sie solle sich keine Sorgen machen. Dann sagte er eines Tages zu mir: »Ach, scheiß drauf. Es war sowieso ein hirnrissiges Experiment. Ich gehe ja eh bald in Rente.«

»Du willst wirklich in Rente gehen?«, fragte ich. Und er zuckte die Achseln und sagte, ja, irgendwann bald, aber er hätte keine Lust, darüber zu reden; das sagte er zu mir.

Dafür war William in der Lage zu lesen. Ich staunte, in welchem Tempo er die Bücher las, die er mit hierhergebracht hatte, Romane, Biografien von Präsidenten und anderen historischen Persönlichkeiten, aber auch Bücher, die er in dem Schlafzimmer im oberen Stock fand. Ich konnte nichts lesen. Ich konnte mich nicht konzentrieren.

Während dieser ersten Wochen legte ich mich nachmittags oft hin und wunderte mich, wenn ich aufwachte, weil der Schlaf so unversehens kam. Und wenn ich wach wurde, wusste ich nicht, wo ich war.

William machte seinen zweiten Spaziergang immer am Nachmittag, und wenn er zurückkam, brach meist ich zu meinem zweiten Gang auf. Manchmal sah ich den alten Mann mit seiner Zigarette auf der Türstufe sitzen, und er sagte jedes Mal: »Hallo, junge Frau«, und ich winkte und sagte: »Hallo, Tom.« Und dann ging ich zum Haus zurück, die lange Einfahrt mit ihren spitzigen Steinbrocken hoch, über der sich die Äste spannten wie große Spinnen.

So lebten wir.

Es war ein sonderbares Gefühl.

2

Was mich besonders quälte, war dies:

Wenn ich mir meine Wohnung in New York vorstellte, erschien sie mir unwirklich. Auf eine seltsame – nicht recht greifbare – Art verursachte mir der Gedanke an sie Unbehagen. Ich meine, dass niemand dort war, verursachte mir Unbehagen, es brachte mich aus dem Lot. Ich fühlte mich wie zweigeteilt. Meine eine Hälfte war in Maine bei William. Und die andere Hälfte war daheim in meiner New Yorker Wohnung. Doch dorthin konnte ich nicht zurück, darum war diese Hälfte von mir wie ein Schatten, nur so kann ich es beschreiben. Wenn ich an Davids Cello dachte, das dort in unserem Schlafzimmer an der Wand lehnte, dann tat das weh – am liebsten aber mied ich den Gedanken ganz, und das nagte zunehmend an mir. Es machte mich sehr dünnhäutig, das will ich damit sagen.

\* \* \*

Ich telefonierte mit meinen Freunden in New York. Eine ältere Frau, die ich dort kannte, war erkrankt, aber offenbar nicht schwer. Sie roch und schmeckte nichts und hatte starke Gliederschmerzen, mehr jedoch nicht. Der Vater einer anderen Freundin war an dem Virus gestorben. Bei einem befreundeten Ehepaar hatten es beide, und beide schienen sie über den Berg zu sein. Eine Bekannte von mir verließ ihre Wohnung überhaupt nicht mehr.

\* \* \*

Die Traurigkeit in meiner Brust nahm zu und wieder ab, je nach – was? Ich wusste es nicht.

Und das Wetter blieb düster und kalt.

Was meine Arbeit anging, dachte ich: Ich werde nie wieder eine Zeile schreiben können.

\* \* \*

In einem Raum an der Rückseite des Hauses standen eine alte Waschmaschine und ein Trockner, und wir wuschen abwechselnd, viel war es ja nicht, aber mir fiel auf, dass William alle zwei Tage seine Jeans wusch. Ich konnte mich nicht erinnern, ob er das auch während unserer Ehe schon gemacht hatte, ich glaubte es aber nicht.

## IV

### 1

In einem Wandschrank in einem der hinteren Räume stieß ich eines Tages auf ein altes Tischtuch, das ich hervorholte. Es war rund, mit einem verschossenen Blumenmuster, und am Saum mit verschossenen rosa Troddeln behängt. »Das passt ja perfekt«, sagte ich und legte es auf den Esszimmertisch.

»Machst du Witze?«, fragte William, und ich sagte, nein, wieso?

### 2

Wenn ich jetzt an meinen Mann David dachte, ertappte ich mich mitunter bei einer richtigen Wut auf ihn. *Du hast keine Ahnung, was wir hier durchmachen!*, dachte ich voller Zorn. Ich wollte nicht zornig auf ihn sein, auch wenn ich weiß, dass das Teil des Trauerprozesses ist. Aber ich haderte mit dem Gefühl. Dazu kam noch etwas anderes: David war mir noch in keinem Traum erschienen, dabei war er nun bald anderthalb Jahre tot. All meine anderen Toten sind mir im Traum erschienen, oft mehr als einmal, und zwar nicht später als ein, zwei Monate nach ihrem Tod. Der Traum ist immer der gleiche, sie haben es eilig, in ihr Totenland zurückzukehren, aber sie wollen wissen, wie ich zurechtkomme, und manchmal tragen sie mir eine Botschaft an jemanden auf. Das ist mir inzwischen so oft passiert, dass ich nicht mehr davon spreche – eine Freundin sagte einmal, als ich es ihr erzählte: »Ja, das Hirn spielt uns merkwürdige Streiche« –, doch mir waren diese Träume immer ein Trost. Selbst meine Mutter, so schwer ich es mit ihr im Leben auch hatte, selbst sie – die schon so viele Jahre tot ist – war im Traum zu mir gekommen, zweimal war sie gekommen, und auch sie trieb es, wie schon gesagt, zurück zu den anderen Toten; trotzdem hatte sie mich gefragt, wie es mir ging.

Dasselbe geschah, nachdem Catherine, Williams Mutter, gestorben war.

Aber David – er war einfach weg. Als hätte ein dunkles Loch ihn verschluckt, und nun dachte ich: Herrgott noch mal, David! Jetzt *mach* schon!

3

An einem der Abende zeigten sie in den Nachrichten aus New York City die Gräben, die man auf Hart Island ausgehoben hatte – im westlichen Teil des Long Island Sound, auf der Höhe der Bronx –, und wir sahen die unzähligen Holzsärge, die in diesen Gräben gestapelt waren: all die Menschen aus unserer Stadt, die an dem Virus gestorben waren und nach denen niemand fragte. Auch jetzt blickte ich wieder zu Boden, aber im Kopf sah ich das Bild trotzdem: der rote Lehm und die langen, bleichen Holzkisten, eine auf der anderen, nicht ganz bündig in dieses tiefe, grob ausgehobene Grab geschichtet. Mit den gelben Baggern gleich daneben.

Und fast unausgesetzt war da dieses Gefühl, als wäre ich unter Wasser, als wäre alles um mich herum nicht real.

* * *

Am nächsten Morgen sagte William, wir bräuchten Lebensmittel und er würde zum Laden fahren, ob ich mitkommen wolle; er war einige Male ohne mich einkaufen gewesen, und er hatte mir aus der Apotheke meine Tabletten mitgebracht. Von jedem Besuch im Lebensmittelladen war er mit Geschichten von leeren Regalen zurückgekommen; es gebe kein Klopapier, keine Küchenrolle, kein Putzzeug, nicht einmal Hühnchen. Das machte mir Angst, ich dachte: Es wird eng! Doch William ließ nicht locker und trieb in einem kleinen Laden in einer der Nebenstraßen zwei Rollen Klopapier auf.

An diesem Morgen sagte ich, ja, ich würde gern mitkommen. Und er sagte: »Gut, aber du bleibst im Auto. Wir müssen uns nicht beide in Gefahr bringen.« Also fuhren wir nach Crosby hinein und parkten auf dem Parkplatz vor dem Lebensmittelladen, und William zog seine Maske und Handschuhe an und ging hinein. Es machte mir nichts aus, im Auto zu warten. Es gab so viele Leute, die ich beobachten konnte. Sie zu sehen, ging mir fast ein bisschen ans Herz. Die meisten trugen selbst gemachte Masken, die Art, wie Bob Burgess sie getragen hatte, keine wie William, die blau und aus Zellstoff waren und nach Klinik aussahen. Aber dann fiel mein Blick auf eine Mutter, die ihren Sohn anherrschte, während sie das Auto vollluden; er konnte höchstens neun sein, und ich empfand einen Hass auf diese Frau; der Junge wirkte so unglücklich; er hatte große dunkle Augen.

Alle anderen Leute faszinierten mich – Frauen hauptsächlich, aber ein paar Männer waren auch darunter, und ich rätselte darüber, wie sie wohl lebten. Sie waren ganz anders angezogen als ich; viele Frauen trugen Leggings – selbst in dieser Kälte! –, die bis weit über die Taille gingen; die Sweatshirts, die sie anhatten, endeten alle oberhalb des Bauchs. Keine von ihnen – soweit ich das sehen konnte – war auch nur im Ansatz geschminkt.

Und dann fing eine Frau laut zu schimpfen an. Ich verstand nicht recht, was los war, aber sie schaute in meine Richtung, und sie kam auf das Auto zu, eine magere Frau, nicht mehr jung. Ihre Haare waren grau nachgewachsen, aber mit einem Orangestich, und sie fixierte mich hasserfüllt. Sie trug keine Maske. Ich konnte das Fenster nicht öffnen, dafür hätte ich den Motor anlassen müssen, und sie brachte mich ganz durcheinander mit ihrem Geschreie, und dann hörte ich sie rufen: »Drecks-New Yorker! Verpisst euch aus unserem Staat!« Dazu fuchtelte sie wild mit dem Arm. Die Leute drehten sich nach ihr um, aber sie schrie immer weiter, und schließlich sagte jemand, ein Mann, zu ihr: »Jetzt lass sie doch endlich.«

Da ging die Frau weg, aber ich genierte mich furchtbar, weil nun alle zu mir hersahen, und ich hielt den Blick auf meine Hände gesenkt, bis William herauskam. Er verstaute seine Einkäufe im Kofferraum, seine Bewegungen dabei hatten etwas Gereiztes, darum erzählte ich ihm erst, als wir schon fuhren, was passiert war, und er schüttelte den Kopf und antwortete nichts. Ich sagte: »William, ich fand es *grässlich*, so beschimpft zu werden.«

Er sagte ungnädig: »Niemand lässt sich gern beschimpfen, Lucy.«

Danach schwieg er den ganzen Weg bis nach Hause.

Als wir wieder im Haus waren, schnitt William eine Orange in vier Teile und aß sie unter solchem Schlürfen, dass ich aus der Küche und hoch in mein Schlafzimmer gehen musste. »Heute hatten sie Klopapier«, rief er mir nach.

*Mom*, jammerte ich der liebevollen Mutter vor, die ich mir über die Jahre hinweg ausgedacht habe, *Mom, ich stehe das nicht durch!* Und die liebevolle Mutter, die ich mir ausgedacht habe, sagte: Du machst das ganz toll, Herzchen. *Aber Mom, ich ertrage das nicht mehr!* Und sie sagte: Ich weiß, Herzchen. Halt einfach durch, alles geht vorbei.

Aber es schien nicht so, als würde es jemals vorbeigehen.

\* \* \*

Was ich auch sagen sollte:

Um die gleiche Zeit wurde mir bewusst, dass ich abends nach dem Essen einen regelrechten Hass auf William empfand. Meistens, weil ich das Gefühl hatte, er hörte mir nur halb zu. Er sah mich nicht richtig an, wenn ich sprach, sein Blick streifte mich nur, und das erinnerte mich wieder daran, dass er im Grunde noch nie zuhören konnte. *Gut* zuhören, meine ich. Dann dachte ich: Er ist nicht David! Und als Nächstes: Er ist nicht Bob Burgess! Manchmal trieb es mich im Dunkeln aus dem Haus, dann stapfte ich am Wasser entlang und fluchte laut vor mich hin.

\* \* \*

Am Tag nach unserer Einkaufstour regnete es, und am Nachmittag packte mich eine solche Unrast, dass ich mit einem alten Schirm, den ich auf der Veranda gefunden hatte, in das Wetter hinausging. Als ich zurückkam, ließ ich mich auf die Couch fallen und sagte zu William: »Du warst nicht mal *nett* zu mir, nachdem mich diese Frau so beschimpft hat. Warum konntest du nicht ein bisschen nett sein?«

Der Regen schlug an die Fenster, und draußen klatschte das Meer gegen die Felsen, und alles war braun und grau. William stand auf und stellte sich in die Wohnzimmertür, und als er nichts sagte, blickte ich auf. »Lucy«, sagte er. Das Sprechen schien ihm schwerzufallen. »Lucy, ich mache das alles hier doch nur deinetwegen.« Er machte ein paar Schritte auf mich zu, setzte sich aber nicht. »*Mein* Leben bedeutet mir dieser Tage nicht viel, außer dass die Mädchen mich natürlich noch brauchen, vor allem Bridget, sie ist ja noch ein Kind. Aber, Lucy, wenn du an dieser Krankheit sterben würdest, das wäre …« Er schüttelte müde den Kopf. »Ich versuche einfach nur dein Leben zu retten. Wenn also irgendeine Irre dich beschimpft, was soll's.«

4

Ein paar Abende nach diesem Regentag sah ich einen Sonnenuntergang – es war den ganzen Tag bedeckt gewesen, aber im letzten Moment riss es auf, alle Wolken flammten jählings, dass ich meinen Augen kaum traute, ein loderndes Orange, das in den restlichen Himmel hinaufwuchs und über das Wasser zurückstrahlte, auf unser Haus zu. Man musste auf der Veranda stehen und durch das hinterste Fenster schauen, um es zu sehen, aber der Himmel veränderte sich mit jedem Millimeter, den die Sonne sank; höher und höher stieg das rote Glühen. Ich rief William, und er kam, und wir standen erst etliche Minuten, bevor wir uns schließlich Stühle heranzogen. Was für ein Schauspiel! Von da an begannen wir auf diese Sonnenuntergänge zu warten, und manchmal kamen sie: ein orange-goldener Glorienschein, wie es ihn kein zweites Mal auf der Welt geben konnte, schien es mir zu diesen Zeiten.

\* \* \*

Bob Burgess brachte Mainer Nummernschilder und sagte: »Die schraub ich euch besser mal an.« Über die Maske hinweg zwinkerte er mir zu, und wir gingen mit ihm zu Williams Wagen. »Woher haben Sie die?«, fragte William, worauf Bob nur die Achseln zuckte. »Betrachtet mich als euren Anwalt. Sagen wir einfach, das braucht ihr nicht zu wissen. Irgendwelche Nummernschilder liegen immer irgendwo rum, und niemandem wird auffallen, dass diese hier abgelaufen sind.« Er hatte Arbeitshandschuhe an, und er reichte die New Yorker Schilder, die er abmontierte, an William weiter. Danach blieb er noch – wir saßen zu dritt auf Liegestühlen auf dem Rasenfleckchen oben vor der Felskante, und Bob sagte, Margaret würde mich gern kennenlernen, ob es uns recht sei, wenn sie einmal mitkäme, und ich sagte, natürlich, sehr gern! Aber insgeheim wünschte ich mir, Bob immer allein sehen zu können. Nachdem er gegangen war, sagte ich, während wir die Liegestühle zur Veranda zurücktrugen, zu William: »Er ist wahnsinnig sympathisch!«, und William sagte nichts.

* * *

Das Wetter blieb fast durchgehend grauenhaft. Kalt und düster und windig. Aber eines Tages Mitte April kam die Sonne heraus, und William und ich machten einen Spaziergang über die Felsen. Es war Ebbe, und wir gingen bis zu einem geschlossenen Laden, der das einzige andere Gebäude auf dieser Landspitze war. Vor dem Laden war eine Grasfläche, und die Felsen reichten bis ganz dicht an sie heran, und wir saßen auf der Veranda dieses geschlossenen Ladens in der Sonne. Und wir waren glücklich.

An dem Tag bemerkte William erstmals den Wachturm. Er stand ganz weit links, und William sagte mehrmals: »Was das wohl ist?« Und ich sah hin, und es war einfach ein brauner Turm in der Ferne, der mich nicht groß interessierte.

Wir saßen lange so in der Sonne; über das Wasser, das sich endlos vor uns erstreckte, zog sich eine lange weiße Sonnenbahn. Sie glitzerte ein bisschen, aber in erster Linie war es einfach ein weißes, weißes Gleißen in der gewaltigen Weite des Ozeans. Und dann ging ich zum Wasser vor und fand ein Vogelei, grünlich blau und ganz heil bis auf einen kaum erkennbaren Sprung an der Unterseite, durch das der Dotter ausgelaufen war, sodass es an einem kleinen Stein festklebte. Oh, welch ein Kleinod! »Schau, was ich gefunden habe!«, rief ich, und William holte sein Handy heraus, um ein Bild von mir zu machen, er stand auf den abschüssigen, gezackten Felsen, und er verlor das Gleichgewicht, ich sah es wie in Zeitlupe, er schwankte rückwärts, noch weiter rückwärts, dann nach der Seite, ehe er sich schließlich doch wieder fing. »Nichts passiert«, sagte er, aber ich konnte sehen, dass es ihn erschüttert hatte. »Oh, William, du hast mich erschreckt!«, sagte ich und lief zu ihm und umarmte ihn. Danach kehrten wir zum Haus zurück, aber wir waren immer noch glücklich, und ich stellte das mit dem Stein verwachsene Vogelei auf den Kaminsims.

\* \* \*

Als ich an diesem Abend ins Bett ging, lag auf meinem Kopfkissen eine Schlafmaske. »William«, rief ich, »was ist das?«

Und er rief aus dem Nebenzimmer: »Du jammerst doch ständig über das Dachfenster. Und die Sonne geht jetzt immer früher auf. Die hab ich neulich im Drogeriemarkt für dich mitgenommen und dann ganz vergessen.«

Ich ging hinüber und stellte mich in die Tür. »So was. Danke.« Und er hob nur die Hand. Er hatte die Knie unter der Bettdecke angewinkelt und las. »Nacht, Lucy«, sagte er.

\* \* \*

Ich muss dazusagen: Trotz allem, was ich tagtäglich mitbekam, und trotz der Prophezeiung meines Arztes, dass es ein Jahr dauern würde, konnte ich dennoch nicht … Es ist schwer zu erklären, aber mein Verstand hatte Mühe, alles aufzunehmen. Mir kam jeder Tag vor wie eine riesige Eisfläche, die ich zu überqueren hatte. Und in dem Eis waren kleine Bäume festgefroren und Zweige, nur so kann ich es beschreiben, als wäre die Welt eine fremde Landschaft geworden und ich müsste jeden Tag durchstehen, ohne zu wissen, wann es enden würde, und es wirkte, als würde es niemals enden, und das machte mich unsäglich beklommen. Oft wachte ich nachts auf und lag ganz still da. Ich nahm meine Schlafmaske ab und rührte mich nicht; es schienen mir Stunden, die ich so lag, aber sicher weiß ich es nicht. Ich lag da, und Dinge aus meinem Leben fielen mir ein.

Ich dachte daran, wie William und ich uns kennengelernt

hatten – er betreute den Biologiekurs, den ich im zweiten Studienjahr belegte, und so unbeleckt, wie ich aufgrund der furchtbaren Isolation meiner Jugend von jeglicher Populärkultur war, hatte ich auch nie von den Marx Brothers gehört, aber wenn William mich an sich zog, sagte ich: »Enger, halt mich noch enger«, und er zitierte den Groucho-Marx-Spruch, wo eine Frau Groucho auch bittet: enger, noch enger!, und er ihr sagt: »Noch enger, und ich komm hinten wieder raus.«

Dann begann sich das Dachfenster abzuzeichnen, und ich setzte die Schlafmaske wieder auf und schlief weiter.

5

Und dann – mein Gott, die arme Becka!

Als ich nach meinem Morgenspaziergang zur Tür hereinkam, Ende April war das, klingelte mein Handy. Es war Becka, und sie schrie vor Schluchzen, »Mom!«, schrie sie, »*Mom!* O Mommy!« Sie weinte so wild, dass ich fast nichts verstand, aber hinaus lief es auf dies: Trey, ihr Mann, hatte eine Affäre, er hatte vorgehabt, Becka zu verlassen, sagte er ihr, aber nun saßen sie im Lockdown fest. Becka hatte Textnachrichten auf seinem Handy gefunden.

Ich kann es kaum hinschreiben, so sehr schmerzt es mich. Becka war zum Telefonieren nach oben gegangen, auf das flache Dach ihres Hauses. Im Hintergrund jaulten permanent die Sirenen.

»Ich geb dir jetzt mal Dad«, sagte ich und gab sie an William weiter, und er ging methodisch vor. Er stellte ihr präzise Fragen: Wie lange es schon gehe, wo Trey denn habe hinziehen wollen, ob die andere Frau verheiratet sei. Er fragte sie Dinge, auf die ich nie gekommen wäre. Und ich konnte hören, wie ihre Stimme langsam ruhiger wurde. Er fragte sie, ob sie mit Trey zusammenbleiben wolle, und ich hörte sie antworten: »Nein.«

»Bist du dir da ganz sicher?«, fragte William, und Becka sagte: »Hundert Prozent.«

»Also gut«, sagte William, »dann finden wir einen Weg, wie wir dich aus New York rausholen. Ich weiß noch nicht, wie, aber das kriegen wir hin. Halt die Ohren steif, Mädel.«

Er gab das Telefon an mich zurück, und Becka weinte sofort wieder los. »Mom, es ist so demütigend, Mom, ich hatte keine Ahnung, Mom, ich hasse ihn so, o Mommy …« Und ich hörte ihr zu und sagte, ich weiß, ich weiß. Ich ging mit dem Telefon wieder nach draußen und lief dort auf und ab, während mein armes Kind schluchzte.


Als ich ins Haus zurückkam, war William am Telefon; er saß am Esstisch. »Und, Trey«, sagte er und sah mit hochgezogenen Brauen zu mir auf, »wie hattest du dir das gedacht? Wie lange hättest du Becka noch hintergangen?«

Er legte das Handy auf den Tisch und schaltete auf Lautsprecher, und ich hörte Trey, der kleinlaut klang, sagen: »Das kann ich dir so nicht beantworten, Will.« Und nach einer kurzen Pause schob er nach: »Ich verstehe, dass du dir Sorgen um sie machst, ich mach mir ja auch Sorgen. Aber ich finde, du solltest uns zwei das untereinander ausmachen lassen.«

»Ach ja?«, sagte William. »Du meinst also, man sollte dich mitten in der schlimmsten Pandemie mit meiner Tochter in einer Wohnung sitzen und mit deiner Geliebten chatten lassen?«

Ich konnte die Stimme meines Schwiegersohns hören, wütend jetzt; er sagte zu William: »Soweit ich von Becka weiß, hast du es mit deiner Frau nicht viel anders gemacht. Wer im Glashaus sitzt, soll nicht mit Steinen werfen.«

William sah mich an, seine Augen weiteten sich. Er beugte sich über das Handy, ich sah ihn zögern, sah, wie der Zorn die Oberhand gewann, und er sagte: »Ja, das stimmt, Trey. Und warum habe ich es gemacht? Weil ich ein Arschloch war. Deshalb habe ich das gemacht, du kleiner Pisser.« Er lehnte sich zurück, beugte sich dann noch einmal vor. »Willkommen im Club. *Arschloch.*« Unser Schwiegersohn legte auf.

Und mir fiel wieder ein: Auch ich hatte, nachdem ich von Williams Affären erfahren hatte, oben auf unserem Hausdach geweint, so wie Becka; entweder waren die Mädchen daheim, oder ich wollte nicht, dass die Nachbarn mich hörten, jedenfalls ging ich aufs Dach hoch, und ich weinte und weinte, und ich weiß noch, wie ich laut sagte: »Mom, o Mommy!« Damals hatte ich noch nicht die Fantasie-Mutter, die immer lieb zu mir ist, es war also meine echte Mutter, nach der ich an diesem Tag rief. Ganz instinktiv rief ich nach ihr, und genauso rief Becka nun nach mir.

Dass ich nicht bei ihr sein konnte, um sie in den Arm zu nehmen, war eine Qual.

Ich war völlig außer mir vor Sorge, das meine ich damit.

Aber William sagte nur: »Du wirst sehen, sie kommt damit klar.« Das fand ich unangebracht, ich sagte: »Im Moment kommt sie jedenfalls *nicht* damit klar!« Und er stand auf und sagte: »Auf längere Sicht schon, Lucy. Du mochtest ihn nie leiden. Jetzt ist sie ihn los. Sie war doch viel zu gut für ihn. Jetzt kann sie jemand anderen finden.« Er öffnete die Hand und fügte hinzu: »Oder auch nicht. Nicht jeder muss verheiratet sein, weißt du.« Dann sagte er: »Vergiss nicht, sie hat ihn aus enttäuschter Liebe geheiratet.« Daran hatte ich natürlich auch schon gedacht. Becka war mit einem jungen Mann zusammen gewesen, den sie sehr geliebt hatte, aber er hatte mit ihr Schluss gemacht, und sehr bald danach hatte sie Trey kennengelernt. Trotzdem war es ein Gefühl, als würde mir das Herz aus der Brust gerissen. Weil meinem Kind so mitgespielt wurde.

Abgesehen davon sagte William fürs Erste nicht viel. Nur einmal blieb er auf dem Weg durchs Wohnzimmer abrupt stehen und sagte: »Dieser kleine Pisser will Dichter sein? Und da fällt ihm nichts Originelleres ein als dieses Klischee mit dem Glashaus? Mann!«

Ich fand das eine sehr kluge Beobachtung von William. Aber das sagte ich nicht.

Zwei Tage vergingen. Becka rief mehrmals täglich an und weinte und wütete – tobte –, und einmal hörte ich, wie

Trey sie nachäffte: »Mommy, Mommy, Mommy!« Und ich hasste ihn abgrundtief. Ich empfand einen solchen Hass auf ihn, dass ich fast platzte. Ich hätte ihn totschlagen können, wenn ich in seiner Nähe gewesen wäre. Das ängstigt mich immer, wenn jemand diesen blinden Hass in mir auslöst. Bei ein paar von den Frauen war es mir so gegangen, mit denen William damals seine Affären hatte. Besonders bei einer Frau – was träumte ich davon, sie ins Gesicht zu schlagen! Und das machte mir Angst, wegen der Gewalt, die mir als Kind von meiner Mutter angetan worden war.

Chrissys Mann Michael rief William an: Er wollte nach Brooklyn fahren und Becka abholen, damit sie im Gästehaus auf dem Grundstück seiner Eltern ihre zwei Wochen Quarantäne absitzen konnte, und als William mir von Michaels Vorschlag erzählte – nein, ich kann gar nicht sagen, welch eine Liebe zu ihm mich erfüllte, ich liebte ihn so sehr, wie ich Trey hasste. Es war unglaublich, dass er das anbot, ich werde es ihm niemals vergessen.

Aber William lehnte ab.

William sagte, er werde nicht drei Menschen in Gefahr bringen. Ich war fassungslos.

William sah mich an und sagte unmutig: »Denkst du, ich schaffe es nicht, sie da rauszuholen? Ich hole sie raus, und zwar auf die denkbar sicherste Weise, Lucy!« Er setzte hinzu: »Michael ist Asthmatiker, Lucy. Hast du das vergessen?«

Also rief William den Fahrer an, der ihn viele Jahre lang chauffiert hatte, den Mann, der ihn zum Flughafen gebracht und wieder abgeholt hatte, wenn er verreiste, zu einer Tagung oder wohin William in der Vergangenheit sonst gefahren war. »Horik?«, sagte er, und er ging mit dem Telefon auf die Veranda. Als er zurückkam, war er noch am Reden, und ich hörte ihn sagen: »Mit Lysol, und Sie sprayen alles damit ein. Jede Ritze von diesem Auto. Sehr gut, danke.«

Und dann sagte er mir, dass Horiks Geschäfte jetzt schon seit einigen Wochen gegen null gingen und dass er absolutes Vertrauen zu dem Mann habe; er habe ihm gesagt, das Leben seiner Tochter hänge davon ab, dass das Auto virenfrei sei. Dann rief er Becka an und befahl ihr, am nächsten Morgen um neun startbereit zu sein. »Er wird dir nicht die Tür aufmachen, du nimmst nur einen Koffer mit, den du allein heben kannst, und du steigst hinten ein. Er schickt dir eine Nachricht, wenn er vor dem Haus steht.« Und er fügte hinzu: »Und du trägst natürlich Maske und Handschuhe. Wir müssen auch an Horiks Sicherheit denken.«

Und so gelangte Becka nach Connecticut und in das Gästehaus. Horik setzte sie dort ab, und Chrissy und Michael warteten schon in der Einfahrt, sie hielten einen riesigen Abstand, und Chrissy schrie ihr zu: »Es ist alles für dich vorbereitet!« Chrissy stellte Becka zwei Wochen lang ihr Essen vor die Tür, und Becka wurde nicht krank. Für mich waren es zwei entsetzliche Wochen, ich telefonierte jeden Tag mit Becka, aber gegen Ende der zweiten Woche konnte ich hören, dass ihre Stimme anders klang. Sie war deutlich gefasster. Sie sagte jedes Mal: »Gibst du mir noch Dad?« Und dann holte ich ihn. Es machte Eindruck auf mich, und es stimmte mich weicher gegen William, dass Becka in ihrem Unglück die Gespräche mit ihrem Vater ebenso brauchte wie die mit mir.

Als ihre Quarantäne um war, blieb sie in dem kleinen Gästehaus wohnen. »Mir gefällt es hier, Mom, es ist so gemütlich«, sagte sie. »Und jetzt kann ich Chrissy ja jederzeit sehen, und abends essen wir alle zusammen.« Ihrer Sozialarbeit in New York konnte sie auch von Connecticut aus online nachgehen.

Eins also konnte man sagen: Becka hatte überlebt. Sie hatte das Schlimmste überstanden.

Rückblickend nenne ich diese Geschichte bei mir Rettungsaktion Nummer eins.

Rettungsaktion Nummer zwei folgte nur einen Monat später.

Wobei letzten Endes keine der beiden erfolgreich war.

All das stimmte mich sehr weich Bridget gegenüber, sie erschien mir mit einem Mal enorm schutzbedürftig, und das hatte mit Becka zu tun. Einmal rief ich sogar selbst bei Estelle an, um zu fragen, wie es den beiden ging, und sie sagte: »Ach, Lucy, ist das schön, deine Stimme zu hören!« Bei Bridget sei es ein ziemliches Auf und Ab, sagte sie, und ich sagte, ja, so gehe es mir auch.

# V

## 1

Am ersten Mai schneite es. Der Schnee fiel in dicken Flocken, über fünf Zentimeter hoch, er wuchs außen an den Fensterscheiben empor, und ich war fassungslos. »Ich hasse Schnee«, sagte ich, und William sagte resigniert: »Ich weiß, Lucy.«

William kam von seinem Nachmittagsspaziergang zurück – mit durchweichten Turnschuhen, seine Schultern klatschnass von dem Schnee, der von den Bäumen auf ihn herabgefallen war –, und als er auf der Couch saß und sich die nassen Socken von den Füßen zog, seinen weißen, alten Füßen, sagte er: »Ich bin bis zu dem Turm gelaufen.« Ich wusste nicht gleich, wovon er sprach. Er habe über den Turm nachgelesen, sagte William, er sei noch aus dem Zweiten Weltkrieg, ein Wachturm für U-Boote, es seien tatsächlich deutsche U-Boote bis hier an die Küste gekommen. Nur ein kleines Stück südlich von uns, sagte er, seien zwei deutsche Spione von einem U-Boot abgesetzt worden und hätten sich von Maine bis nach New York City durchgeschlagen. Die Nachricht habe landesweit Aufsehen erregt, sie seien der Spionage überführt und zum Tode verurteilt worden, Präsident Truman habe ihre Strafe jedoch umgewandelt, und schließlich seien sie freigekommen. »Heute erinnert sich daran keiner mehr, aber diese Türme stehen hier, weil die Bedrohung *real* war.« Ich wusste nicht recht, was ich sagen sollte.

Ich habe darüber bereits geschrieben, darum hier nur ganz kurz: Williams Vater war deutscher Soldat gewesen und in einem Schützengraben in Frankreich von den Amerikanern gefangen genommen worden. Man hatte ihn zur Arbeit auf den Kartoffeläckern in Maine abkommandiert, wo er sich in die Frau des Kartoffelfarmers verliebt hatte – Catherine, Williams Mutter. Catherine hatte den Kartoffelfarmer verlassen und war mit dem deutschen Kriegsgefangenen durchgebrannt, allerdings erst ein gutes Jahr später, denn nach Kriegsende hatte Williams Vater zunächst nach Europa zurückkehren müssen, um dort Reparationsarbeiten zu leisten.

In dieser Zeit, so stellte sich heraus, hatte Catherine eine Tochter von dem Kartoffelfarmer bekommen, sie hatte sie also alle beide verlassen, ihren Ehemann *und* das kleine Mädchen, um mit Williams Vater zu leben, der nun wieder in Amerika war, in Massachusetts. Und William hatte von diesem anderen Kind – dieser Halbschwester, die Lois Bubar hieß – erst lange nach dem Tod seiner Mutter erfahren; bis vor einem Jahr hatte er, wie gesagt, von ihr nichts geahnt.

Williams Vater war gestorben, als William vierzehn war; Catherine hatte nicht noch einmal geheiratet, ihr Ein und Alles war William, der sich für ein Einzelkind hielt.

## 2

Einige Tage nach Williams Marsch zu dem Wachturm entdeckte ich in meinen E-Mails eine Nachricht, die über meinen Verlag gekommen war. Kennst du diese Frau?, hatte mein Pressebetreuer dazugeschrieben.

Die Mail war von Lois Bubar, Williams Halbschwester. Sie hatte sie an den Verlag geschickt, mit der Bitte um Weiterleitung. Es war nur ein Absatz – sie habe jetzt in der Pandemie öfter an mich in New York denken müssen, schrieb sie. Sie hoffe sehr, dass ich wohlauf sei und William ebenfalls. Sie schloss mit den Worten: »Es war so nett, Sie kennenzulernen, und ich habe es seitdem oft bereut, William nicht auch getroffen zu haben. Sollten Sie ihn sprechen, sagen Sie ihm das doch bitte, und sagen Sie ihm auch, dass ich ihm alles nur erdenkliche Gute wünsche. Und dass ich hoffe, dass er an einem sicheren Ort ist. Mit besten Grüßen, Lois Bubar.«

Lois Bubar war mir zu der Zeit herzlich egal, das muss ich zugeben. In meinen Gedanken nahm Becka allen Raum ein.

Aber als William von seinem Spaziergang zurückkam, zeigte ich ihm die Mail und war etwas verblüfft über seine Reaktion. Er setzte sich hin, starrte durch das Fenster aufs Meer und sagte kein Wort. »William?«, fragte ich schließlich, und da wendete er mir den Kopf zu. Sein Ausdruck war leicht perplex. »Ich schreibe ihr«, sagte er, und ich sagte: »Gut.« Er brachte den ganzen Nachmittag damit zu, eine

Antwort an diese Frau zu entwerfen, nur als Becka anrief, riss er sich von seinem Computer los.

Man kann sich vorstellen, wie sehr mich die Sache mit Becka beschäftigte, aber mit der Zeit klang sie bei jedem unserer Telefonate eine Spur besser. Sie gestand mir, dass sie schon länger unglücklich gewesen war, und ich fragte: »Wie lange?« Das wisse sie schon gar nicht mehr, sagte sie, aber Trey sei ihr als Mensch einfach unangenehm, und ich sagte: »Ach, Herzchen.« Sie telefonierte zweimal wöchentlich mit ihrer Therapeutin, erzählte sie mir. William zahlte ihr diese Sitzungen, und manchmal zitierte sie die Therapeutin; sie war schon früher bei ihr in Behandlung gewesen, und mir fiel plötzlich ein, wie Becka vor Jahren nach einem Termin bei dieser Frau – nach meiner Trennung von ihrem Vater war das – einmal zu mir gesagt hatte: »Lauren sagt, du hast dich von Dad manipulieren lassen.« Das fand ich eine merkwürdige Aussage, aber ich hatte es so stehen lassen.

An einem dieser Tage in Maine sagte mir Becka am Telefon: »Mom, Trey war neidisch auf dich«, und ich wollte wissen, wie um Himmels willen sie das meinte. Und sie sagte: »Auf deine Karriere.« Sie fügte hinzu: »Seine Gedichte sind leider beschissen.« Und ich dachte daran, wie unbehaglich ich mich immer gefühlt hatte, wenn ich mit William und Estelle und David zu einer Lesung von Trey gegangen war, weil ich ihn insgeheim so schlecht fand, und ich sagte: »Denk nicht mehr an ihn, Becka. Sei froh, dass du ihn los bist.« Worauf Becka sagte: »Für ihn bist du einfach eine ältere weiße Frau, die über ältere weiße Frauen schreibt.« Und ich muss sagen, das versetzte mir doch einen Stich. »Und er ist ein junger weißer Mann, der über – ach, egal«, sagte ich. Aber es traf mich. Ich fühlte mich ertappt.

»Er ist einfach ein Kotzbrocken«, sagte William, als ich ihm davon erzählte. »Ich sag dir, das war ihre Rettung.«

Und damit hatte er wahrscheinlich recht. Chrissy und Michael taten ihr gut, das konnte man merken. Aber mit jedem unserer Telefonate schien mir unsere Nähe ein Stückchen zu schwinden, und eines Abends sagte sie zu mir: »Mom, das alles jetzt, das ist genau das, was ich gebraucht habe.«


3

Und dann sah ich bei einem meiner Morgengänge neben der Einfahrt, am Fuß des Hügels, einen leuchtend gelben Löwenzahn. Ich starrte ihn an; ich konnte den Blick gar nicht von ihm wenden. Ich bückte mich und strich über sein weiches Köpfchen. Mein Gott!, dachte ich. Ab da sah ich auf meinen Spaziergängen immer mehr Löwenzahnblüten. An der langen Schotterstraße, an der ich als Kind gewohnt hatte, hatte auch Löwenzahn geblüht; als ganz kleines Mädchen hatte ich einmal ein paar Stängel für meine Mutter gepflückt, und sie war bitterböse geworden, weil die Milch auf das Oberteil von dem neuen Kleid getropft war, das sie mir genäht hatte. Aber auch jetzt noch – nach all den Jahren – ließen sie mir das Herz aufgehen.

\* \* \*

Bob Burgess besuchte uns wieder, diesmal mit seiner Frau Margaret, die mich anfangs etwas nervös machte, vermutlich deshalb, weil sie selbst nervös war. Es war immer noch kalt, aber über die Grasfläche, auf der unsere Liegestühle standen, fiel ein Sonnenstreifen. Margaret und Bob trugen beide ihre selbst gebastelten Masken. Sie waren gleich nach dem Mittagessen gekommen, sodass William noch da war, und wir vier saßen auf dem Rasenfleck – ich fror trotz meines neuen Wintermantels – und hatten unsere Liegestühle weit auseinandergerückt. Margaret hatte keine gute Figur – soweit ich das unter dem Mantel sehen konnte, meine ich; das Bemerkenswerte an ihr waren ihre Augen, die ungeheuer lebendig schienen hinter den Brillengläsern; selbst durch die Maske konnte man die Energie spüren, die von ihr ausstrahlte. Es war Anfang Mai, aber trotzdem noch eiskalt. Sie erkundigte sich, ob ich irgendetwas brauchte, und ich sagte, nein, vielen Dank.

Und dann sagte sie unvermittelt: »Mir war ein bisschen bange davor, Sie zu treffen.«

Ich fiel aus allen Wolken. Ich sagte: »*Bange?* Vor mir? Aber Margaret, ich bin … einfach nur ich.«

»Ja, das sehe ich jetzt auch«, sagte sie, was mich irritierte. Ich wollte mit Bob reden, wie William, ich wollte nicht mit Margaret dasitzen. Aber dann fragte sie nach meinen

Töchtern, mit diesen sprühenden Augen fragte sie nach ihnen, und so erzählte ich ihr von Beckas Mann und dass Becka und Chrissy und Michael nun alle zusammen in Connecticut waren, und sie hörte zu, ein *sichtbares* Zuhören, und irgendwie war ihre Reaktion genau richtig. Was sie sagte, weiß ich nicht mehr, aber ich weiß noch, dass ich dachte: Oh, sie nimmt wirklich Anteil.

Ich erfuhr, dass sie unitarische Pfarrerin war, und fragte sie, was man als unitarische Pfarrerin so machte, und sie erzählte mir von all ihren Aufgaben, den Treffen der Anonymen Alkoholiker immer dienstags abends, die nicht mehr in Präsenz stattfinden konnten, sie hielten sie jetzt per Zoom ab, wobei sie fürchte, dass das weniger wirksam sei, und auch ihre Gottesdienste würden gezoomt. Es war interessant, sich ihr Leben vorzustellen, aber ein richtiges Gefühl bekam ich dafür nicht.

Sie blieben eine Stunde, und dann schickten sie sich zum Gehen an. Bob sagte: »Und, Lucy, wie hat Ihnen unser kleiner Schneesturm gefallen?« Und ich sagte, überhaupt nicht. »Ich hab das auch so was von dick«, sagte Bob. »Wenn das Zeug im Mai runterkommt. So was von dick!«

Margaret sagte: »Bob neigt dazu, die Dinge negativ zu sehen.« Aber sie sagte es fröhlich und berührte ihn leicht an der Schulter dabei. Ich sagte, dazu neigte ich wohl auch.

\* \* \*

In dieser Nacht konnte ich nicht schlafen. Ich nahm keine Schlaftablette, weil es nicht darauf ankam, ob ich schlief oder nicht, und es mich nicht sonderlich störte, wach zu liegen. Ich dachte an Becka und auch an Bob Burgess, und dann hörte ich William aufstehen und dachte, er würde nach unten gehen und lesen, wie er das manchmal machte, wenn er nicht schlafen konnte, aber stattdessen blieb er vor meiner Tür stehen – unsere Türen waren nachts immer offen – und flüsterte: »Lucy? Bist du wach?«

Ich setzte mich im Dunkeln auf und sagte Ja.

Und William kam herein und setzte sich zu mir an den Bettrand, es fiel nur ein schwacher Mondschein ins Zimmer, sodass ich sein Gesicht mehr ahnte als sah, aber ich merkte sofort, dass ihn etwas umtrieb. »Lucy«, sagte er. Und dann nichts mehr. Also fragte ich nach einer Weile: »Was ist denn, Pill?«

»Willst du gar nicht wissen, was ich an Lois Bubar geschrieben habe?«

Ich richtete mich noch etwas mehr auf und sagte: »O Gott, bitte entschuldige, dass ich nicht gefragt habe. Ich hatte sie ganz vergessen, wegen Becka und allem. Es tut mir so leid! Sag mir, was du geschrieben hast.«

Also holte William seinen Computer und setzte sich wieder zu mir auf die Bettkante. Ich kann mich nicht im Einzelnen erinnern, was er mir vorlas, aber es war sehr gut geschrieben, und es schloss damit, dass er das Gefühl habe, das Leben eines Jungen gelebt zu haben, nicht das eines erwachsenen Mannes, und dass er das sehr bedauere. Vermutlich haben die meisten von uns Dinge, die sie bereuen, schrieb er, aber bei mir werden es mit zunehmendem Alter immer mehr. Und ganz zuletzt schrieb er, wie unsagbar leid es ihm tue, dass seine Mutter ihm nie erzählt hatte, dass er eine Schwester besaß, er fände das nahezu unverzeihlich, schrieb er, es tue ihm wirklich zutiefst leid. Und auch er wünsche ihr alles erdenkliche Gute.

Der Ausdruck, mit dem er mich ansah, war halb verlegen, halb erwartungsvoll. »Das ist wunderbar«, sagte ich, »es ist eine sehr, sehr nette Mail. Hat sie dir geantwortet?«

Und er sagte: »Ja, heute Abend.« Wieder las er mir von seinem Bildschirm vor. Lois gab sich sehr einlenkend in ihrer Wortwahl. Ihr sei klar, dass ihn keinerlei Schuld an dem Verhalten seiner Mutter traf. Ich habe jetzt Mitleid mit ihr, schrieb Lois. Ich kann verstehen, dass Du es unverzeihlich findest, aber Du sollst wissen, dass ich nicht mehr so empfinde. Deine (unsere) Mutter wusste, dass ich in guten Händen sein würde, und das war ich. Und dann schrieb Lois noch: Du hast hoffentlich nichts dagegen, wenn ich Dir zum Schluss alles Liebe wünsche. Denn das tue ich. Deine Schwester Lois.

»Ich glaub's nicht!«, sagte ich. »William, das ist ja fantastisch!« Und dann sagte ich: »Schreib ihr gleich zurück, wie froh dich das macht, dass sie dir alles Liebe wünscht, und unterschreib auch mit ›Alles Liebe‹. Oder mit was auch immer.«

»Ja, das mache ich.« Er saß da im Halbdunkeln, den Blick auf seinen zugeklappten Laptop gesenkt.

»Was ist?«, fragte ich.

Ich sah, wie er mir das Gesicht zuwandte. »Ach nichts«, sagte er. »Ich komme mir nur so wie ein Schwein vor.«

Ich schaute ihn an, wartend, aber es kam nichts weiter.

Also sagte ich: »Wegen Pam Carlson und Bob Burgess? Wusste er das mit Pam und dir?«

Und William sagte: »Nein, das hat sie ihm nie erzählt. Sie war ziemlich umtriebig …«

»Du ja nun auch«, sagte ich, aber ich sagte es nicht boshaft. Ich empfand keinerlei Boshaftigkeit, als ich es sagte.

»Ich weiß, ich weiß.« William fuhr sich durchs Haar. »Er ist ein netter Kerl, nicht wahr?«

Und ich sagte: »Ich finde ihn wahnsinnig sympathisch.«

»Ich weiß. Das hast du schon gesagt.« Dann setzte er hinzu, und es berührte mich ganz seltsam: »Ich wünschte, ich wäre mehr so gewesen wie er.«

»Du wünschst dir, du hättest Margaret geheiratet und würdest hier in Maine festsitzen?«

Daraufhin sagte er ruhig: »Nein. Du weißt schon, was ich meine. Ich sehe, was Becka durchmacht, und genau das hast du wegen mir durchgemacht.«

Ich überlegte kurz. Ich sagte: »Sie schlägt sich deutlich besser als ich seinerzeit.« Es kam mir ganz wahr vor. Dann fügte ich hinzu: »Aber ich glaube, sie mochte ihn wirklich schon eine ganze Weile nicht mehr.« Und ich dachte daran, was das hieß, und William ging es anscheinend genauso, denn er sagte: »Dann mochtest du mich also noch, als du es herausgefunden hattest?«

»Du lieber Gott, ja. Ich habe dich geliebt.«

Ein schwerer Seufzer von William. »Oh, Button«, sagte er.

»Pillie, wir müssen dieses Gespräch nicht mehr führen.«

»Ist gut«, sagte er. Und dann: »Weißt du, an wen ich heute

denken musste, einfach so, aus heiterem Himmel? An die Turners, erinnerst du dich an sie?«

Und ich sagte: »Ja, und weißt du, irgendwer sagte, sie hätte einen Zusammenbruch gehabt …«

Und dann redeten wir. Wir redeten stundenlang, wir saßen nebeneinander im Bett, William und ich, und sprachen über all unsere gemeinsamen Bekannten und was aus ihnen geworden war. Und dann wurden wir beide müde.

»Schlaf jetzt«, sagte ich, und William stand auf und sagte: »Das war schön, Button.«

»Fand ich auch«, sagte ich, und ich meinte zu spüren, wie wir beide lächelten, während er wieder nach nebenan ging.

4

Ich wurde mit den Gezeiten vertraut, ich meine, mit dem Rhythmus ihres Kommens und Gehens, und es hatte etwas Tröstliches. Ich beobachtete das weiße Strudeln, wenn das Wasser stieg, dieses Brodeln und Schwappen, mit dem es gegen die nassen Steine unten vor dem Haus brandete und auch gegen die beiden Inseln weiter draußen, ich schaute hinaus an den Tagen, wenn der Ozean – kurzzeitig – fast glatt dalag, und ich sah zu, wie die Flut ablief und dunkle Felsen und kupfergelben Seetang zurückließ. Wenn ich den Blick geradeaus richtete, waren da am Horizont diese beiden Inselchen und dahinter nichts mehr. Mir fiel auf, wie sehr Himmel und Meer im Einklang waren; bei grauem Wetter – und sehr häufig war es grau – lag auch der Ozean grau da, wenn aber der Himmel blau glänzte, schien auch das Wasser blau zu sein oder manchmal, wenn sich Wolken und Sonne mischten, tiefgrün. Irgendwie war mir das Meer ein großer Halt, genau wie meine beiden Inseln, die immer da waren.

Die Traurigkeit, die in mir abebbte und anschwoll, war wie Ebbe und Flut.

\* \* \*

Doch Becka schien mir zu entgleiten. Ich hatte fast das Gefühl, sie mied mich; ich rief an, und sie rief ein, zwei Tage nicht zurück. Wenn wir dann sprachen, klang sie reserviert. »Mom, mir geht es gut, bitte hör auf, dir ständig Sorgen zu machen«, sagte sie. Es drückte mir aufs Herz mit einer Schwere, als läge ein feuchtes, schmutziges Geschirrtuch darüber.

Aber sie trauerte natürlich um ihre Ehe, so unglücklich sie darin auch gewesen sein mochte, das wurde mir irgendwann klar. Und ich dachte, Lucy, wie konntest du so dumm sein, das nicht viel früher zu begreifen!

\* \* \*

Und dann erschien mir Elsie Waters im Traum. Sie schien angespannt, aber ansonsten ganz sie selbst. Sie wollte sich vergewissern, wie es mir ging, und als sie sah, dass alles so weit in Ordnung war, nickte sie und drehte sich um und verschwand durch die Tür, durch die sie gekommen war. Ich verstand, dass die Tür der Tod war. Aber ich war so froh gewesen, sie zu sehen!

Als ich William von dem Traum erzählte, schwieg er. Es ärgerte mich, dass er nichts dazu zu sagen hatte.

\* \* \*

Jeden Abend sahen wir die Fernsehnachrichten, und tagsüber las ich die Nachrichten auf meinem Computer. Es wird vorbeigehen, sagte ich mir. Es muss vorbeigehen. Und jeden Abend war es wieder nicht vorbei, und nirgendwo zeigte sich Hoffnung auf ein Ende.

Ich bat William, mir zu erklären, was es mit dem Virus auf sich hatte – wie es so außer Kontrolle hatte geraten können und warum man ihm so schwer beikam und nicht schneller einen Impfstoff entwickelte, und er erklärte es mir. Er fügte hinzu, er habe den Eindruck, dass auch eine genetische Komponente eine Rolle spielte, dass die Gene jedes Einzelnen darüber entschieden, ob die Krankheit einen schweren Verlauf nahm oder nicht. Das könne ein Grund sein, warum die Menschen so unterschiedlich stark betroffen waren.

Ich schleppte mich durch die Tage – ich weiß nicht, wie ich sie überstand.

\* \* \*

Aber auch das sollte ich sagen:

Es kam vor, dass William an dem kleinen Tisch in der

Wohnzimmerecke über seinem Van-Gogh-Puzzle saß, und ich setzte mich zu ihm – ich hasse Puzzeln, das habe ich ja schon gesagt –, aber dann entdeckte ich ein Stück, sagen wir, von Van Goghs Backenknochen und klickte es an seinen Platz in dem unvollendeten Puzzle, und William nickte, »Ah! Sehr gut!«, und ich dachte bei mir, nein, unglücklich bin ich nicht.

5

Als ich eines Morgens zu meinem Spaziergang aufbrach, bog Bob Burgess in die Einfahrt ein. Er streckte den Kopf durch das Wagenfenster und sagte: »Wie geht's meiner negativen Freundin?« Und ich sagte, Bob, kommen Sie doch mit! Also ließ er sein Auto stehen, und wir gingen gemeinsam, er etwas langsamer als ich. Er war, wie ich schon sagte, kein kleiner Mann, und er ging mit den Händen in den Taschen seiner alten, ausgebeulten Jeans. Es war blauer Himmel zu sehen, aber immer wieder schoben sich Wolken vor die Sonne, und zwischendurch schien sie auf uns herab, strahlend gelb.

»Mann, New York fehlt mir dermaßen«, sagte Bob an diesem Tag zu mir, und ich sagte: »Oh, mir auch!« Um diese Jahreszeit, sagte er, sei er sonst immer hingefahren, um seinen Bruder Jim zu besuchen, der in New York lebte, und Pam hätte er auch manchmal getroffen, wenn er dort war. Pam und er hatten sich an der University of Maine in Orono kennengelernt, erzählte er mir; sie stammte aus einer

Kleinstadt in Massachusetts. Er wandte mir das Gesicht zu, und seine Augen lachten, als er sagte: »In unserem letzten Jahr fiel am 29. September der erste Schnee, und ich habe gesagt, okay, Pam, wir hauen ab. Und das war's, gleich nach der Abschlussfeier sind wir nach New York. Ach, Lucy«, Bob schüttelte langsam den Kopf, »wir waren noch Kinder.«

»Ich verstehe das so gut«, sagte ich. »Wirklich.«

Und dann erwähnte Bob wieder die armen Verhältnisse, in denen er groß geworden war. »Keinen so armen wie Sie natürlich.« An diesem Tag erzählte er mir auch vom Tod seines Vaters. Bob war vier gewesen, er, seine Zwillingsschwester Susan und sein großer Bruder Jim hatten im Auto gesessen, das am oberen Ende der Einfahrt warm lief, und ihr Vater war solange zum Briefkasten am unteren Ende gegangen. Das Auto war ins Rollen gekommen; es hatte ihren Vater überrollt und ihn getötet. Bob sagte: »Mein Leben lang dachte ich, ich wäre schuld. Ich dachte, ich wäre es gewesen, der mit den Gängen herumgespielt hatte. Meine Mutter dachte das auch, und sie war – wahrscheinlich gerade deshalb – unglaublich lieb zu mir. Sie hat mich sogar zu einem Therapeuten geschickt, und glauben Sie mir, damals ging niemand zum Therapeuten, aber der Mann konnte bei mir nichts ausrichten, ich hab den Mund nicht aufgemacht.« Und erst vor fünfzehn Jahren, so erzählte Bob weiter, hatte sein Bruder Jim ihm gesagt – Jim war älter und konnte sich darum klarer an den Unfall erinnern als Bob –, er, Jim, habe mit der Gangschaltung gespielt, Bob sei mit Susan hinten gesessen, und all die Jahre hatte Jim das nie zugegeben. Bob schüttelte den Kopf. »Das hat mich irgendwie total über den Haufen geworfen, das zu erfahren.«

Ich sagte: »Mein Gott, Bob, was *erwarten* Sie denn!«

Oh, wir unterhielten uns großartig auf diesem Spaziergang. Ich erzählte ihm von David, dass er Cellist bei den Philharmonikern gewesen war und dass ihn seine jüdisch-orthodoxe Gemeinde mit nur neunzehn Jahren ausgestoßen hatte, ich erzählte ihm alles Mögliche, und er hörte zu und wandte dabei das Gesicht zu mir hin und sah mich über die Maske hinweg gütig an. Als ich sagte, dass ich mich an manchen Tagen fühlte, als wäre ich ganz frisch verwitwet, blieb er stehen und berührte mich kurz an der Schulter, und er sagte: »Das ist doch völlig natürlich, Lucy. Sie *sind* frisch verwitwet, was denn sonst, Lucy?«

Und wir setzten uns wieder in Bewegung.

Ich sagte: »Und hier zu sein macht für mich alles irgendwie noch seltsamer«, und er nickte und sagte: »Können Sie das näher erklären?«

Also erzählte ich ihm, wie sonderbar es mir vorkam, mit William zusammenzuleben – wobei es ja nicht immer sonderbar war, was es aber noch sonderbarer machte – und so weit weg von New York zu sein und nicht zu wissen, wann es wieder anders werden würde, und Bob warf mir im Gehen einen Blick zu, er ging wirklich extrem langsam, und sagte: »Ich glaube, das ginge mir auch so, Lucy.«

Wir setzten uns auf eine Bank mit Aussicht auf meine kleine Bucht, zwei Meter waren es nicht ganz zwischen uns, aber er saß an einem Ende und ich am anderen, und die Sonne goss ihren gelben Glanz über uns aus, und Bob sagte:

»Stört es Sie, wenn ich eine Zigarette rauche?« Er klopfte eine aus der Schachtel und zog sich die Maske unters Kinn. »Ich hoffe, es macht Ihnen nichts.« Er fügte hinzu: »Margaret denkt, ich hätte vor vielen Jahren aufgehört, seit unserer Heirat, aber diese Pandemie – ich weiß nicht – mir setzt das alles doch ziemlich zu, da muss ich ab und an eine rauchen.«

Ich sagte, dass es mir ganz und gar nichts ausmachte, ich hätte den Rauchgeruch sogar gern, was stimmt, ich habe Rauch immer gern gerochen. Und Bob rauchte diese Zigarette in einem solchen Tempo weg, dass ich ihn noch mehr ins Herz schloss. Zwei Möwen machten kurz Rast auf dem Anleger, ehe sie sich wieder hoch in den Himmel schwangen.

Während wir so saßen, musste ich an Bobs Bruder Jim denken, daran, welchen Ruhm er als Verteidiger von Wally Packer erlangt hatte, als Wally des Mordes an seiner Freundin angeklagt worden war. Der Prozess hatte landesweite Aufmerksamkeit erregt, weil Wally Packer ein berühmter Soulsänger war, und Jim hatte seinen Freispruch erwirkt. Also sagte ich: »Dann wusste Jim wohl von Anfang an, dass Wally Packer unschuldig war.«

Und Bob sah mich an, ohne die Maske konnte ich besser in seinem Gesicht lesen, und es lag ein beinahe zärtlicher Ausdruck darin. Er hob den Arm, wie um mir über die Schulter zu streicheln, berührte mich dann aber doch nicht und ließ den Arm wieder sinken. »Ach, süße Lucy«, sagte er. Und ich kam mir furchtbar naiv vor. »Das heißt, er war schuldig?«, sagte ich. »Wusste Jim das, als er ihn verteidigt hat?«

Bob sog den Rauch tief ein und sah mich, während er ihn durch den Mundwinkel wieder ausblies, mit seinen gütigen Augen an. »Lucy, ich habe selbst als Verteidiger gearbeitet, und ich denke mal, Jim hat es so gemacht wie alle Strafverteidiger. Er wird Wally gar nicht gefragt haben, ob er es getan hat oder nicht.«

»Ach so«, sagte ich. Dann sagte ich: »Das haben Sie sehr taktvoll gesagt, danke. Ich bin einfach dumm, Bob. In weltlichen Dingen bin ich dumm.«

Und Bob sagte: »Über das menschliche Herz wissen Sie jedenfalls sehr viel, Lucy. Und in weltlichen Dingen – nein, das glaube ich auch nicht.« Er stockte und fuhr dann fort: »Aber ich verstehe schon, was Sie meinen. Ich habe selbst so eine Tendenz.«

Wir gingen zum Haus zurück, und auf seiner Türstufe saß Tom. Ich winkte mit beiden Armen. »Hallo, Tom«, sagte ich. Und er sagte: »Hallo, junge Frau.« Dann nickte er Bob zu und sagte: »Mr Burgess.«

»Hallo, Tom«, sagte Bob, und wir gingen weiter.

»Sie kennen ihn?«, fragte ich, und Bob sah mich von der Seite an und sagte: »O ja. Ich glaube ja, dieses HAUT AB NEW YORKER!-Schild an Ihrem Auto haben Sie ihm zu verdanken.«

»Nein, bestimmt nicht. Er und ich waren immer Freunde.« Aber dann fiel mir ein, dass das Schild am selben Tag da gewesen war, an dem ich ihn zum ersten Mal angesprochen hatte. »Meinen Sie wirklich?«, fragte ich Bob.

Er antwortete nicht, sondern ging schweigend weiter.

»Egal, was soll's«, sagte ich. »Jetzt sind Tom und ich jedenfalls Freunde.«

Bobs Augen über der Maske lächelten mich an. »Umso besser, Lucy«, sagte er.

Wir waren bei seinem Auto angelangt. »Das sollten wir bald wieder machen«, sagte er.

\* \* \*

Also gingen Bob und ich die Woche darauf wieder spazieren. Dann wurde es – ganz urplötzlich! – Frühling. Bob sagte, Margaret würde gern einen Spaziergang zu viert machen, und so fuhren William und ich in die Stadt, wo Bob und Margaret uns in ihrem Wagen zum Fluss vorausfuhren, weil wir auf dem Uferweg besser Abstand voneinander halten konnten. »Aber nicht, dass ich die ganze Zeit mit Margaret gehen muss«, sagte ich im Auto zu William.

Er warf mir einen Blick zu. »Ich dachte, du magst sie«, sagte er.

»Ich mag sie ja auch«, sagte ich. »Ich will nur nicht die *ganze Zeit* mit ihr reden.«

Margaret hatte einen schnellen Gang, so wie William, also gingen sie vor uns her, aber ich muss ehrlich sagen, es war ein sehr netter Vormittag. Der Uferweg war ein asphaltierter Pfad neben dem Fluss, der in der Sonne blitzte und blinkte, das junge Laub kam nun endlich heraus, alles schien erfüllt von Grün und schimmerndem Licht. Die Bäume erinnerten mich an junge Mädchen, so zaghaft in ihrer Schönheit. Und im Gras blühte hier und da Löwenzahn.

Margaret blieb mehrmals stehen, um sich mit Leuten zu unterhalten, die uns begegneten, ihre Augen funkelten, wenn sie mit ihnen sprach, und ich konnte hören, wie sie sich nach ihrem Befinden erkundigte, nach ihren Kindern oder ihren Müttern, solchen Dingen. Sie war schließlich Pfarrerin – und sichtlich eine sehr gute. Ich sah, dass sie ein echt zugewandter Mensch war, das meine ich damit.

6

William ging öfter zu dem Wachturm, meistens am Nachmittag. Danach war er immer in düsterer Stimmung, das fiel mir auf, aber ich wusste nicht, wie ich es ansprechen sollte, und da er selbst nichts darüber sagte, fragte ich auch nicht.

Ich wusste nicht recht, was ich William gegenüber empfand. Meine Gefühle wechselten, es ging auf und ab mit ihnen wie Ebbe und Flut. Denn William war sehr oft auf eine Art abwesend, die mich an unsere Ehe erinnerte, daran, wie mich das immer gequält hatte. Manchmal, wenn mir nach Reden zumute war – ich habe schon immer gern geredet –, verdrehte er die Augen, schob seinen Computer weg und sagte: »Was ist denn, Lucy?« Und das fand ich grässlich. Also sagte ich: »Nichts, vergiss es.« Und er verdrehte wieder die Augen und sagte: »Jetzt komm schon, Lucy. Du wolltest doch gerade etwas sagen. Also sag es auch.«
  Dann sprach ich etwa davon, wie oft Tom rauchend auf seiner Türstufe saß. »Siehst du ihn auch manchmal? Weißt

du, wen ich meine?« Und William nickte. »Ich mag ihn wirklich gern«, sagte ich. Und dann konnte ich nicht weiterreden, weil William so sichtbar gelangweilt war. Selbst als ich sagte, dass es Bobs Meinung nach Tom war, der uns das Schild an die Scheibe geklemmt hatte, zuckte William nur die Achseln.

In solchen Momenten konnte ich ihn nicht ausstehen.

Aber zu anderen Zeiten, oft ganz kurz vor dem Zubettgehen, taute er auf, und wir unterhielten uns nett. Dann sagte ich mir: Er ist erst letztes Jahr von seiner Frau verlassen worden, er hat seine Töchter seit Monaten nicht mehr gesehen, wir sind mitten in einer Pandemie, er hat im Prinzip keine Arbeit mehr. Sei nicht so hart mit ihm, Lucy.

Doch dann –

Als wir eines Abends zusammen im Wohnzimmer saßen – William natürlich an seinem Computer –, fragte ich: »Hast du deine Jeans eigentlich immer so oft gewaschen, William?«

William hörte auf zu tippen und sah starr geradeaus. Dann klappte er den Computer zu, fast mit einem Knall, und sah aus dem Fenster ins Dunkel. Mit einem raschen Blick zu mir sagte er: »Mir ist die Prostata rausoperiert worden, Lucy. Ich hatte Ende Oktober Prostatakrebs. Das habe ich ein paar Wochen nach unserer Reise nach Grand Cayman erfahren. Und dann wurde mir die Prostata entfernt.«

Ich wartete einige Sekunden, und dann sagte ich leise: »Im Ernst?«

William ließ sich noch tiefer in seinen Sessel sinken, und sein Fuß, den er über das andere Bein geschlagen hatte, fing an zu wippen. »Ja. Ja, im Ernst. Und ich war bei dem Arzt, der angeblich der beste ist, und er hat es vermurkst, Lucy.«

Ich sagte: »Wie, er hat es vermurkst?«

Und William fuhr sich mit der Hand über den Unterleib und sagte: »Da geht nichts mehr. Für mich war's das. Da helfen auch keine Tabletten. Dieser Arschloch-Chirurg hat mir gesagt – da war ich noch im Aufwachraum –, er sagte: ›Ich musste den Nerv durchtrennen.‹ Ich wusste sofort, was er meint.« William schob nach: »Und beim Pinkeln geht manchmal auch noch ein bisschen was in die Hose.«

Ich saß da und sah ihn an. Schließlich sagte ich: »Wissen die Mädchen davon?«

Und er machte ein überraschtes Gesicht und sagte, nein, er hätte ihnen nichts davon gesagt.

»Du hattest Krebs und hast es uns nicht erzählt?«

»Machst du mir jetzt Vorwürfe, Lucy?«

»Nein, nein«, sagte ich. »Überhaupt nicht. Aber das tut mir so leid, William. O Gott, tut mir das leid! William, das ist …«

Und er hob abwehrend die Hand.

Also sagte ich nichts mehr.

Nur wenig später stand William auf und sagte: »Aber eins ist gut.«

»Was denn?«, fragte ich.

Er ging zum Kühlschrank und holte einen Apfel heraus. »Bob Burgess hat mir einen Termin bei seinem Arzt verschafft, und mein PSA-Wert ist in Ordnung. Das weiß ich seit letztem Monat. Ich sollte ihn überprüfen lassen, und ein bisschen in Sorge war ich natürlich, aber es ist alles in Ordnung.« Er biss in den Apfel. »Bis auf Weiteres.«

In dieser Nacht konnte ich nicht schlafen. Ich musste immerzu an William denken, William, der Krebs gehabt hatte, dem die Prostata herausoperiert worden war und der niemandem davon erzählt hatte. »Gar niemandem?«, hatte ich ihn vorsichtig gefragt, und er sagte, Jerry hätte sich im Krankenhaus um ihn gekümmert, und auch danach, als er wieder zu Hause war. Ich fragte – noch vorsichtiger –, ob Estelle davon wisse, und er sagte, nein, wie ich darauf käme.

Ach, William, dachte ich. Mein Gott, William.

Was hatte er da durchmachen müssen – völlig allein!

Und der liebe Bob Burgess hatte ihm geholfen. Ach, Bob, dachte ich. Ach, William!

Kein Wunder, dass er mit meinem Traum von Elsie Waters nichts anfangen konnte. Kein Wunder, dass er mir so oft nicht richtig zuhörte. Was er alles durchgemacht hatte! Diese Geste, mit der er sich über den Unterleib gefahren war. »Für mich war's das«, hatte er gesagt.

Und das von *William*!

Ach, William. Lieber Gott, William.


7


Und dann kam, kurz nach Mitte Mai, Rettungsaktion Nummer zwei.

William hatte sein Telefonat mit Bridget beendet, und wir wollten gerade zu Abend essen, als sein Handy klingelte. Ich sah auf dem Display CHRISSY aufleuchten. Ich saß am Tisch, während sie redeten. Williams Ausdruck war sorgenvoll. »Und wann kommen sie in Connecticut an?« Er hörte zu und sagte dann: »Dann muss Michael ihm eben sagen, dass er in ein Hotel gehen soll.« Wieder lauschte er und sagte: »Verstehe, und sie wohnt wo? Das ist nicht weit. Aha? In Ordnung, gib mir Melvins Nummer, Chrissy. Bis dann.«

Er drehte eine Runde durchs Zimmer, schlug dann mit der Hand heftig auf die Sofalehne und sagte: »Verdammte Scheiße.« Er setzte sich an den Tisch und sah mich an. »Melvin und Barbara kommen morgen aus Florida zurück. Das haben sie ihnen heute eröffnet. Sie haben festgestellt, dass es Melvin zum Golfspielen zu heiß ist, also kommen sie heim. Er hat in Restaurants gegessen, er war im Golfclub, die bescheuerte Barbara hat mit ihrem bescheuerten Bridgeclub Bridge gespielt – was für eine Scheiße, Lucy! Sie wissen, dass Michael Asthmatiker ist. Noch dümmer geht's fast nicht mehr!«

Ich sagte nichts. Mir fiel nichts ein. Schließlich fragte ich: »Wollen sie, dass die Kinder ausziehen?«

»Nein, woher denn. Sie wollen als große glückliche Familie zusammenleben – bis sie alle gemeinsam an Covid sterben.«

»Aber isolieren sie sich nicht erst zwei Wochen im Hotel?«

»Nein, das scheinen sie nicht vorzuhaben.«

Wenige Minuten später rief Michael William zurück und gab ihm die Handynummer seines Vaters durch, und ich konnte seine Stimme hören, aber nur sehr gedämpft. »*Du musst dich nicht entschuldigen*«, sagte William. »Wir hören uns bald wieder.«

Melvin ging nicht an sein Handy. William hinterließ ihm eine Nachricht, die in etwa lautete: »Melvin, du warst Zeit deines Lebens ein hervorragender Anwalt. Aber ich bin Naturwissenschaftler, und ich bitte euch, geht für zwei Wochen in Quarantäne, bevor ihr die Kinder seht. Euer Sohn ist Asthmatiker, und mit so was ist dieser Tage nicht zu spaßen.« Und dann: »Michael sagt, die Wohnung von deiner Schwiegermutter steht derzeit noch leer. Geht erst mal dorthin. Und bitte ruf mich zurück.«

An Barbaras Mutter, die noch lebte, hatte ich gar nicht gedacht. Sie wohnte nur wenige Meilen von Melvin und Barbara entfernt, allein mit zwei Pflegerinnen, die sich mit der Betreuung abwechselten; es gab nur ein Schlafzimmer, und die Pflegerinnen schliefen auf der Couch, daran erinnerte ich mich jetzt. Aber William sagte, sie sei kürzlich ins Heim gezogen, und die Wohnung sei noch nicht auf dem Markt.

Melvin rief nicht zurück.

Nach dem Essen saßen wir bis acht Uhr stumm im Wohnzimmer, und dann stand William auf und sagte: »Also gut, Lucy. Wir fahren morgen nach Connecticut. Hier geht es um unsere Kinder, Michael ist unser Kind. Du wirst dir vorher die Seele aus dem Leib pinkeln müssen, weil du auf der

Fahrt keinerlei öffentliche Toiletten benutzen kannst. Wir machen uns Brote und nehmen sie mit, und wir brechen um fünf Uhr auf. Nimm vorsichtshalber eine Schlaftablette, denn auf dem Rückweg wirst du mich ablösen müssen, und eine halbe Tablette hätte ich auch gern.«

Ich fragte, ob er vielleicht Estelle Bescheid sagen wollte, damit sie mit Bridget kam und uns traf, aber er schüttelte den Kopf und brachte mich mit einer Handbewegung zum Schweigen.

Um fünf Uhr morgens brachen wir auf. William war um halb fünf aufgestanden und hatte im Schein der Verandalampe unsere New Yorker Nummernschilder wieder anmontiert. Wir fuhren lange Zeit schweigend, und ein paar Minuten lang schlief ich sogar. Als ich wach wurde, strömte Sonnenlicht durch die Bäume. Weiter südlich hatte das Laub schon eine viel dunklere Färbung als in Maine; es war ein strahlender Tag. Wir trafen kaum andere Autos. An einem Rastplatz hielten wir an und aßen eins der belegten Brote, die ich gemacht hatte, und dann pinkelte William in die Büsche und ich auch.

Als wir schließlich in Connecticut waren und in den Ort kamen, in dem sie wohnten – eine kleine Stadt im Süden Connecticuts –, hielt William mir eine Maske hin und sagte: »Zieh die an.« Ich setzte sie auf. Die Häuser der Stadt waren über weite Teile klein und unauffällig, aber dann erreichten wir die Straße, in der Melvin und Barbara wohnten, und sie war von riesigen Bäumen gesäumt, deren Blätter hell in der Sonne leuchteten. Und unmittelbar bevor wir in die Einfahrt einbogen – das Haus war groß, im Tudorstil erbaut, und lag ein Stück von der Straße weg –, brachte William den Wagen zum Stehen und setzte seinerseits eine Maske auf. Dann rief er Chrissy an. »Wir sind hier«, sagte er, als sie sich meldete, und ich hörte sie rufen: »Wo? Ihr seid *hier*? Wie, Dad, ihr seid *hier*?«

»Kommt raus«, sagte er, »denn wir kommen ganz sicher nicht rein.«

Und da trat Chrissy auch schon aus der Tür. Sie schien mir unglaublich schön, es lag ein Leuchten über ihrem Gesicht, als sie sich die Maske aufsetzte, und hinter ihr kam Michael, der winkte, und als Letzte meine süße Becka, und sie sah so verändert aus, dass ich sie fast nicht erkannte. Ihr Haar war viel länger, es hing ihr bis über die Schultern und lockte sich, und sie war dünner geworden; sie sah älter aus. »Becka!«, rief ich, und sie lächelte und sagte: »Hi, Mom.«

»Chrissy!«, sagte ich. Mein Gott, drängte es mich, sie in den Arm zu nehmen, alle beide! »Dad sagt, wir dürfen uns nicht umarmen«, sagte ich.

»Da hat er recht«, sagte Chrissy und warf mir dafür Kusshände zu. Becka und Michael zogen die Masken an, die sie in der Hand getragen hatten.

Und dann standen wir da, wir fünf, und es fühlte sich höchst merkwürdig an.

Michael sagte, sein Vater habe vor zwanzig Minuten angerufen, sie seien gelandet und säßen im Taxi. »Aha«, sagte William. Er nickte. »Ich tue, was ich kann, Michael. Ich hoffe, du wirst es mir nachsehen, aber ich werde alles versuchen.«

»Viel Erfolg«, sagte Michael. Er sagte es resigniert, und William sagte: »Ich weiß.«

Ich musste immer wieder die Mädchen anschauen, sie waren beide so erwachsen geworden, und sie wirkten eine Spur gehemmt, als wüssten sie nicht recht, was sie mit uns anfangen sollten. Also sagte ich: »Setzen wir uns doch an den Pool«, und wir gingen alle hinüber zum Pool, der für den Winter abgedeckt war. Sie sah wie ein Trampolin aus, die Abdeckung meine ich, nur dass sie mit Pflöcken in den Boden geschlagen war. Um den Pool standen Plastikstühle, die stellten wir in großem Abstand auf und setzten uns darauf. Becka hatte eine Ernsthaftigkeit im Ausdruck, o Gott, es brach mir das Herz, aber es schien ihr so weit gut zu gehen. Oder sie tat nur so, ich weiß es nicht, allerdings war Becka noch nie gut darin, sich zu verstellen. Ich sehnte mich verzweifelt danach, mit jedem meiner Kinder allein sprechen zu können. »Becka«, sagte ich, »sag, wie geht es dir?«

»Mir geht's gut, Mom«, sagte sie, und ich dachte, lieber Gott, sie lügt, aber dann sah sie mich an, und in ihren Zügen – so kam es mir vor – lag eine ganz neue Reife, wobei das mit der Maske schwer zu beurteilen war. »Bitte schau nicht so besorgt, Mom«, sagte sie, »es geht mir wirklich gut.« Und dann fingen ihre Augen zu glänzen an, als sie mir von ihrer Arbeit erzählte, es sei enorm viel zu tun, sagte sie, denn durch die vielen Schulschließungen hätte die häusliche Gewalt zugenommen, aber es würden nicht genug Meldungen gemacht, und sie erzählte mir, wie sie am Computer mit diesen Problemen umging, und sosehr mich das auch interessierte, konnte ich doch nicht richtig zuhören, ich musste immerzu ihre Augen ansehen und diese neue Gebärde, mit der sie ihr Haar über die Schulter zurückstrich. Und doch war sie durch und durch Becka.

Und dann erzählte Chrissy, die Juristin bei der Amerikanischen Bürgerrechtsunion ist, dass sich auch bei ihr die Arbeit türmte, denn aufgrund der Lockdowns überall gelte es die Bürgerrechte der Betroffenen im Blick zu behalten, und mir fiel auf, wie schweigsam William war, als sie davon sprach. Aber zum Schluss sagte er: »Sehr gut, Chrissy.«

Und dann fragte ich Michael nach seiner Arbeit – er ist Finanzinvestor –, und er sagte: »Mann, zurzeit ist es alles der absolute Wahnsinn.« Und ich sagte, das könne ich mir vorstellen.

Kaum hatte ich das gesagt, bog ein schwarzes Auto in die Einfahrt ein, und wir standen alle hastig auf und gingen vor zu dem Rondell am Ende der langen Zufahrt, und gleich darauf stieg aus der hinteren Tür Melvin, in grellgrüner Hose und rosa Polohemd, und nach ihm stieg Barbara aus, magerer denn je, sie trug einen Leinenhut auf dem Kopf, und Melvin setzte seine Sonnenbrille ab, blinzelte in unsere Richtung und sagte: »Was zum …!« Dann fing er zu lächeln an: »Hallo, ihr zwei!« Er streckte William die Hand hin.

Ich habe Melvin immer gemocht. Er ist charmant, er hat etwas Jugendliches, und ich fand es immer schade, dass er mit Barbara verheiratet ist, die – jedenfalls seit ich sie kenne – doch eine sehr freudlose Frau ist.

William sagte: »Grüß dich, Melvin. Die Hand geben wir uns lieber nicht, wir haben eine Pandemie.«

»Schaut euch an!«, und Melvin lachte. Ohne die Sonnenbrille fiel seine Bräune noch mehr auf; die Lachfältchen um seine Augen leuchteten ganz weiß. »Seid ihr ein OP-Team, oder was? Gruselig!«

William sagte zu Melvin: »Können wir reden?«, und er wies mit der Hand in Richtung Pool.

»Von mir aus«, sagte Melvin mit kurzem Kopfschütteln. »Mann, mir wird ganz anders zumute, wenn ich euch so sehe.« Er setzte die Sonnenbrille wieder auf.

Der Taxifahrer lud Koffer und Golfsäcke aus dem Kofferraum und lehnte sie an den Wagen.

William blieb stehen, während Melvin auf einem der Stühle Platz nahm. Ich fragte Barbara, wie es ihr gehe, und sie sagte, ach, so weit, so gut, worauf sie sich Michael zuwandte und sich nach ihm erkundigte; sie sprachen über Michaels Bruder, der in Massachusetts lebte, und ich sah zu den Mädchen hinüber, die ähnlich angespannt schienen wie ich; sie und ich warfen uns sprechende Blicke zu und plauderten, so gut es ging.

Schließlich stieß Melvin mit lautem Scharren seinen Stuhl zurück und erhob sich. »Also gut«, hörte man ihn sagen. »Also gut.«

Ich dachte, er würde verärgert sein, aber er lächelte, als er zurückkam. »Lucy, wie geht's, wie steht's?«, fragte er mich.

Und ich sagte, gut. Dann sagte er zu Michael: »Bist du so lieb und bringst mir den SUV-Schlüssel raus, Junge? Und dann lassen wir euch allein – nicht, dass wir euch noch *verseuchen* mit unseren Südstaaten-*Bazillen*.« Und er drehte sich um und grinste uns an, beide Hände mit wackelnden Fingern flach in die Luft erhoben.

Michael verschwand im Haus und kam mit einem Schlüssel wieder heraus, den er seinem Vater zuwarf. Sein Vater fing ihn auf, worüber ich froh war, denn es war klar, dass er sich dadurch sehr männlich fühlte. Michael ging zur Garage und drückte auf einen Knopf, und das Tor glitt nach oben und offenbarte das Heck des großen schwarzen SUV. Melvin fuhr ihn aus der Garage, hob die Koffer hinein und dann auch die beiden Golfsäcke und sagte zu seiner Frau: »Packen wir's«, und Barbara sagte: »Tschüss, Lucy.«

»Dann bis in zwei Wochen, Leute«, sagte Melvin, und der Wagen rollte die Einfahrt hinunter.

Wir fünf standen da, alle mit ernsten Mienen. Ein Wind kam auf und raschelte in dem Laub der Bäume. William kam mir erschöpft vor, er war blass im Gesicht. Nach einer Weile sagte Chrissy: »Danke, Dad. Tausend Dank, echt.« Und Michael dankte ihm auch. Becka blieb stumm, sie schaute verängstigt. Wir blieben noch an die zwanzig Minuten, mir war ganz schwummerig im Kopf. William klatschte in die Hände, gewollt leutselig, und sagte: »Ihr macht das alle echt großartig. Ihr seht wirklich gut aus.« Das stimmte. Wir unterhielten uns noch ein wenig, ich weiß nicht mehr, worüber.

Aber Becka winkte mich kurz beiseite. Sie schirmte ihre Augen mit der Hand gegen die Sonne ab, und sie sagte: »Mom, wir haben uns doch immer bei Bloomingdale's getroffen. Chrissy und ich haben neulich über Bloomingdale's geredet, sie müssen vielleicht schließen, es steht noch nicht fest, aber so viele Geschäfte machen zurzeit Pleite. Jedenfalls fanden wir beide, dass es nicht schlimm ist, wenn Bloomingdale's eingeht, weil es eigentlich ein ganz übler Laden ist, wenn du richtig darüber nachdenkst. Ich meine, Mom – diese ganzen Waren, die irgendwelche Kinder in Asien für einen Hungerlohn herstellen, dieser brutale Materialismus, ich begreife nicht, wie ich da früher so drüber hinwegsehen konnte, Mom. Es ist einfach nur abartig. Wenn du zurückkommst, suchen wir uns einen anderen Ort, wo wir uns treffen können.«

»Gern«, sagte ich. »Das klingt gut. Ich bin sehr stolz auf euch beide. Ich freu mich schon.«

Aber es kam überraschend für mich, wirklich sehr überraschend.

Und dann stellten wir uns wieder zu den anderen, und Becka sagte: »Wir können nicht mal Familienumarmung machen.« Und sie fing zu weinen an, und ich sagte: »Das macht doch nichts, jetzt haben wir uns doch gesehen…« Aber Becka schluchzte noch heftiger, ich hielt es kaum aus, so sehr litt ich mit ihr. Ich sah Chrissy an, ich weiß noch, wie ich dachte: Sie ist genau wie William, aber ich meinte es nicht im schlechten Sinne, ich meinte nur, dass sie sich im Griff hatte wie er.

»Becka«, sagte William. »Du hast eine Familie, die dich

sehr liebt. Wir müssen jetzt los, es war ein langer Tag, und wir haben noch einen weiten Weg vor uns.« Er hob die Hand. »Passt auf euch auf.«

Und Becka hörte auf zu weinen.

\* \* \*

Sobald wir im Auto saßen, sagte William, ich solle ihn bitte nicht ansprechen, er sei zu müde zum Reden. Und dann, als wir aus Connecticut heraus waren, sagte er: »Lucy, du musst fahren, ich bin halb tot.« Also hielten wir an und aßen beide noch eins von meinen Broten, und dann fuhr ich. William schlief ein, der Kopf sank ihm auf die Brust. Ich sorgte mich fast ein bisschen, aber als wir die Grenze zu New Hampshire erreichten, wurde er wieder munterer und sagte: »Die Mädchen haben einen guten Eindruck gemacht.«

»Einen ganz fabelhaften«, stimmte ich zu. Dann fragte ich: »William, was hast du zu Melvin gesagt?«

William sah aus seinem Fenster und dann geradeaus durch die Windschutzscheibe, und er sagte: »Ach, ich habe mir eine Weile angehört, wie übertrieben ich reagiere, er hat es natürlich scherzhaft gesagt, typisch Melvin eben, und ihm dann all die Fakten hinsichtlich der Pandemie aufgezählt, die ihm anscheinend alle neu waren. Und bevor er vorschlagen konnte, die Kinder sollen in die Wohnung umziehen, habe ich ihm gesagt, dass die Kinder zu dritt sind und sie nur zu zweit und dass die Wohnung nur ein Schlafzimmer hat. Und dann«, William sah mit dem Ansatz eines Lächelns zu mir herüber, »habe ich ihm gesagt, dass ich einen Reporter von der *New York Times* kenne, der sich die Finger abschlecken würde nach der Story von einem Mann, der aus Florida zurückkommt – einem renommierten Anwalt, der seinen asthmakranken Sohn ansteckt, weil er denkt, die Regeln gelten für ihn nicht. So was wäre ein Festschmaus für die *Times*. Es würde einschlagen wie eine Bombe. Das habe ich ihm gesagt.«

»Tja«, sagte ich, »es hat funktioniert.« Und dann fragte ich: »Kennst du wirklich jemanden bei der *New York Times*?«

»Ach wo«, sagte William.

Wir fuhren nach New Hampshire hinein, und ich sagte: »*Oh!* Chrissy ist schwanger.«

»Ernsthaft?« William sah mich an. »Das hat sie dir gesagt, und du erzählst es mir jetzt erst?«

»Nein, sie hat mir nichts gesagt. Es ist mir gerade eben aufgegangen.«

»Du meinst, du hattest eine Vision?«

Darüber dachte ich nach, und dann sagte ich: »Nein, keine Vision. Aber sie ist ganz bestimmt schwanger, William, deshalb sah sie auch so anders aus.«

»Warum hast du sie nicht einfach gefragt?«

Ich warf ihm einen Blick zu. »Wenn sie es gewollt hätte, hätte sie es mir erzählt. Schließlich hatte sie schon diesen einen Abgang, da wird sie es niemandem sagen wollen, bis sie aus der riskanten Phase heraus ist.«

»Na, hoffentlich hast du recht«, sagte William. Dann fügte er hinzu: »Aber in diesen Zeiten ein Kind in die Welt setzen – o Mann!«

Wir fuhren weiter, wir waren jetzt schon in Maine. Und unvermittelt hatte ich tatsächlich eine Vision, oder vielmehr hatte ich sie in dem Augenblick gehabt, als ich Melvin aus dem Auto hatte steigen sehen, es war, als wäre er – ganz kurz nur – von einer Aura umgeben gewesen, einer dunklen Aura, und ich hatte schon sehr lange keine Vision mehr gehabt, aber diese Aura war bei seinem Anblick schlagartig da gewesen, und nun, im Fahren, war sie wieder da, doch jetzt war es mehr, als flöge ein Vogel vor dem Auto vorbei, kaum da und schon wieder weg.

»Melvin hat Corona«, sagte ich.

\* \* \*

In dieser Nacht gab es ein Gewitter. Es brach los, als wir endlich in Crosby ankamen, und es war ein tolles Schauspiel. Es hatte etwas Erhebendes, in diesem Haus zu sitzen und den Regen auf das Dach trommeln zu hören und die Blitze über den Ozean flackern zu sehen. Dazu der Donnerschlag, der nach jedem Blitzzucken über das Wasser rollte … Es war grandios, anders kann ich es nicht sagen. Wir saßen auf der Couch und hielten uns bei den Händen – locker –, und ich weiß nicht, wieso, aber das Gewitter hob meine Stimmung. Vielleicht empfand William es ähnlich, sicher bin ich mir nicht, er saß da und wirkte weit weg. Aber er war erschöpft. Und ich war es ja auch. Ich erzählte ihm, was Becka über Bloomingdale's gesagt hatte, über den Materialismus von Bloomingdale's, und dass die Waren dort in Asien zu Hungerlöhnen hergestellt würden. »Es kam überraschend für mich«, sagte ich.

Er antwortete: »Ach, das sagt sie nur, weil sie jung ist.«

»So jung ist sie auch wieder nicht«, sagte ich, und er sagte, das sei ihm schon klar.

Dann sah er mit zusammengekniffenen Augen aus dem Fenster. »Aber es stimmt ja, was sie sagt.«

\* \* \*

Vier Tage nach unserer Rückkehr wurde Melvin ins Krankenhaus eingeliefert, er hatte das Virus, und er blieb zehn Tage im Krankenhaus. Barbara hatte sich auch angesteckt, musste jedoch nicht in die Klinik. Und Barbaras Mutter in ihrem Heim infizierte sich ebenfalls, aber sie starb nicht daran. Melvin und Barbara blieben in der Wohnung von Barbaras Mutter wohnen, und dieselben Frauen, die sich um die Mutter gekümmert hatten, halfen nun ihnen. »Ach du meine Güte!«, sagte ich, als Chrissy mich mit der Nachricht anrief, und dann ließ ich mir Michael geben, er klang bedrückt, aber er sagte: »Ich bin echt froh, dass William sie hier nicht reingelassen hat, Lucy«, was ich sehr anständig von ihm fand, schließlich war sein Vater todkrank gewesen.

Ich ging durchs Haus und dachte immer wieder: Melvin wäre um ein Haar gestorben! Ich konnte es nicht glauben, obwohl ich doch wusste, dass es wahr war.

# 8

Die Nachrichten brachten eines Abends einen Beitrag über die Kleiderfabriken in Bangladesch, es ging darum, dass die Arbeiterinnen dort nicht einmal Masken bekamen, und viele waren entlassen worden, weil derzeit niemand Kleider kaufte, aber der Anblick dieser blutjungen, in riesigen Hallen zusammengepferchten Mädchen, die Stoffstücke zurechtschnitten, so schnell sie nur konnten …

Es machte mir klar, dass Bloomingdale's genau das war, was Becka gesagt hatte, ein ganz übler Laden, und all die Jahre hatten wir drei uns so unschuldig, so töricht daran gefreut, als könnte es ewig so weitergehen – waren durch die Schuhabteilung flaniert, als wäre das alles, was im Leben von uns verlangt würde.

\* \* \*

In dieser Nacht konnte ich nicht schlafen, und meine Gedanken begannen zu wandern wie so oft in solchen Nächten, und eine Erinnerung kam mir:

Vor vielen Jahren hatte ich an einem College in New York unterrichtet, und ein Mann unterrichtete auch dort, er war viel älter als ich und ging schon bald nach meiner Ankunft in den Ruhestand. Er war ein netter Mann mit buschigen Augenbrauen, ein stiller Mensch, aber mich mochte er irgendwie; wir unterhielten uns manchmal auf dem Gang. Er erzählte mir von seiner Frau, die Alzheimer hatte: Er könne sich nicht an ihr letztes Wort zu ihm erinnern, sagte er, denn sie sei nach und nach immer stiller geworden, bis sie irgendwann überhaupt nicht mehr gesprochen habe. Und dieser Mann, ihr Ehemann, kam nie mehr darauf, was sie als Letztes zu ihm gesagt hatte.

Aber die Erinnerung brachte mich auf etwas anderes, was ich oft bei mir gedacht hatte: Irgendwann hatte ich die Mädchen – als Kleine – auf den Arm genommen, und es war das letzte Mal gewesen. Das war mir immer so furchtbar: mir klarzumachen, dass man es nicht weiß, wenn man ein Kind das letzte Mal auf den Arm nimmt. Man sagt vielleicht noch etwas wie: »Ach, Herzchen, langsam wirst du mir wirklich zu schwer.« Und dann hebt man es nie wieder hoch.

Mit dieser Pandemie zu leben, war ganz ähnlich. Man wusste es nicht.

# Zweites Buch

# I

1

Gegen Ende Juli hatte ich einen schweren Panikanfall, und in der Folge änderte sich in meinem Leben einiges; gewaltige Veränderungen fanden statt.

Doch diesem Ereignis ging etliches voraus, furchtbare Dinge zum Teil, aber zum Teil auch sehr schöne.

\* \* \*

Das erste Furchtbare, was passierte, war dies:

Ende Mai kniete ein Polizist neun Minuten und neunundzwanzig Sekunden auf dem Hals eines Schwarzen. Der Name des Mannes war George Floyd. Es gab dieses Video, auf dem man sah, wie George Floyd sagte: »Ich krieg keine Luft, ich krieg keine Luft«, und das Gesicht des Polizisten blieb völlig unbewegt, während er auf dem Hals dieses Mannes kniete, George Floyd, der starb.

Das geschah in Minneapolis, und die Proteste nahmen von dort ihren Ausgang und verbreiteten sich durch viele Städte im Land, ja auf der ganzen Welt. Abend für Abend sahen wir die Menschen in den Nachrichten auf die Straße gehen, und zuweilen loderten Flammen in den Nachthimmel empor, Schaufenster wurden eingeschlagen, während Menschenmassen gegen den Mord an einem weiteren unschuldigen Schwarzen protestierten, George Floyd.

Ich dachte: »Lieber Gott, sie werden sich alle anstecken.« Aber ich empfand mehr als das. Ich verstand den Zorn, ich verstand ihn so gut.

Abend für Abend saßen wir vor dem Fernseher: In Portland, Oregon, schlugen die Wogen besonders hoch. Die Demonstranten wurden von Gegendemonstranten bedroht, und auch die Polizei war beteiligt. Es machte mir Angst. In New York rissen die Proteste gar nicht mehr ab.

Im Angesicht all dessen verspürte ich Hoffnungslosigkeit und Hoffnung gleichermaßen. Es war, als wäre der Rassismus in diesem Land mit einem Mal explodiert und bräche sich Bahn. Aber es rüttelte die Menschen auf! Viele rüttelte es auf.

Ich erinnerte mich: Vor Jahren, William und ich waren damals noch verheiratet, war in New York ein junger Schwarzer – Abner Louima, ich hatte den Namen nach George Floyds Tod im Internet nachgeschaut – festgenommen und auf der Wache von dem Polizisten, der ihn verhaftet hatte, mit einem Besenstiel vergewaltigt worden. Mir war das unheimlich nahegegangen; bis heute sehe ich das Gesicht des jungen Mannes vor mir, des Opfers, meine ich, Abner Louima. Er hatte noch im Krankenhaus ein Interview gegeben, und sein Gesicht war so offen gewesen, ganz offen und nett. Und der Polizist, der ihm das angetan hatte, lebte allein mit seiner Mutter auf Staten Island. Ich hasste diesen Mann. Ich hasste seinen Gesichtsausdruck, bar jeder Reue, es war ein völlig leerer Ausdruck. Ich hätte in dieses Gesicht hineinschlagen mögen, und das, wie ich ja schon gesagt habe, erschreckt mich immer – so zu empfinden, meine ich.

Ich habe noch nie einen Menschen geschlagen.

Aber den Drang dazu kenne ich; tief verborgen in mir gibt es ihn.

\* \* \*

Und dann schickte mir Becka eines Tages eine Nachricht: Sag das bitte nicht Dad, aber wir waren auf den Demos in New Haven. Keine Angst, uns geht's gut.

Ich rief sofort bei ihr an, aber sie hob nicht ab.

Ich sagte William nichts davon. Ich dachte daran, wie er nach Connecticut gefahren war, um sie vor dem Virus zu bewahren, und was für Sorgen er sich machen würde – wie ich es ja auch tat –, dass sie jetzt ohne Abstand demonstrieren gingen. Mein Gott, machte ich mir Sorgen. Aber ich war auch stolz auf sie.

Ich spürte während dieser Zeit eine Art Benommenheit, die nie ganz wich. Als überstiege es meine Kräfte, all das aufzunehmen, was auf der Welt vor sich ging.

# 2

Das Zweite, was passierte, gehörte zu den erfreulichen Dingen:

Wir knüpften in Maine erste Kontakte. Das geschah durch Bob und Margaret; es war jetzt richtig Sommer, und sie luden uns zusammen mit verschiedenen Leuten an verschiedene Orte ein – immer im Freien, mit Abstand und Maske –, und ich stellte fest, dass ich die Leute mochte, die wir über sie kennenlernten. Sie waren sehr unterschiedlich.

Aber zu ihnen komme ich noch.

\* \* \*

Erst muss ich etwas beichten.

Ich fuhr eines Tages allein zum Einkaufen, um Waschpulver und ein paar Energy-Riegel zu holen, und Weinnachschub für mich. Vor dem Laden war eine lange Schlange. Die Leute standen mit Maske und zwei Meter Abstand – der Laden hatte die Abstände auf dem Boden markiert –, und sie warteten darauf, eingelassen zu werden. Es war ein wolkiger Samstagnachmittag, und als ich das Auto abstellte, sah ich viele Menschen über den Parkplatz eilen und begriff – oder glaubte zu begreifen –, dass sie sich ihren Platz in der Schlange sichern wollten, die mit jeder Sekunde länger wurde; sie reichte bis um die Hausecke. Vor mir stand ein junger Mann, der unentwegt auf sein Handy schaute, und als wir zum Eingang des Ladens vorrückten, sah ich einen Mann – er war ältlich und blass und schien irgendwie nicht gut beieinander – mit langsamen Schritten über den Parkplatz gehen, und ich dachte: Den lassen sie doch sicher vor. Aber der Mann ging an mir vorbei und auf das Ende der langen Schlange zu. Ich dachte: Ich sollte ihm nachlaufen und ihm meinen Platz anbieten – denn inzwischen war ich nur noch ein paar Minuten vom Eingang entfernt.

Ich drehte mich sogar um, um zu sehen, wie viele Menschen hinter mir warteten, und es waren sehr, sehr viele. Ich lief dem alten Mann nicht nach.

Ich lief ihm nicht nach.

Eine Frau zwei Plätze vor mir – ähnlich alt wie ich, höchstens ein paar Jahre jünger – sagte zu dem jungen Mann zwischen uns: »Können Sie mir meinen Platz freihalten?« Der junge Mann blickte nicht von seinem Handy auf, und ich sah diese Frau dem alten Mann nachgehen, er war schon fast an der Ecke angekommen, hinter der die Schlange endete, und sie holte ihn und gab ihm ihren Platz, sodass er nur noch ganz kurz zu warten hatte, und dann schaute die Frau, die das getan hatte, hin und her, als fragte sie sich – möglicherweise –, ob sie sich wieder einreihen konnte, aber niemand sagte etwas oder schien auch nur Notiz von ihr zu nehmen, einschließlich dem jungen Mann, der ihr den Platz hatte freihalten sollen. Er hob den Blick nicht von seinem Handy, und ich schaute zu, wie sie um die Hausecke verschwand, vermutlich ganz ans Ende der Schlange. Sie hatte ihren Platz abgetreten und musste nun von Neuem warten.

Und ich dachte: Das wäre meine Aufgabe gewesen. Ich hätte dem alten Mann meinen Platz geben sollen.

Hatte ich aber nicht.

Ich hatte nicht von Neuem in der endlosen Schlange stehen wollen, so wie die Frau es nun tat.

Und ich lernte etwas an diesem Tag.

Über mich und über die Menschen und ihren Egoismus.

Ich werde nie vergessen, was mir dieser Mann nicht wert war.

3

Bevor ich von unseren neuen Bekanntschaften berichte, sollte ich noch sagen, dass William eines Nachmittags in der ersten Juniwoche von seinem Spaziergang zurückkam und verkündete, er werde morgen nach Massachusetts fahren und sich in Sturbridge Village – wo es einen Park gab – mit Estelle treffen, die Bridget mitbringen würde. »Das ist längst überfällig«, sagte er, und der Blick, mit dem er es sagte, war finster.

Ich fragte ihn, ob ich mitkommen und ihn beim Fahren ablösen sollte, aber er meinte, nein, es seien nur drei Stunden pro Strecke, das sei kein Problem. Ich fragte, ob Estelle allein kam, und er sagte Ja, woraus ich schloss, dass ihr Versager-Freund nicht dabei sein würde.

Am nächsten Tag brach William gleich morgens auf. Ich hatte ihm ein Thunfischsandwich gemacht, das er fast vergessen hätte. »William«, rief ich und lief ihm mit dem Sandwich und einer Flasche Wasser nach. »Nimm das mit.« Und er nahm es beides. »Wenn du mich brauchst, ruf an, ja?«, sagte ich, aber er hob nur die Hand und stieg ins Auto –

er hatte die New Yorker Nummernschilder wieder angeschraubt – und rumpelte die steile, steinige Einfahrt hinab.

Es war seltsam. Anfangs war ich richtig froh, dass er weg war. Ich fühlte mich freier im Haus ohne ihn. Ich rief eine Freundin in New York an, und wir redeten lange und lachten, und dann legte ich auf, und im Haus wurde es still. Es war Ebbe, deshalb machte ich einen Spaziergang am Wasser entlang und freute mich an den verschiedenen Arten von Strandschnecken, es gab größere weiße und viele braune, die alle kleiner waren. Mitunter – aber nicht oft, und nicht an diesem Tag – war auch ein Seestern dabei. Und immer der Seetang, glitschig und von einem tiefen Goldbraun, der zottig über den Steinen hing. So ging ich eine Weile, doch dann bekam ich ein bisschen Angst, ich dachte plötzlich, so sicher gehe ich auch nicht mehr, was ist, wenn ich falle? Das verdarb mir die Freude ein wenig, und Wolken zogen auch auf – bis dahin war es ein strahlender Tag gewesen –, also kehrte ich um und dachte, dann lese ich eben. Aber ich fand nichts, was ich lesen mochte. Ich konnte nicht lesen. Ich hatte, wie schon gesagt, seit unserer Ankunft so gut wie nichts lesen können. Und schreiben konnte ich auch nicht.
 Es war noch nicht Mittag.

Ich begann an all die Menschen zu denken, die diese Zeit allein durchstehen mussten. Die New Yorker Freundin, mit der ich zuvor telefoniert hatte, lebte allein. Zweimal die Woche setzte sie sich mit einer Freundin an einen Tisch hinter ihrem Mietshaus, sie saß am einen Ende, die Freundin am anderen, und so sahen sie sich. Jetzt, wo William weg war, verstand ich das besser. Ich bekam ein anderes Gefühl für ihre Lage, das meine ich. Aber meine Freundin konnte lesen, was ich nicht konnte. Trotzdem, sie war allein.

Ich wünschte, Bob Burgess würde vorbeikommen. Ich wünschte, die Mädchen würden anrufen, aber sie riefen mich nicht an und ich sie auch nicht.

Schließlich legte ich mich mit meinem iPhone und den Ohrstöpseln auf die Couch und rief den Klassiksender auf. Und diesmal reagierte ich darauf nicht wie bei meinen wenigen vorherigen Versuchen, die Musik zu hören, die David (manchmal) gespielt hatte. Zum ersten Mal hatte ich wieder dieses Gefühl, auf einer Wolke zu liegen, einer weichen, goldschimmernden Wolke, und ich wagte keine Bewegung, um das Gefühl nur ja nicht zu vertreiben. Ich dachte: Ich ruhe! Ich war imstande zu ruhen, und es war unbeschreiblich.

Um acht, als die Sonne zu sinken begann, kam William zurück. Ich ging zur Tür, aber er kam nicht herein. Da stand ich. Nach einer Weile ging ich hinaus, und sein Autofenster war wohl offen, denn ich konnte ihn hören: Er weinte. Bitterlich. Ich eilte zu ihm; sein Kopf lag auf dem Lenkrad. Er sah zu mir auf, aber er konnte nicht sprechen, sein ganzes Gesicht war nass. Und er hörte nicht auf zu weinen.
»Oh, Pillie«, flüsterte ich.
Kurz darauf stieg er aus und duldete es, dass ich ihn umarmte, erwiderte die Umarmung jedoch nicht. Er folgte mir

ins Haus und ließ sich aufs Sofa fallen, und ich fragte: »Was ist passiert?«

Und er sagte: »Nichts. Es war alles gut. Ich bin nur so traurig, Lucy. Ich bin so traurig.«

So wie jetzt hatte ich William nur ein einziges Mal weinen sehen, damals, als er mir seine Affäre mit Joanne gestanden hatte. Sie war seit dem College mit uns beiden befreundet gewesen, und drei Monate zuvor hatte er zugegeben, dass er diverse Affären gehabt hatte, aber als er mir von der Affäre mit Joanne erzählte, geschah es unter dem gleichen Schluchzen wie jetzt. Damals hatte er gesagt: »Ich bin nicht normal, Lucy. Ich mache alles kaputt.« So etwas hatte ich ihn noch nie sagen hören, und nach einer Weile versiegten seine Tränen. Ich vergoss wegen Joanne keine Tränen. Ich war zu erschlagen, ich war viel zu traurig zum Weinen. Joanne wurde seine zweite Frau und blieb es sieben Jahre lang.

Und nun konnte ich ihm nur zuschauen und abwarten, und er hörte zu weinen auf und wiederholte: »Es war alles gut, es war schön, die beiden zu sehen.« Offenbar hatte Bridget beim Abschied zu weinen begonnen, und erst da, als er – selbst schon im Auto sitzend – Estelle mit Bridget wegfahren sah, kamen auch ihm die Tränen.

»War Estelle nett zu dir?«, fragte ich zaghaft.

Und William sagte: »O ja. Natürlich. Sie war wunderbar, sie hätte nicht netter sein können.« Er schüttelte den Kopf und sagte mit festerer Stimme: »Ich bin einfach nur traurig, Lucy.«

Ich konnte es ihm nachfühlen.

# II

## 1

Hier eine Geschichte über eine Frau, die wir durch Margaret und Bob kennenlernten:

Es ging auf Mitte Juni zu, wunderschönes Wetter, und Bob und Margaret bestellten uns zum Bootshafen, zusammen mit einem anderen Paar. Wir saßen an zwei benachbarten Picknicktischen, der Abend war herrlich, nicht ein Lüftchen regte sich, selbst hier unten am Wasser, und der Mann von dem anderen Paar, der im Gesundheitsministerium gearbeitet hatte, war gerade in Rente gegangen; seine Frau war beim Sozialdienst des städtischen Krankenhauses.

Die Frau hieß Katherine Caskey; sie saß mir schräg gegenüber am einen Ende der Bank – am anderen Ende saß Bob –, und sie war mir außerordentlich sympathisch. Sie war etwa in meinem Alter, aber sie hatte etwas Jugendliches an sich, sie hatte rötlichbraunes Haar, das getönt sein musste, zumindest war keinerlei Grau darin, und ich fragte mich, wie ihr das trotz der Pandemie gelang. Sie war eine schlanke Frau, sie stand geschmeidig auf, um etwas in den Abfallkorb ein paar Meter entfernt zu werfen, und dann kam sie zurück und nahm wieder Platz.

Wir unterhielten uns, und Katherine Caskey sprach über ihre Kindheit. Sie hatte die ersten sechs Jahre ihres Lebens in West Annett verbracht, erzählte sie, einer Stadt etwa eine Stunde von hier. Es war eine sehr kleine Stadt, ihr Vater war dort Pfarrer gewesen, und ihre Mutter war gestorben, als Katherine erst fünf war. Sie redete viel von ihrer Mutter an diesem Abend, und ich verstand: Dies war der wunde Punkt in Katherines Leben. Sie hatte ihre Mutter sehr geliebt, sie war der Augapfel ihrer Mutter gewesen. Und dann starb ihre Mutter. Ihr Vater versuchte den Laden am Laufen zu halten; um die kleine Schwester, Jeannie, kümmerte sich seine Mutter in Shirley Falls, und er und Katherine behalfen sich – mehr schlecht als recht – mit einer Haushälterin namens Connie Hatch. »Die ich *gehasst* habe«, sagte Katherine kopfschüttelnd. »Die arme Frau. Ich konnte sie nicht ausstehen, weil sie so ein riesiges Muttermal auf der Nase hatte. Sie war mir unheimlich.«

Die Gemeindemitglieder, so Katherine, hatten bösartige Gerüchte über ihren Vater und Connie in Umlauf gebracht, die natürlich jeder Grundlage entbehrten, und eines Tages war ihr Vater vor versammelter Gemeinde zusammengebrochen – sie selbst war in der Sonntagsschule gewesen und hatte es nicht mitbekommen, aber bei den anderen Kindern war es tagelang das große Thema: ihr Vater, der beim Gottesdienst in Tränen ausgebrochen war. Daraufhin wurde den Gläubigen offenbar klar, dass sie zu weit gegangen waren, und sie entschuldigten sich bei Katherines Vater; dennoch ging er ein halbes Jahr später aus West Annett weg.

»Aber wissen Sie, was aus der armen Connie wurde?«,

fragte Katherine, und ihre Augen weiteten sich, als sie das sagte – grüne Augen –, und sie schüttelte im Sprechen ganz langsam den Kopf: »Lucy, sie hat alte Menschen im Heim umgebracht.«

»Sie hat *was*?« Ich hatte gerade aus meinem Plastikbecher mit Wein trinken wollen, aber ich setzte ihn wieder ab.

»Ja. Alte, gelähmte Frauen. Sie hat sie erstickt. Um sie von ihrem Leiden zu erlösen, sagte sie. Und dann kam sie ins Gefängnis, und mein Vater ist sie da besuchen gegangen.« Katherine hielt den Blick auf mich gerichtet, während sie das sagte.

»Das ist ja fürchterlich!«, sagte ich.

»Sie ist im Gefängnis gestorben.«

»Du lieber Schreck«, sagte ich. Und Katherine pflichtete mir bei, dass es eine schreckliche Geschichte war.

Bob, das war mir aufgefallen, hatte zu essen aufgehört, während Katherine erzählte. Die Hälfte seines Hummerbrötchens lag unberührt in dem Wachspapier. Als Katherine ans Ende ihrer Geschichte kam, fragte er sie: »Dein Vater war der Pastor? In West Annett?«

Und sie sagte: »Ja, wieso?«

»Habt ihr in einem Farmhaus mitten in der Pampa gewohnt?«, wollte er wissen. Er trug seine Maske nicht, weil er ja aß, und sein Gesicht hatte einen sonderbaren Ausdruck angenommen, ein fast ungläubiges Staunen.

»Genau!« Katherine wandte sich ihm zu. »In einem grässlichen alten Farmhaus, das der Kirche vermacht worden war, deshalb musste es als Pfarrhaus herhalten.«

»Moment«, sagte Bob. Er zog sein Handy aus der Tasche und tippte eine Nummer, und während er es ans Ohr hielt, fragte er Katherine: »Wie hieß dein Vater?«

»Tyler. Tyler Caskey«, sagte Katherine. Es machte ihr Freude, hatte ich den Eindruck, dass Bob nach ihrem Vater fragte.

Bob stand auf und sagte ins Telefon: »Susie, ich bin's. Hör mal ...« Und er ging vom Tisch weg. Katherine sah mich mit hochgezogenen Augenbrauen an. Gleich darauf wählte Bob eine zweite Nummer, »Jimmy!«, hörte ich ihn sagen. Und er ging noch ein Stück weiter weg. Aber nach kurzer Zeit kam er an den Tisch zurück und setzte sich, und er klang leicht atemlos, als er sagte: »Katherine Caskey, jetzt weiß ich, wer du bist. Dein Vater hat meinen Vater beerdigt, mein Vater ist gestorben, als ich vier war, und mit dem Pastor in Shirley Falls war meine Mutter aus irgendeinem Grund über Kreuz, deshalb ist sie zu deinem Vater nach West Annett gefahren, und er hat die Beerdigung übernommen. Aber Katherine, das warst du auf der Veranda! Du standest die ganze Zeit neben deinem Vater, und ich habe dich nie vergessen. Katherine, das warst *du*!«

Und es war seltsam, aber sie starrte ihn an, sie hörte gar nicht mehr auf, ihn anzustarren, es war ein eigenartiger Blick, und dann sagte sie: »Du hast auf dem Rücksitz gesessen, mit einem Mädchen.«

»Ja!«, sagte Bob. »Meine Schwester Susan. Und mein Bruder saß vorn, und meine Mutter hat deinen Vater angeblafft, ich meine, ihr Mann war gerade gestorben, da war sie natürlich ...«

»Du bist das«, sagte Katherine leise. »O mein Gott, *du* warst das.«

»Weißt du das denn noch?«

»O Gott, ja, ich habe diesen kleinen Jungen mein Leben lang nicht vergessen. Du sahst so traurig aus, und wir haben uns die ganze Zeit über angestarrt.«

Aus Bobs Mund kam ein merkwürdig fiepender Laut. »Ich fass es nicht, dass du das noch weißt. Weil ich nie, *nie* vergessen werde, wie dieses kleine Mädchen da stand und mich mit großen Augen ansah. Ich hatte – ich weiß nicht, ich hatte das Gefühl, dass da eine Verbindung zwischen uns ist.«

Katherine hatte sich mit dem ganzen Körper Bob zugewandt, der rittlings auf der Picknickbank saß. »War es ja auch«, sagte sie. »Da war eine Verbindung. Weil wir beide ganz frisch einen Elternteil verloren hatten.«

»Ich habe gerade meine Geschwister angerufen, und Susan hatte keine Erinnerung mehr, aber Jim hat gesagt, ja, der Mann war aus West Annett, und er wusste noch, wie wir zu ihm gefahren sind und wie meine Mutter deinen Vater angeschrien hat. Aber dein Vater hat die Beerdigung trotzdem gemacht.«

»Dass sie meinen Vater angeschrien hat, weiß ich nicht mehr. Nur, dass ich dich immerzu anschauen musste.« Katherine warf einen Blick in meine Richtung, einen feierlichen Blick, schien es mir. Dann sah sie zurück zu Bob. »Du mein Gott«, sagte sie noch einmal leise. Sie schüttelte sehr langsam den Kopf und drehte sich zu ihrem Mann um, der am Nachbartisch saß. »Schatz!«, rief sie. »Schatz, der kleine

Junge, von dem ich dir immer erzählt habe, sitzt *hier*!« Aber ihr Mann war ins Gespräch mit William und Margaret vertieft, und Katherine wandte sich wieder Bob zu und sagte: »Ich fass es nicht. Ich fass es einfach nicht. Jetzt kennen wir uns schon seit Jahren, und ich hab nichts geahnt!«

Nach und nach ging mir auf, was ich da miterlebte, und eine Wärme breitete sich in mir aus.

Katherine sagte: »Bob Burgess, wenn diese Pandemie vorbei ist, umarme ich dich so fest, dass dir Hören und Sehen vergeht.«

»Ich fürchte mich jetzt schon«, sagte Bob, aber er war sichtlich bewegt.

»Wie ist dein Vater denn gestorben?«, erkundigte sich Katherine dann, also erzählte Bob ihr, wie sein Vater die Einfahrt hinunter zum Briefkasten gegangen und von seinem eigenen Auto mit seinen Kindern darin überrollt worden war.

»Oh«, sagte Katherine. »Oh, Bob, das tut mir so leid.«

Und er erzählte ihr auch noch das Ende der Geschichte: wie Jim ihm Jahrzehnte später gestanden hatte, dass er der Schuldige war, dass er sich mit den Gängen zu schaffen gemacht hatte, und wie hart das Bob getroffen hatte, weil er – sein Leben lang – überzeugt gewesen war, *er* hätte den Unfall zu verantworten. Katherine betrachtete ihn mit ihren grünen Augen. Dann sagte sie schlicht: »Das tut mir unendlich leid, Bob. Aber ich kann es nicht fassen, dass du der Junge bist, den ich damals auf dem Rücksitz von diesem Auto gesehen habe. Ich hab dich *gefunden*.« Und wieder schüttelte sie den Kopf.

Bob biss von seinem Hummerbrötchen ab. »Ich weiß«, sagte er mit vollem Mund. »Ich weiß.«

Solche Dinge geschahen also auch. Es gab diese Zeiten, will ich damit sagen, da fand ich die Menschen, die ich kennenlernte, höchst spannend. Und wie sich ihre Geschichten verwoben! Was war ich an dem Abend froh für die zwei. Als ich William davon berichtete, schien er wenig beeindruckt. Er sagte: »Ob das wirklich so stimmt? Viele Erinnerungen, die die Leute für echt halten, sind nicht wahrheitsgetreu.«

Darüber musste ich nachdenken, und mir fielen gewisse Szenen aus meiner eigenen Kindheit ein, die mit zu meinen klarsten Erinnerungen zählen. Eine war die an meinen Bruder, der auf dem Schulhof verprügelt wurde. Er kauerte am Boden, die Hände über den Ohren, und mehrere Jungen traten auf ihn ein. Ich war weggerannt, als ich das gesehen hatte, weg von meinem Bruder und diesen Jungen, meine ich. Und noch ein anderes Bild war mir im Gedächtnis, von meinem Bruder mit meiner Mutter; diese Erinnerung war zu schmerzhaft, um sie zuzulassen – sie blitzte nur kurz in meinem Kopf auf. Ich versuchte nicht, William zu widersprechen. Ich war einfach nur froh für Bob. Und für Katherine Caskey auch.

## 2

Das gute Wetter hielt an, und William und ich erkundeten mit dem Auto die Gegend. Wir hatten die Mainer Nummernschilder wieder anmontiert und fuhren winzige Sträßchen entlang, die viele Kurven machten und alle am Meer endeten. Ich kannte schmale Straßen aus Italien und Kroatien, aus vielen Teilen Europas, in die mich mein Schriftstellerberuf geführt hatte, aber etwas wie hier hatte ich nirgends gesehen, und ich dachte: Das ist so amerikanisch. Denn das war es.

Wir kamen an alten Friedhöfen vorbei, und bei einem hielten wir und lasen die Namen und Daten auf den Grabmalen. William, der vorausging, sagte: »Schau dir das an, Lucy.« Ich ging zu ihm, und er schwenkte den Arm, und ich sah eine ganze Reihe von Grabsteinen mit den Todesjahren 1918 und 1919. Es waren nicht nur alte Leute, die da gestorben waren. »Die Spanische Grippe«, sagte William zu mir.

Und ich dachte: Die Welt hat das schon einmal durchgemacht.

Es schien weit weg, ferne Vergangenheit, doch für die, die Freunde und Angehörige an die Spanische Grippe verloren hatten, war es so real gewesen wie unsere Pandemie jetzt.

Aber wir erkundeten die Gegend, darum geht es mir, und das Wetter wurde immer schöner. Die Natur streckte uns die Hand hin, so kam es mir vor, und es war umwerfend. Und es half.

\* \* \*

Ich las in meinem Computer über die Spanische Grippe nach: Auch damals waren die Schulen geschlossen gewesen, und die Kirchen ebenfalls. Auf alten Fotos lagen viele Menschen – vorwiegend Männer – in Notkrankenhäusern auf niedrigen Pritschen.

William sagte zu mir: »Vielleicht ist in deiner Familie ja auch jemand an der Spanischen Grippe gestorben. Soll ich dir den Link zu diesem Ahnenforschungsportal schicken?« Er sah richtig tatendurstig aus, als er das fragte.

Ich sagte Nein. Ich wollte nichts über meine Familie herausfinden.

3

Aber ich war bedrückt wegen der Mädchen, ich vermisste sie nahezu konstant, und wenn ich sie sprach, sagten sie nie: »Du fehlst mir, Mom.« Mir fiel wieder ein, wie oft Becka das früher gesagt hatte, selbst als sie schon mit Trey verheiratet war. Jetzt sagte sie es nie.

An manchen Morgen wachte ich noch vor William auf und ging gleich spazieren, weil ich so unruhig war. Und ich war unruhig wegen der Mädchen. Schließlich rief ich Chrissy an und fragte sie, wie es Becka ging – mir war klar, dass sie es Becka erzählen würde, aber ich musste es einfach wissen –, und Chrissy sagte: »Mom, mach dir keine solchen Sorgen um sie. Sie hat ihre Termine bei Lauren, und sie hat Michael und mich, und sie schlägt sich gut.«

»Sie ruft mich überhaupt nicht mehr an«, sagte ich.

Und Chrissy zögerte, bevor sie sagte: »Ich glaube, sie braucht dich nicht mehr so wie früher, sogar als sie mit Trey zusammen war, hat sie dich noch gebraucht, aber Mom, du hast deine Aufgabe erfüllt. Sie geht ihren Weg.«

»Okay«, sagte ich. »Ich versteh schon.«

Aber es traf mich schwer, anders kann ich es nicht sagen.

\* \* \*

Zwei Tage später rief Chrissy mich an. Sie sagte: »So, jetzt kann ich dir etwas berichten, was dich sehr freuen wird. Ich fand irgendwie, es gehört nicht in dasselbe Gespräch wie das über Becka.« Und dann sagte sie: »Aber du weißt es bestimmt schon längst.«

»Du bist schwanger«, sagte ich.

Das Kind sollte im Dezember kommen. »Erzähl es aber nicht Dad. Ich ruf ihn an, sobald wir aufgelegt haben.«

Oh, ich war selig!

»Er ist spazieren«, sagte ich. Und ihr sei überhaupt nie übel, erzählte sie mir, höchstens manchmal etwas flau im Magen, und sie esse wie ein Scheunendrescher. Sie wollten das Geschlecht des Kindes nicht vorab wissen: »Wir möchten uns überraschen lassen.« Dann sagte sie, wie froh sie sei, dass Dad Melvin weggeschickt hatte. »Kannst du dir das vorstellen? Da war ich schon schwanger, und wenn er bei uns eingezogen wäre – o Mom!«

»Ich weiß«, sagte ich. »Gehst du noch demonstrieren?«

»Mach dir deswegen keine Sorgen, Mom. Das sind winzige Demos, und ich passe höllisch auf.«

»Na gut«, sagte ich. »Na gut.«

Oh, ich war völlig euphorisch, als wir auflegten! Jetzt bekam Chrissy doch ihr Baby! Ich stellte mir vor, wie ich das Kind halten würde, ich stellte mir Babykleider vor und was für eine großartige Mutter Chrissy abgeben würde. Aus irgendeinem Grund sah ich sie mit einem Jungen, und – ach, ich war im siebten Himmel!

Und als William von seinem Spaziergang zurückkam, sah er ganz beschwingt aus; wir fingen gleich an, davon zu reden. »Dir hat sie auch gesagt, dass sie das Geschlecht nicht vorher wissen wollen?«, fragte er mich, und ich sagte, ja. William sagte: »Ich bin echt froh, Lucy. Das ist eine richtig gute Nachricht.« Und ich sagte, ich wüsste schon jetzt gar nicht wohin mit mir vor lauter Aufregung.

Doch dann, nicht viel später, sah ich, wie sein Gesicht sich verdüsterte, und er sagte: »Mir fehlt Bridget so.« Er ging zum Fenster und schaute aufs Wasser. »Ich muss bald wieder hinfahren«, sagte er.

»Fahr, wann immer du willst«, sagte ich, aber darauf antwortete er nicht.

\* \* \*

Am selben Abend tippte William auf seinem Computer herum, und dann sah er auf und klappte ihn zu. »Weißt du noch, als wir unser Eheversprechen aufgeschrieben haben – du wolltest, dass wir nicht einfach sagen, bis dass der Tod uns scheidet, sondern ›auf ewig und darüber hinaus‹. Erinnerst du dich?«

»Hilf mir auf die Sprünge«, sagte ich.

»Das habe ich doch grade.« Er schaute zum Kamin und dann hinunter auf seinen Schuh. »Bis dass der Tod uns scheidet, war dir nicht genug. Du wolltest sichergehen, dass es darüber hinaus halten würde.«

Jetzt wusste ich es auch wieder. Ich sagte: »Ich habe wohl einfach Angst vor dem Tod.«

»Das glaube ich nicht«, sagte William. »Ich glaube, du hast mich eben sehr, sehr geliebt und wolltest, dass es ewig währt.« Und er fuhr fort: »Für mich ist das das Gegenteil von Angst vor dem Tod. Wenn du mich fragst, glaubst du gar nicht an den Tod.«

»Natürlich glaube ich an den Tod«, sagte ich.

»Ja, als reale Tatsache schon, sicher, aber du … ach, egal.« Er brach ab, als strengte es ihn plötzlich zu sehr an. Doch dann sagte er mit einer lakonischen Geste: »Du bist ein *Geistwesen*, Lucy. Du weißt Dinge, die wir anderen nicht wissen. Das habe ich dir schon mal gesagt. So jemanden wie dich gibt es auf der Welt kein zweites Mal.«

Ich dachte: Er irrt sich. Ich fürchte mich sehr vor dem Tod. Und ich weiß gar nichts.

## 4

Die Menschen gingen weiterhin jeden Abend auf die Straße, und ich sorgte mich weiterhin um ihre Gesundheit, aber zu Ausschreitungen kam es nicht mehr. Als ich die Mädchen fragte, sagten sie, die Mahnwachen oder Demonstrationen, die sie in New Haven mitgemacht hatten, seien alle völlig friedlich gewesen.

Ich hörte genau hin, was die Leute in den Nachrichten sagten, *People of Colour*, die berichteten, dass sie tagtäglich, wenn sie sich in ihre Autos setzten, Angst haben mussten, angehalten zu werden; selbst wenn sie nur in ihrer Straße den Gehsteig entlanggingen, mussten sie Angst haben, angehalten zu werden. Das Bewusstsein realer Bedrohung begleite sie jede einzelne Minute, sagten sie.

Und ich musste an einen Schriftstellerkongress in Alabama denken, an dem ich viele Jahre zuvor teilgenommen hatte, nach meiner Trennung von William, es war eine Frau dort gewesen, eine Dichterin, sie war schwarz, und sie war im Auto allein aus Indiana gekommen und hatte sich verfahren und war in die Dunkelheit geraten, bevor sie das College fand, in dem wir alle untergebracht waren. Und was mir plötzlich ins Gedächtnis kam, war ihre Furcht an diesem Abend. Sie hatte zu mir gesagt: »Hier als schwarze Frau allein auf einer einsamen Landstraße, das ist nicht gut.«

Es beschäftigte mich sehr, dieses Thema.

\* \* \*

Nicht lange danach rief meine Schwester Vicky mich an. Es überraschte mich, ihre Nummer auf meinem Display zu sehen; sie rief nie von sich aus an, sondern wartete immer, dass ich mich meldete, was ich einmal die Woche tat, wie gesagt.

Vicky sagte zu mir: »Lucy, ich bin jetzt in einer Kirche.«

Ich sagte: »Du bist *was*?«

Und sie sagte, doch, sie sei nun Mitglied der – den Namen habe ich mir nicht gemerkt, aber es war ganz klar der einer christlich-fundamentalistischen Kirche – und es habe ihr Leben verändert.

»Und zwar wie?«, fragte ich.

Und Vicky sagte: »Mir ist schon klar, dass du über so was die Nase rümpfst. Aber wenn du richtig betest – mit anderen zusammen betest –, dann kommt wirklich und wahrhaftig der Geist Gottes über dich.«

Also sagte ich: »Dann bist du also erleuchtet worden?«

Und Vicky sagte: »Ich wusste, dass du sarkastisch reagieren würdest, das wusste ich einfach. Ich weiß nicht, warum ich dir das überhaupt erzähle.«

»Das war nicht sarkastisch gemeint«, sagte ich. Ich saß auf der verbeulten roten Couch, aber ich stand auf, als ich das sagte. Ich ging im Zimmer auf und ab, während sie redete. Sie sagte, sie sei vor zwei Monaten beigetreten, sie sei noch nie mit Menschen zusammengetroffen, die so nett zueinander waren, und so beging ich den nächsten Fehler, ich sagte: »Du feierst Gottesdienst mit anderen zusammen? Vicky, wir haben eine Pandemie.«

Und Vicky sagte: »Der Herr wird mich beschützen.«

»Tragt ihr wenigstens Masken?«, fragte ich.

»Nein, in der Kirche tragen wir keine Masken, Lucy. Ich muss in der Arbeit eine Maske aufsetzen, aber in der Kirche haben wir keine an. Das ist nur die Regierung, die uns dieses Zeug aufzwingen will. Ich weiß schon, du siehst das anders, aber du lässt dir da was vormachen, Lucy.«

Ich schloss einen Moment lang die Augen. »Wo nimmst du deine Informationen her?«

Sie schwieg kurz und sagte dann: »Lucy, ich hab dich so oft im Fernsehen gesehen über die Jahre, in diesen ganzen Morgenmagazinen. Und ich hab es immer für bare Münze genommen. Ich hab alles geglaubt, was da gezeigt worden ist, aber jetzt glaube ich es nicht mehr. Das ist alles nur Schau.«

Das machte mich betroffen, denn ganz unrecht hatte sie nicht. Es war etwas, das mich bei meinen Fernsehauftritten mit den Jahren zunehmend irritiert hatte, dieses Unechte, das ihnen anhaftete – die Aufgedrehtheit der Moderatoren, das Setting, im Grunde alles. Und die Tatsache, dass es dem Sender in erster Linie um den »Aufhänger« ging, wie sie es nannten.

Vicky fuhr fort: »Ich schaue kein Fernsehen mehr. Ich glaube nicht mehr, dass sie da die Wahrheit sagen. Sie sagen uns *ihre* Wahrheit, um uns Sachen einzureden, die nicht stimmen. Ich werde dir nicht sagen, wo ich meine Informationen herbekomme, aber so sehe ich das.«

Ich wartete, und dann fragte ich: »Du bist seit zwei Monaten in dieser Kirche, und du erzählst es mir jetzt erst?«

Darauf antwortete sie: »Wundert dich das? Im Ernst, Lucy, schau doch, wie du reagierst.«

Eine plötzliche Mattigkeit ergriff mich, und ich setzte mich wieder hin. »Ich wollte nicht abfällig klingen«, sagte ich.

»Tja, hast du aber«, sagte Vicky. »Aber ich vergebe dir.«

Ich fragte, ob denn ihr Mann und Lila auch beigetreten seien. »O ja«, sagte Vicky. »Und es hat unser ganzes Leben umgekrempelt, das kann ich dir sagen. Früher haben wir noch nicht mal gemeinsam gegessen, und jetzt machen wir das jeden Abend, und wir sprechen ein Tischgebet, und so wird es zu einer völlig neuen Erfahrung.«

»Das freut mich«, sagte ich. »Es freut mich, dass ihr alle zusammen esst.«

Und bevor wir auflegten, sagte Vicky noch: »Ich bete für dich, Lucy.«

»Danke«, sagte ich.

Als ich es William erzählte, zuckte er nur die Achseln und meinte: »Solange es ihr guttut.«

\* \* \*

Ich unternahm nach wie vor meine Spaziergänge, einen morgens und einen am Nachmittag. Der alte Mann, der auf seiner Türstufe rauchte, Tom – unser Umgang wurde vertrauter. Ein Strauch neben der Treppe neigte seine Zweige zu Toms Kopf hinunter, als er eines Tages dort saß. »Tom«, sagte ich, »wie geht es Ihnen?« Und er sagte: »Bestens, bestens, junge Frau. Und selbst?« Viel mehr gab es nicht zu reden, also redeten wir darüber, wie wenig es zu reden gab. Dann fragte er: »Und, wie taugt euch das Winterbourne-

Haus?« Und ich sagte, sehr gut. Sein Blick schweifte ganz kurz ab, und als er wieder zu mir hersah, sagte er: »Ich find's gut, dass ihr da wohnt.« Und da wurde mir unvermittelt klar, dass Bob Burgess vielleicht doch recht hatte und es Tom gewesen war, der das Schild an unsere Heckscheibe geklemmt hatte – so gezielt, wie er das Winterbourne-Haus erwähnt hatte, und so, wie sein Blick sekundenlang dem meinen ausgewichen war. Aber ich sagte lediglich: »Oh, danke, Tom, das freut mich.«

Ich schickte mich schon zum Weitergehen an, da sagte er, die Augen zusammengekniffen gegen den Rauch seiner Zigarette: »Das rettet mir immer den Tag, wenn ich Sie seh. Jedes Mal.«

Ich sagte, haargenau so gehe es mir auch.

5

Und dann, gegen Ende Juni, wurde Becka krank.

Chrissy rief mich an und sagte es mir; es war Nachmittag, und ich machte mich gerade für meinen Spaziergang fertig. William war wieder einmal bei seinem Turm. Chrissy sagte: »Mom, hör zu und raste nicht gleich aus. *Bitte.*«

»Nein, ich raste nicht aus, aber sag's mir schon.«

Und so erfuhr ich, dass Becka sich angesteckt hatte, und zwar bei Trey. Sie war nach Brooklyn gefahren, um ihn zu treffen, und sie waren im Bett gelandet. Er hätte keine Ahnung gehabt, behauptete er, aber am Tag darauf bekam er Symptome, und Becka fünf Tage nach ihm.

Ich sagte: »*Chrissy*. Ich glaub's nicht!«

Und Chrissy sagte: »Ich weiß.«

Als wir aufgelegt hatten, saß ich eine ganze Weile einfach am Tisch, und dann rief ich William an, der noch spazieren war. »Ich bin in fünf Minuten da«, sagte er.

Als er zur Tür hereinkam, sah er alt aus, und in mir stieg Wut auf Becka auf. Einige kurze Sekunden lang stieg Wut in mir auf. Dann verflog sie wieder. »Ruf du sie an«, sagte ich, und das tat er. Er sprach sehr bedächtig mit ihr. Ich hörte, wie sie anfing zu weinen, aber sie beantwortete seine Fragen. Ihr Fieber war nicht sehr hoch, sie roch und schmeckte nichts, und wenn sie duschte, hatte sie ein »schwammiges« Gefühl in der Lunge. Das berichtete mir William nach dem Gespräch. Er sagte außerdem, Becka habe gefragt: »Ist Mom wütend auf mich?«. Und das gab mir einen Stich ins Herz. Er hatte ihr gesagt, nein, wir seien beide nur besorgt. Aber William sah so mutlos aus, wie er dasaß, seine Schultern waren gebeugt, und sein Blick schien weit weg.

Es war seltsam, mich beunruhigte Beckas Krankheit weniger als die Sache mit Trey. Ich meine, ich empfand instinktiv, dass sie jung war und bald über den Berg sein würde – und so kam es auch –, aber ich hatte Angst, sie und Trey könnten wieder zueinanderfinden. Und ich fühlte mich unendlich müde. William und ich saßen lange Zeit schweigend beisammen. Durchs Fenster leuchtete das junge, grüne Laub in der Sonne. Die Blätter schienen fast durchsichtig, so zart waren sie noch.

* * *

Am nächsten Tag rief Becka mich an. Sie telefonierte vom Badezimmer aus, deshalb klang ihre Stimme eine Spur dumpf. »Mom, es ist mir so peinlich, ich bin so ... o Mom!«, sagte sie.

Ich drehte Kreise auf dem kleinen Grasfleck beim Haus, während ich ihr zuhörte. Trey habe sie einige Male angerufen, sagte sie, und sie habe ihn vermisst, sie habe gehofft, dass sie wieder zusammenkämen. »Aber das wollte ich dir nicht sagen.« Das könne ich verstehen, sagte ich. Trey hatte ihr gesagt, dass es – angeblich – mit der anderen Frau aus sei. »Sie ist auch Dichterin, Mom. Ich darf gar nicht dran denken ...« Ich hörte zu. Doch als Becka in ihrer alten Wohnung ankam, entsprach der reale Trey nicht dem Bild in ihrer Vorstellung. »Mom, ich hab mich vor ihm gegraust. Aber wir hatten Sex, Mom. Ich weiß gar nicht, wieso – wir hatten Sex, und währenddessen schien es okay, aber irgendwie doch nicht – o *Mom*!«

Ich ließ sie reden, bis ihr Wortschwall versiegte, und dann sagte ich ihr, dass das kein Einzelfall sei, so etwas geschehe ständig bei Paaren, die sich über ihre Zukunft klar zu werden versuchten.

»Echt?«, fragte sie.

»O ja.« Ich erwähnte nicht, dass auch ihr Vater und ich – auf unsere Art – bei unserer Trennung diese Phase durchlaufen hatten.

Und ich ließ sie weiterreden, bis sie sich müde geredet hatte, aber es dauerte lange, bis sie auflegte.

Als Trey wieder gesund war – bei ihm ging es schneller als bei Becka –, zog er in eine Wohnung an der Lower East

Side. Und Becka behielt ihre gemeinsame Wohnung. William hatte sie ihnen zur Hochzeit gekauft. »Ich will sie nicht mehr«, sagte Becka, und William sagte ihr, sie solle im Preis runtergehen und sie losschlagen. Sobald Becka wieder auf dem Damm war – was über drei Wochen dauerte –, bot sie die Wohnung zum Verkauf an und kehrte zurück nach Connecticut, in das Gästehaus neben dem Haus von Michael und Chrissy.

6

Aus Gründen, die mir selbst unklar waren, quälte der Gedanke an meine Wohnung in New York mich immer mehr. Geh weg, dachte ich. Ich sehnte mich fast unablässig nach ihr, aber auf keine gute Art; ich wusste jetzt ja, welch endlos lange Zeit vergehen würde, bis ich sie wiedersah, und wenn ich mir vorstellte, wie ich sie endlich wieder betrat – wann nur?! –, packte mich richtiggehende Verzweiflung. David würde nicht da sein. Aber er war schon ein Jahr vor der Pandemie nicht mehr da gewesen. Ich wusste nicht, was ich tun sollte. Und was hätte ich denn auch tun können? *Mom*, jammerte ich im Stillen der liebevollen Mutter vor, die ich mir ausgedacht hatte. *Mom, ich bin so ratlos.* Und die liebevolle Mutter, die ich mir ausgedacht hatte, sagte: Ich weiß, Lucy. Aber das wird schon werden. Halt einfach durch, Kindchen, dann wird es schon.

\* \* \*

Nicht lange nach ihrer Rückkehr nach Connecticut rief Becka mich an, und sie klang aufgekratzt. Sie hatte einen Freund von Michael kennengelernt, der die Erkrankung auch schon hinter sich hatte, und so hatten sie sich ein paarmal getroffen. »Ich glaube, er mag mich«, sagte Becka.

»Natürlich mag er dich«, sagte ich. Dann fragte ich: »Was macht er beruflich?«

»Er schreibt Drehbücher«, sagte Becka. »Für Dokumentarfilme.«

Und ich dachte: Ach du liebe Güte. Er wird ihr das Herz brechen, denn so läuft es ja gern bei der ersten Beziehung nach einer Scheidung oder Trennung. Aber das sagte ich nicht.


7


Chrissy verlor das Kind.

Sie war laufen gewesen, eine kleine Runde nur, und hatte unterwegs Krämpfe bekommen, und bis sie daheim war, blutete sie so stark, dass Michael mit ihr in die Notaufnahme fuhr. Sie hatten sie den Tag über dortbehalten und die Blutung zum Stillstand gebracht, und jetzt war sie wieder zu Hause.

Ich erfuhr es von Becka, und sie sagte: »Nicht böse sein, aber sie kann im Moment nicht mit dir reden.« Nein, um Gottes willen, sagte ich. Aber ich dachte: *Chrissy! Liebe, liebe Chrissy!* »Und wie geht es ihr?« Das fragte ich mit gesenkter Stimme. Und Becka schwieg kurz und sagte: »Na ja, wie zu erwarten, Mom. Sie ist ziemlich aufgelöst.«

»Ja, natürlich«, sagte ich.

Wir sprachen noch ein paar Minuten. Ich bat sie, Michael zu sagen, dass er mich anrufen sollte, wenn er es schaffte, und Becka versprach es. Und dann legten wir auf.

Ich saß an dem runden Esszimmertisch wie betäubt. Ach, Chrissy, dachte ich nur immer wieder, Chrissy.

Als William zurückkam, sagte ich es ihm. Er setzte sich mir gegenüber an den Tisch, stumm. Lange Zeit saßen wir nur da, ohne zu sprechen. Schließlich sagte ich: »Warum war sie denn auch *laufen*?«

William öffnete die Hand, die auf dem Tisch lag, und sagte: »Der Arzt hat ihr gesagt, da spräche nichts dagegen.«

»Wirklich?«, fragte ich. »Wieso sagt er so was?«

William schüttelte nur den Kopf.

»Aber woher weißt du, dass der Arzt das gesagt hat?«, forschte ich nach.

»Das hat sie mir irgendwann erzählt. Dass der Arzt gesagt hätte, sie könnte vorerst ruhig weiter Sport treiben.« William stand auf. Er ging zum Wohnzimmerfenster hinüber, kam dann zurück und nahm wieder Platz.

Und dann fiel mir plötzlich ein, wie ich meine Mutter als Kind hatte sagen hören – über eine Frau bei uns im Ort, die ein Kind adoptiert hatte, und mit dem Kind stimmte irgendetwas nicht – jedenfalls hatte meine Mutter gesagt: »Wenn eine Frau kein Kind bekommen kann, dann hat das seine Gründe.« Weil die Frau keine gute Mutter sein würde, meinte sie.

Und die Erinnerung bestürzte mich, denn bis zu einem gewissen Grad hatte ich geglaubt, was sie sagte.

Aber Chrissy würde eine wunderbare Mutter sein. Als ich es William gegenüber ansprach, verdrehte er die Augen und sagte: »Deine Mutter war nicht ganz dicht. Herrgott, Lucy.«

Darüber dachte ich nach.

Meine Mutter hatte, weil sie meine Mutter war, sehr viel Gewicht in meinem jungen Leben gehabt. In meinem gesamten Leben. Ich wusste wenig von ihr, und dieses Wenige war unschön. Aber sie war meine Mutter, darum setzten sich einige der Dinge, die sie sagte, in mir fest.

\* \* \*

Die Tage vergingen, aber ich kann nicht sagen, wie. Chrissys Schweigen machte mich ganz taub vor Elend. Der Anruf von Michael war irgendwann doch gekommen. »Sie leidet«, hatte Michael beklommen gesagt. Und ich sagte, natürlich.

Und dann kam William gegen Ende der Woche von seinem Spaziergang zurück, und er sagte: »Ich hatte sie gerade beide dran. Sie sind alle zwei infiziert.«

Anscheinend hatte Chrissy sich in der Notaufnahme angesteckt, denn am nächsten Tag hatte sie einen Anruf erhalten: Leider habe sie Kontakt mit einer Person gehabt, die inzwischen positiv getestet worden sei, aber da sie ja Maske getragen habe, sei vermutlich nichts passiert. Das erwies sich als falsch. Und dann erkrankte Michael ebenfalls. Seine Symptome waren ganz anders, er hatte schlimme Rückenschmerzen, aber bizarrerweise nur relativ leichte Probleme mit den Bronchien. Chrissys Symptome ähnelten mehr denen von Becka.

Ich rief sofort bei Becka an, und sie hob ab. Sie sagte: »Die stehen das durch, Mom. Mach dir keine Sorgen. Ich kümmere mich um sie«, und ich sagte ihr, wie stolz ich auf sie sei, und sie sagte – nur ein ganz klein wenig entnervt, so kam es mir vor: »Ja, klar.«

»William«, sagte ich. »Warum haben sie dich angerufen und mich nicht?« Ich war nicht eifersüchtig. Ich wollte es einfach verstehen.

Und er sagte: »Ach, Lucy, sie haben eben Angst, dass du dich zu sehr sorgst.«

»Aber sorgst du dich denn nicht um sie? Um Michael?«

»Doch«, sagte William, »aber ich zeige es nicht so.«

\* \* \*

Chrissy meldete sich die Woche darauf bei mir, und sie klang sehr still. Ich fragte sie, wie es ihr gehe, und sie sagte, nicht schlecht, sie sei auf dem Wege der Besserung und Michael auch. Seltsamerweise habe er ja kaum zusätzliche Atembeschwerden gehabt, und nun gehe es auf jeden Fall aufwärts mit ihm, auch wenn er zeitweise unter »Gehirnnebel« gelitten habe, sagte sie.

»O weh«, sagte ich, und sie sagte: »Ja, er meinte, er hätte jetzt eine Ahnung davon, wie sich Demenz anfühlen muss.« Ich dachte: Guter Gott! »Aber es wird besser«, sagte sie. »Es wird definitiv besser.«

Dann sagte Chrissy: »Und das mit dem Kind schaffen wir auch, Mom. Wir werden eine Familie haben, so oder so.«

Und ich sagte: »Ja, das werdet ihr ganz sicher.«

Chrissy sagte: »Dieser Typ, den Becka nett fand – der Drehbuchautor. Der hat sich als kompletter Reinfall rausgestellt, und sie hängt ziemlich durch.«

»O nein!«, sagte ich.

»Sie wird drüber hinwegkommen«, sagte Chrissy, was natürlich stimmte.

Als wir auflegten, empfand ich eine ganz leichte Distanz zu beiden Mädchen, und ich begriff, das lag daran, dass ihr Unglück mir zu sehr unter die Haut ging.

# III

## 1

William war mit Lois Bubar, seiner Halbschwester, in Kontakt geblieben, und nun war es Juli, und sie hatten einen Plan: Sie würden jeder zweieinhalb Stunden fahren und sich in Orono treffen, auf dem Campus der Universität dort. Er las mir ihre E-Mails vor – fast obsessiv, so empfand ich: Ihr war diese Lösung eingefallen, nachdem er einen Besuch bei ihr zu Hause, wohin sie ihn zunächst eingeladen hatte, als nicht Covid-konform genug abgelehnt hatte; er hatte es sehr nett formuliert, und daraufhin hatte sie Orono vorgeschlagen. Er hatte ihr auch gesagt, dass ich nicht mitkommen würde, was aber in keiner Weise gegen sie gerichtet sei, und sie hatte zurückgeschrieben, so hätte sie das auch niemals verstanden und sie freue sich schon sehr auf ihn.

»Ich muss ihr etwas mitbringen«, sagte William ein paar Tage vor seiner Fahrt. »Was kann ich ihr mitbringen, Lucy?«

»Wir finden schon was«, sagte ich, aber ich hatte keine Ahnung, was es sein könnte.

Einen Tag später sagte er zu mir: »Ich backe ihr Brownies.«

»Brownies?«

»Ja«, sagte er, »ich hab zwar noch nie Brownies gemacht, aber ich dachte, ich probier's einfach mal.«

»Gut«, sagte ich.

Er fuhr zum Lebensmittelladen und kam mit einer Einwegbackform und einer Brownie-Mischung zurück. Ich sah ihm zu, wie er die dunkelbraune Masse anrührte und in der Form verteilte; den Boden der Form hatte er dick mit Butter eingeschmiert. Er schob sie in den Ofen, und ich sagte: »Schau fünf Minuten früher rein, als da steht, der Ofen ist alt.« Das tat er, aber an den Rändern waren die Brownies trotzdem leicht angebrannt, und er war völlig geknickt.

»Sie sind wunderbar so«, sagte ich. »Glaub mir, William, sie sind perfekt.« Ich deckte sie mit einem Stück Alufolie ab.

Am nächsten Morgen packte sich William Brote und ein paar Flaschen Wasser ein. Er brach früh auf.

Der Tag war nicht besonders heiß, der Himmel knallblau, aber mit vielen weißen Wolken, also rief ich Bob Burgess an und fragte ihn, ob er mit mir spazieren gehen wolle. »Und Margaret natürlich auch, wenn sie mag«, fügte ich hinzu. Aber Margaret hatte zu tun, und so fuhr Bob allein zu uns hoch, wir gingen in Richtung Bucht, und ich erzählte ihm die ganze Geschichte von Lois Bubar – Teile davon kannte er bereits, aber diesmal erzählte ich sie ausführlich –, und er sah immer wieder zu mir her und sagte: »Großer Gott! Lucy!« Es war so wohltuend, seine Aufmerksamkeit, seine Anteilnahme. »Und deshalb bin ich sehr nervös und hoffe, alles geht gut«, schloss ich.

»Ich bin ja selber schon ganz nervös«, sagte Bob.

Und dann erzählte ich ihm, dass Chrissy ihr Kind verloren hatte, und ich übertreibe nicht, Bob blieb stehen, und seine Augen über der Maske wurden feucht. »Ach, Lucy«, sagte er leise. Ich sagte, dass es für sie schon die zweite Fehlgeburt war, und er wiederholte nur: »Ach, Lucy.« Und ich sagte: »Danke, Bob.« Und wir gingen weiter. Die Sonne stand hoch am blauen Himmel, umgeben von weißen Wolkenbäuschen, und im nächsten Augenblick rutschte einer dieser Wolkenbäusche vor die Sonne, und mit einem Schlag sah die Welt verändert aus. Die Straße, auf der wir gingen, die Bäume, alles wurde weicher.

Ich sagte zu Bob: »Meine Schwester hat zu Gott gefunden.«

Und hier kommt das, was ich so interessant fand: Er sah mich an, mit konzentriertem Blick, und dann nickte er nur ganz leicht und sagte: »Oh.« Und ich sagte: »Ganz genau.« Die Sonne kam wieder heraus, und dann hatten wir die Bucht erreicht.

Als wir auf der Bank saßen, fragte er: »Und du, Lucy? Glaubst du an Gott?«

Ich dachte, ich höre nicht recht. Niemand, den ich kenne, hatte mich je so etwas gefragt. Also sagte ich ihm die Wahrheit. »Nein«, sagte ich, »ich glaube *nicht* an Gott.« Ich blinzelte auf die Bucht hinaus, das Wasser hatte weiße Tupfer vom Sonnenlicht, und um einen der Stege flatterten ein paar Möwen. Und ich sagte: »Ich meine, nicht an diesen väterlichen Gott, an den meine Schwester glaubt.« Und Bob sagte: »Du weißt nicht, ob deine Schwester an einen väterlichen Gott glaubt«, und ich sah ihn an und sagte: »Stimmt. Ich habe sie nicht gefragt.« Bob sagte: »Aber sprich weiter, ich möchte gern wissen, was du denkst.« Also sagte ich: »Nun ja, meine Einstellung zu Gott hat sich im Lauf der Jahre gewandelt, und jetzt kann ich nur sagen: Es gibt mehr, als wir mit unseren Sinnen erkennen können.« Ich setzte hinzu: »Jedenfalls bin ich mir ziemlich sicher, dass da mehr ist.«

Bob betrachtete mich aufmerksam. Er hatte seine Zigarette angezündet und hielt sie vor sich. »Woran ich glaube«, sagte er, »ist das, was auf einem riesigen Blatt Papier am Schwarzen Brett der Kongregationalistenkirche stand, in die wir manchmal gegangen sind, als ich klein war: GOTT IST LIEBE. Unten im Gemeindesaal war dieses Schwarze Brett, und da stand das, in Großbuchstaben. Komisch eigentlich, dass ich das noch weiß, aber irgendwie ist es mir immer im Kopf geblieben.« Er tat einen Zug, die Augen verengt gegen den Rauch.

»Das darf einem aber auch ruhig im Kopf bleiben«, sagte ich. »Es ist sehr wahr.« Und kurz darauf setzte ich hinzu: »Ich habe vor ein paar Jahren ein Buch gelesen, und eine Figur darin sagt sinngemäß: Es ist unsere Pflicht, die Bürde des Unerklärlichen mit so viel Anstand zu tragen, wie wir können.«

Bob nickte. »Das ist ziemlich klug.«

»Ja«, sagte ich, »das fand ich auch.«

Mehr schien es zu dem Thema nicht zu sagen zu geben, und so saßen wir eine ganze Weile in einträchtigem Schweigen da und ließen uns von der Sonne bescheinen. Dann fragte Bob: »Denkst du auch manchmal an das Zeitunglesen früher? Echte Zeitungen, meine ich?« Und ich sagte: »Ja, der Sonntagvormittag war praktisch für die *Sunday Times* reserviert. Warum fragst du?« Und er zuckte die

Achseln und sagte: »Weil es mir fehlt. Mir fehlt das Tagtägliche daran, einfach rumlesen und auf alles Mögliche stoßen, was man noch nicht wusste. Ich meine, ab und zu kaufe ich mir auch heute noch eine Zeitung, aber es ist so viel leichter, die Nachrichten auf meinem Computer abzurufen.«

Ich beugte mich vor und erzählte Bob von einem Vortrag, den ich vor vielleicht zehn Jahren an der Columbia University gehört hatte, über das Internet und die Umwälzungen, die es in Gang gesetzt hatte. Der Referent hatte von den drei großen Revolutionen in der Menschheitsgeschichte gesprochen, der landwirtschaftlichen Revolution, der industriellen Revolution und nun der sozialen Revolution, womit er die Art und Weise meinte, auf die das Internet die Welt verändert. »Und was mich am meisten beeindruckt hat: Er sagte, wir werden – weil wir selbst mittendrin sind – nicht lange genug leben, um die Folgen für die Welt zu ermessen.« Was mich wieder auf meine Schwester brachte, die ihre Informationen jetzt vermutlich aus dem Internet bezog, auf Seiten, die ich nie im Leben aufsuchen würde.

Und Bob, der seine Zigarette seitlich an der Bank ausdrückte, sagte: »Ja, da sagst du was sehr Richtiges. Das Internet hat so viele Dinge möglich gemacht, gute wie schlechte.« Er stopfte den Zigarettenstummel in die Packung zurück, wie es seine Gewohnheit war.

Als wir aufstanden und den Rückweg antraten, sagte ich: »William hat mir das von seiner Prostata erzählt, und ich wollte dir danken, dass du ihm den Termin für die Blutuntersuchung verschafft hast. Das war so nett von dir.«

»Kein Thema«, sagte Bob.

Fast hätte ich gesagt: Was heißt hier, *Gott* ist Liebe? Aber dann ließ ich es doch lieber.

Als wir wieder am Haus und am Auto waren, breitete er die Arme aus und sagte: »Ich umarm dich, Lucy«, und ich breitete auch die Arme aus und sagte: »Und ich dich, Bob.«

\* \* \*

Es war schon sieben, als William in die Einfahrt einbog.

Er kam federnden Schrittes ins Haus, die Maske hatte er schon auf dem Weg vom Auto abgenommen, und er sagte: »Lucy! Sie ist fantastisch! Lucy, sie mag mich!« Das sagte er, seine großen braunen Augen strahlten regelrecht, und lieber Gott, war ich froh!

Ich sagte, ich würde das Kochen übernehmen, damit er mir alles erzählen konnte. Also saß er am Tisch und sprudelte die Worte auf eine Art hervor, wie ich es bei ihm noch nie erlebt hatte. »Ich habe eine *Schwester*!« Das sagte er immer wieder, kopfschüttelnd. »Lucy, ich habe eine *Schwester*.« Sie hätten sich auf der Treppe zur Bibliothek getroffen, berichtete er, und einander auf Anhieb erkannt, »nicht nur, weil wir die einzigen alten Leute auf der Treppe waren«, nein, weil sie sich *kannten*. Trotz der Masken. »Ich sah sie und dachte: Da bist du ja!« Und genau so sei es ihr auch gegangen. Und dann hätten sie sich auf Gartenstühle auf der großen Rasenfläche vor der Bibliothek gesetzt und geredet und geredet und geredet.

Sie war in Orono auf die Uni gegangen, erfuhr er, und alle ihre Kinder ebenfalls; ihr ältester Enkel hatte vorletzten Juni hier seinen Abschluss gemacht. Und auch ihren Mann hatte sie hier kennengelernt, bevor er an der Tufts University Zahnmedizin studiert hatte. Die Farm der Trasks – die Kartoffelfarm, auf der sie aufgewachsen war – bewirtschaftete jetzt ihr jüngster Bruder Dave, sagte sie ihm, zusammen mit seinem Sohn Joe. Und dann erkundigte sie sich nach Williams Töchtern, nach der armen Bridget, die so unter dem Versager-Freund ihrer Mutter zu leiden hatte – sie hatte so *lieb* reagiert, als sie das gehört hatte, und dann Chrissys Fehlgeburten … »Lucy! Sie hatte Tränen in den Augen! Sie hat selber zwei Fehlgeburten erlitten, deshalb konnte sie sich so gut in Chrissy reinversetzen.«

Und dann hatten sie über ihre Mutter geredet, über Catherine Cole. Immer wieder hatten sie es alles durchgesprochen, die Verhältnisse, aus denen Catherine stammte, und warum sie Lois' Vater geheiratet und ihn dann wegen Williams Vater verlassen hatte – »der Deutsche«, so nannte Lois ihn.

Ich sah ihn über den Tisch hinweg an. In all den Jahren, die ich ihn schon kannte, hatte ich ihn nie so glücklich erlebt.

Erst später, als ich wach im Bett lag, machte ich mir klar, dass William einsam gewesen war. Trotz mir und unseren Mädchen und Bridget und seinen beiden anderen Frauen hatte er sich allein auf der Welt gefühlt. Und jetzt hatte er eine Schwester. Tief in mir drin weinte ich. Vor Freude und Traurigkeit gleichermaßen.

Und als ich schon beinahe schlief, kam mir noch ein Gedanke. Dass William vielleicht nur deshalb auf Maine verfallen war, weil er hier eine Schwester hatte. Dass er genau darauf gehofft hatte, auf diese Annäherung zwischen ihnen beiden. Sonst hätte er mich für die Zeit der Pandemie auch nach Montauk bringen können. Doch wir waren nach Maine gekommen.

Konnte das stimmen? Das fragte ich mich im Einschlafen.

## 2

Aber mein Verstand arbeitete irgendwie nicht mehr richtig.

Ich vergaß Dinge. Ich begann einen Satz und wusste dann nicht mehr, worauf ich hinausgewollt hatte. Bob sagte: »Das kenne ich von mir auch. Ich glaube, das ist auch so eine Folge von Covid.«

Es ging nicht wieder weg. Im Gegenteil, es schien eher schlimmer zu werden. Und in meinem Kopf herrschte ein ständiges Gefühl der Verwirrung. Ich ging beispielsweise ins Schlafzimmer und dachte: Was wollte ich hier gleich wieder? Es erinnerte mich an Michael und den »Gehirnnebel«, den die Krankheit bei ihm ausgelöst hatte, aber sein Gehirnnebel war wieder weggegangen, und ich war ja nicht krank. Ganz ernsthaft, ich fand mich in irgendeinem Zimmer wieder und wusste beim besten Willen nicht, wozu ich hereingekommen war. Und wenn ich in der Küche, sagen wir, Kaffee kochte, kamen mir die Bewegungen, mit denen ich den Filter in die Maschine einlegte, langsamer als gewohnt vor. Es beunruhigte mich. Ich fühlte mich alt.

Ich sprach William darauf an, aber er hatte wenig dazu zu sagen. Ich fragte: »Ist es dir denn aufgefallen?«

Und er winkte ab: »Mit dir ist alles in Ordnung, Lucy.«

So fühlte ich mich nicht.

\* \* \*

Eines Abends sah ich eine Sendung auf meinem Computer. Es ging darin um Physik, darum, dass wir keinen freien Willen haben. Ich verstand das meiste nur halb, aber ich glaubte – mehr oder weniger – zu begreifen, was gemeint war, als es hieß, dass alle Dinge bereits geschehen sind, dass Vergangenheit, Gegenwart und Zukunft nicht wirklich existieren. Das fesselte mich. Ich fragte William, was er davon hielt – ich erklärte es ihm, als die Sendung vorbei war, und im Sprechen fiel mir wieder ein, wie er letzten Sommer, als wir hier oben nach seiner Halbschwester gesucht hatten, eines Abends zu mir gesagt hatte, wir Menschen träfen so gut wie nie aktive Entscheidungen, sondern reagierten die meiste Zeit nur.

Jetzt hob er den Kopf – er saß auf der anderen Zimmerseite im Sessel und las – und zuckte die Achseln. »Ich bin kein Physiker, Lucy.«

»Ich weiß, aber was meinst du dazu?«

Er schlug die Beine übereinander. »Ich würde es nicht ausschließen. Aber selbst wenn, was soll's?« Dann sagte er: »Es könnte natürlich die Visionen erklären, die deine Mutter hatte.«

»Eben«, sagte ich. »Das dachte ich auch. Aber wie kannst du sagen, was soll's? Im Ernst, William, ich finde das hochinteressant. Wenn alles vorherbestimmt ist, was …«, und ich sah mich im Zimmer um, »… was *machen* wir dann hier?«

Er lächelte ein bisschen, mit einem Mundwinkel nur; er sah müde aus. »Ich weiß. Das frage ich mich manchmal auch.«

»Jetzt sag schon, was machen wir hier?«, insistierte ich.

»Also ich«, sagte er, »ich versuche dein Leben zu retten, Lucy.« Er hielt inne und sagte dann: »Stell dir vor, du hättest wie geplant deine Lesereise nach Italien und Deutschland angetreten. Dann wärst du jetzt vielleicht tot. Aber du bist nicht gefahren.«

»Ich weiß. Ohne jeden Grund«, sagte ich.

»Das weiß ich.« Er griff wieder nach seinem Buch. »Keine Vergangenheit, keine Gegenwart, keine Zukunft. Stimmt, uninteressant ist es nicht.« Dann zuckte er wieder die Achseln und sagte: »Aber wer blickt da schon durch, Lucy.« Und er las weiter.

# 3

Ich färbte mir die Haare nach. Ich lasse mir seit Jahren blonde Strähnchen machen, aber jetzt setzte sich immer mehr die braune Farbe durch – mit nur vereinzelten Anflügen von Grau –, und wenn mein Haar braun ist, sehe ich aus wie meine Mutter, und das ertrage ich nicht. Also fuhr ich zur Drogerie und sah mir die Haarfärbemittel an und entschied mich für eins und folgte daheim der Anleitung, und nur zwei Stunden später war mein Haar wieder blond. So leicht ging das!

Doch dann begannen mir die Haare auszufallen.

Sie verstopften den Badewannenabfluss, ich stand jedes Mal bis über die Knöchel im Duschwasser, und es dauerte endlos, bis das Wasser abgelaufen war. Es war eine alte Badewanne, und der Stöpsel ließ sich nicht herausnehmen. Man konnte ihn nur hochziehen – einen knappen Zentimeter – und wieder hinunterdrücken. Mit jedem Duschen brauchte das Wasser länger zum Ablaufen, und hinterher war die Wanne pelzig und schlierig.

Und meine Haare erst! Ich band sie nach hinten, aber sie waren so schauerlich dünn. Eine Freundin in New York empfahl mir Tabletten, die man übers Internet bestellen konnte und die das Wachstum fördern sollten, also bestellte ich sie, aber sie schlugen mir fürchterlich auf den Magen. Nach einer Weile hörten die Haare auf auszugehen und hingen stattdessen nur schlaff herunter.

Ich sagte William, wir müssten einen Klempner kommen

lassen, aber er meinte, jetzt mit dem Virus kämen keine Handwerker ins Haus. Also machte er sich im Internet schlau und fand ein Hausmittel, bei dem man einfach nur eine halbe Packung Natronpulver in den Ausguss schütten musste und eine Tasse Branntweinessig hinterdrein.

Am nächsten Morgen kauerte William auf einem schmutzigen Handtuch in der Badewanne und versuchte, das Backpulver durch die Ein-Zentimeter-Öffnung zu schieben. Er fluchte, und schließlich bugsierte er das Pulver mit einem Messer in den schmalen Spalt. Er brauchte ewig dafür, und als er aus der Wanne stieg und sich abklopfte, sagte er: »So, Lucy. Viel Glück.« Also goss ich eine Tasse Essig nach, und es bitzelte ein bisschen, aber das Wasser floss trotzdem nicht ab.

William hatte die Nase voll und brach zu seinem Spaziergang auf.

Ich kippte literweise Essig in den Ausguss und hörte, wie es immer mehr gurgelte, und dann sah ich nochmals im Internet nach und schüttete noch ein paar Liter Chlorbleiche hinterher.

Und es funktionierte! Ich konnte nicht warten, bis William heimkam, darum rief ich ihn an und sagte: »Es hat geklappt!«

»*Wirklich?*«, sagte er, und als er zurückkam, Hand aufs Herz, waren wir so aufgeregt wie zwei Kinder, denen es gelungen war, zwei Stöckchen durch Reiben zum Brennen zu bringen. Das Wasser floss in Sekundenschnelle ab, und ich ging mit Feuereifer daran, die Wanne zu putzen.

Mein Haar blieb blond, aber jämmerlich dünn.

Im Lauf der Zeit wurde es wieder braun, und ich sagte mir, gut, wenigstens wächst das Zeug raus, aber die Haare, die nachkamen, bildeten seltsame Wirbel, statt glatt anzuliegen wie zuvor. *Mom*, beklagte ich mich im Stillen bei der liebevollen Mutter, die ich mir ausgedacht hatte, *Mom, ich sehe zum Davonlaufen aus.* Und die liebevolle Mutter, die ich mir ausgedacht hatte, sagte: Denk dir nichts, Lucy. Deine Haare stehen noch unter Schock.

Und ich begriff, dass das stimmte. Anfangs konnte ich mich kaum im Spiegel anschauen. Aber mit der Zeit gewöhnte ich mich daran. Ich dachte: Wen kümmert das schon.

(Mich kümmerte es.)


4


Wir nahmen die Plexiglasscheiben aus den Verandafenstern und setzten dafür die Fliegengitter ein, die an der Hauswand lehnten. Wir aßen jetzt auch auf der Veranda – wir mussten nur das Ausziehbrett herausnehmen, dann hatte der runde Esszimmertisch mit seiner troddelgeschmückten Blümchendecke dort Platz. Und der Ozean war unermesslich; durch die offenen Fenster hörten wir ihn nun auch nachts. Das Meeresrauschen, merkte ich, hatte zwei Ebenen: einen tiefen, beständigen Grundton, der ruhig und massiv war, und darüber das Geräusch der an die Felsen klatschenden Wellen; ich hörte es nie ohne ein ganz kleines Hochgefühl. Und erst das Licht – jeden Morgen begann es als ein blasses Weiß, um dann jäh in Gelb hinüberzuschwappen, ein Gelb, das den Tag hindurch immer satter zu werden schien. Manchmal regnete es, aber es war kein kalter Regen, auch wenn die Luft an den meisten Abenden deutlich abkühlte.

* * *

Zwischen William und mir entwickelte sich ein merkwürdiges Einvernehmen. Ich hatte fast schon vergessen, wie ich abends fluchend am Wasser auf und ab gestampft war, weil er mir nicht zuhörte, wenn wir beim Essen saßen. Ich meine, wir hatten ja letztlich nur uns, und so arrangierten wir uns eben damit. Wir unterhielten uns über die verschiedenen Menschen, die uns begegneten, und eines Abends erzählte ich ihm von einer Frau namens Charlene Bibber, die ich bei der Tafel getroffen hatte – Margaret hatte mich gebeten, an dem Tag dort auszuhelfen, weil eine der Ehrenamtlichen verhindert war.

Ich war also hingegangen, es war eine Holzbaracke, nicht sonderlich groß, und wir waren fünf freiwillige Helfer. Unsere Aufgabe war es, die Schachteln und Tüten vollzupacken, und wir standen mit zwei Meter Abstand, alle mit Maske, und füllten Kartons mit Konservenbüchsen, Toilettenpapier, Windeln und kleineren Mengen Tiefkühlfleisch, und dann packten wir Obst und Gemüse in Papiertüten. Die Frischwaren waren hauptsächlich vom örtlichen Lebensmittelladen, und der Salat und die Selleriestauden wirkten nicht mehr ganz frisch, aber wir verpackten das alles, und wenn die Leute kamen, um ihre Zuteilung abzuholen – sie versorgten um die fünfzig Familien, hatte Margaret gesagt –, brachten wir sie ihnen zum Auto hinaus.

Ich landete am Ende eines der Tische, und eine Frau schob einen Rollwagen mit Konserven herüber und nahm den Platz neben mir ein. So, wie der Raum geschnitten war, hatten wir fast eine Ecke für uns, und die Frau stellte sich als Charlene Bibber vor. Ich konnte sehen, dass sie zu den Ehrenamtlichen gehörte, denn sie hatte einen blauen Kittel an, wie ihn alle Ehrenamtlichen trugen. Sie redete leise auf mich ein, fast ohne Pause. Ihr Haar war wellig und noch kaum grau, und sie hatte eine sehr kleine Nase, die eine Spur aufgeworfen war, das sah ich, als ihr einmal die Maske herunterrutschte. Sie erzählte mir gleich zur Eröffnung, dass sie dreiundfünfzig Jahre alt war. Während sie die Konservenbüchsen auf die Kartons verteilte, erfuhr ich Folgendes: Sie arbeitete als Reinigungskraft in den Maple Tree Apartments, einer Seniorenresidenz in Crosby. Zu Beginn der Pandemie war sie drei Wochen freigestellt gewesen, aber jetzt ließen sie die Putzleute doch wieder herein. Ihr Mann sei schon vor Jahren gestorben, sagte Charlene und zog sich die Maske wieder hoch, und sie hätten nie Kinder gehabt. Über den Tod ihres Mannes sei sie bis heute noch nicht hinweg, sagte sie, und ich sah sie an, den Teil ihres Gesichts über der Maske. Sie sei zu einem Pfarrer gegangen – von welcher Kirche, sagte sie nicht –, und der Pfarrer habe ihr gesagt: »Sie stehen einfach jeden Morgen auf, und Sie tun es mit einem Lächeln. Anders mache ich es auch nicht.«

Charlene schaute zu mir herüber. »Idiotisch, oder?«, fragte sie, und ich sagte, ja, ziemlich. Dann erzählte Charlene mit noch leiserer Stimme, sie hätte ein »Techtelmechtel«, so nannte sie es, mit einem Mann aus der Stadt gehabt, Fergie, und dann war Fergie gestorben, und seine Frau war in die Maple Tree Apartments gezogen, und Charlene hatte ihr einen Schuh geklaut. Nur einen. »Ich hätte ihn ihr auch wieder zurückgebracht, aber dann kamen ja die drei Wochen Zwangsurlaub«, sagte sie. Von den anderen schien uns niemand zu beachten, und sie fuhr fort: »Und ich hab auch noch gelogen deshalb, denn als ich die Woche drauf zur Arbeit kam, hieß es, die Frau, Ethel MacPherson, hätte sich beschwert, dass ich ihr ihren Schuh weggenommen hätte, und ich sagte, oje, jetzt wird sie echt senil, und das fanden alle sehr lustig, die Frauen am Empfang, meine ich, und dann haben sie mir gesagt, ich müsste Urlaub nehmen, also wir Putzleute – wir sind zu viert –, wegen dem Virus. Und als wir nach drei Wochen wieder arbeiten durften, war Ethel gestorben.«

Darüber dachte ich nach. »Warum nur einen Schuh?«, fragte ich. Ich war wirklich neugierig.

Und Charlene nickte und sagte: »Weil die erste Frau, bei der ich an dem Morgen putzen war – sie heißt Olive Kitteridge, und sie saß da in ihrem Sessel wie so ein riesiger Ochsenfrosch – also, Olive sagte plötzlich: ›Ich sitze hier und denke an eine junge Frau, der ich einmal einen Schuh gestohlen habe.‹ Warum nur einen, wollte ich wissen, und sie drehte sich zu mir um und sagte: ›Ich dachte, dann denkt sie, sie ist verrückt geworden.‹ Und ich fragte: ›Und hat sie das?‹ Und Olive zuckte die Achseln und sagte: ›Keine Ahnung.‹«

Irgendwie mochte ich diese Charlene Bibber.

Als wir die Tüten und Kartons zu den wartenden Autos trugen, saßen am Steuer fast nur Frauen. Manche hatten ihre Kinder dabei. Und die Kinder sahen mich an und schauten dann weg. Und das verstand ich. Einige der Frauen bedankten sich überschwänglich, aber die meisten nahmen das Essen einfach, sagten »Danke« und fuhren weg. Und auch das konnte ich verstehen.

Als wir aufbrachen, sah ich, dass Charlene an ihrem Auto einen Aufkleber für den derzeitigen Präsidenten unseres Landes hatte. Das fand ich bemerkenswert, es faszinierte mich richtiggehend.

Als ich William von Charlene erzählte und den Aufkleber erwähnte, machte er »Hmmm«, in einem sehr nachdenklichen Ton. »Irgendwie denkt man nicht, dass seine Anhänger bei der Tafel arbeiten – aber klar, warum nicht?« Er sah mich an. »Meine Güte, wie borniert von mir.«

Und ich sagte: »Ich weiß!« Und dann sagte ich: »Ich glaube, das ist etwas, wozu wir schlicht keinen Zugang haben. Ich meine, ganz eindeutig haben wir ja keinen Zugang – zu ihrer Sichtweise, meine ich.«

»Oh, ich versteh sie«, sagte er.

Das überraschte mich. »Dann erklär's mir.«

Und William schlug die Beine übereinander und sagte: »Sie sind wütend. Sie kommen auf keinen grünen Zweig im Leben. Schau deine Schwester an. Zurzeit bringt sie sich in ihrem Job in Gefahr, weil sie keine andere Wahl hat. Aber abgehängt bleibt sie trotzdem.« Dann sagte er: »Lucy, diesen Leuten steht das Wasser bis zum Hals. Und die, denen es besser geht, sind blind dafür. Denk an meine vernagelte Reaktion gerade eben – mich zu wundern, dass diese Charlene bei der Tafel hilft! Wir nehmen sie nicht für voll, und das merken sie. Das ist keine gute Situation.«

5

Aber auch dies erscheint mir in dem Zusammenhang wichtig:

Es war an einem Sommerabend, William und ich fuhren nach dem Essen ein bisschen herum – es war noch hell draußen – und hielten an einem Straßenstand, an dem es Eis zu kaufen gab. Der Stand war eine kleine blaue Bude inmitten einer großen Grasfläche, und auf der Grasfläche stand ein Baum. Als wir ankamen, waren schon einige Leute – nicht viele – über die Wiese verteilt, und wir stiegen aus und stellten uns in die Schlange, in sicherem Abstand zu der Frau vor uns, die keine Maske trug. Die Frau, die das Eis verkaufte, war nicht jung, und sie trug zwar eine Maske, aber unter der Nase, und ich fragte mich, ob William jetzt sagen würde, dass wir hier lieber kein Eis kaufen sollten, doch er sagte nichts, und mir geht es um Folgendes:

Ein weißbärtiger alter Mann saß auf einem Hocker unter dem Baum, er spielte Gitarre und sang dazu, und da war noch ein anderer Mann, der gerade sein Eis bekommen hatte – selbst ich sah auf den ersten Blick, dass er von auswärts sein musste, möglicherweise sogar aus New York, der Wagen, in den er einstieg, war erkennbar teuer und tiefergelegt, aber ich konnte das Nummernschild nicht sehen. Der Mann trug dunkelrosa Shorts und ein blaues Hemd mit Kragen, das er in die Shorts gesteckt hatte, und dazu Slipper ohne Socken, und ich hörte, wie hinter mir über ihn geredet wurde: »Scheiß-Touris.« Ich drehte mich um, es waren Männer ohne Masken, die das gesagt hatten, und irgendwie machten sie mir ein wenig Angst. Und dann entdeckte die maskenlose Frau vor mir eine andere Frau, die eben aus ihrem Auto stieg, und sie warfen die Arme umeinander und riefen: »*Hi!*«

Aber ein paar Minuten lang, darauf will ich hinaus, hatte ich beinahe so etwas wie eine Vision: Ich sah einen tiefen Riss durch das Land gehen, und Ahnungen von einem Bürgerkrieg strichen um mich wie ein Luftzug, nicht greifbar, aber doch zu spüren. Wir kauften unser Eis und fuhren weiter, und als ich William erzählte, was ich empfunden hatte, sagte er nur: »Ich weiß.«

Es hat mich seitdem nicht wieder verlassen. Das Gefühl, das mich an diesem Abend befiel.

\* \* \*

In der Spielzeugtruhe entdeckten wir unter ein paar Lumpen zwei Feuerwehrautos, die wirklich sagenhaft waren – jeweils knapp dreißig Zentimeter lang, aus Metall und mit Gummireifen. Sie mussten uralt sein, aber sie waren tadellos in Schuss, weil sie so gut gearbeitet waren, und das eine hatte eine eiserne Leiter auf dem Dach, die noch ging. »Schau dir das an«, sagte William. Er war ganz überwältigt von ihnen, und ich konnte es ihm nicht verdenken. Sie schienen in einer Zeit gefertigt, als Spielsachen noch mit echter Liebe gebaut wurden. Er putzte sie blank und stellte sie auf die Fensterbretter innen an der Veranda, diese beiden alten Spritzenwagen aus einem vergangenen Zeitalter.

# IV

## 1

Eines Abends, als wir beim Essen saßen, sagte ich: »William, was macht dein Turm?« Ich meinte es halb im Scherz, aber er antwortete ganz ernsthaft.

»Mein Turm, wie du ihn nennst«, er sah mich mit hochgezogenen Brauen an, »der als Wachturm für deutsche U-Boote erbaut wurde, mahnt mich täglich an das, was unsere Welt schon durchlitten hat und was sie möglicherweise bald wieder durchleiden muss.« Ich wartete, und er fuhr fort: »Dieses Land ist so zerrissen, Lucy. Die ganze Welt ist zerrissen. Es kommt mir vor, als …«, William legte die Gabel weg, »ich weiß nicht … als wären alle auf der Welt *wild* geworden, und ich kann nur sagen, meiner Meinung nach steuern wir auf eine Katastrophe zu. Jeder geht jedem an die Gurgel. Ich weiß nicht, wie lange unsere Demokratie dem noch standhalten kann.«

Und so ging mir – langsam – auf, dass Williams Beziehung zu dem Turm seine Beziehung zur Welt in ihrer jetzigen Verfassung widerspiegelte. Er stellte eine Verbindung zwischen den einzelnen Punkten der Weltgeschichte her, derer ich, in meiner Art, mir nur am Rande bewusst war.

Er nahm seine Gabel wieder zur Hand, und wir aßen

schweigend weiter. Hinter den Fliegengittern der Veranda rauschte der endlose Ozean sein weiches, volles Rauschen, das nie abbrach, und geradeaus sah ich die Inseln, beide nun um so vieles grüner, und die Wellen klatschten ohne Unterlass an die Felsen.

## 2

Zum Spazierengehen war es Bob zu heiß, also kam er einfach so, und wir saßen zusammen auf den Liegestühlen, und manchmal begleitete ihn Margaret. Wenn sie nicht dabei war, rauchte er seine eine Zigarette, die ihm eine solche Befriedigung zu verschaffen schien. »Danke, Lucy«, sagte er jedes Mal und zwinkerte mir zu, die Maske unters Kinn gezogen, damit er rauchen konnte. Bei Bob fühlte ich mich immer entspannt. Selbst wenn ich meine Sätze nicht zu Ende brachte, zuckte er nur die Achseln und sagte: »Denk dir nichts.« Ich erzählte ihm, was William über unser Land gesagt hatte – über die Welt –, und Bob sagte: »Da könnte er recht haben.«

\* \* \*

William – er schien manchmal so weit weg, und ich wusste ja, so war er schon immer gewesen. Aber gleichzeitig, das habe ich bereits gesagt, empfand ich es zunehmend als Trost, wie vertraut er mir wieder wurde. Trotzdem fand ich nie wirklich zur Ruhe. Oder immer nur kurz. Wobei es half, meine Musik wiederzuhaben, und es gab öfter Zeiten, in denen ich einfach auf der Couch lag und über mein Handy den Klassiksender hörte.

Aber was mir Angst machte, war, dass ich mich – außer beim Musikhören – nur so unklar an David erinnerte. Ich sah ihn wabernd und verwackelt vor mir, er schien einfach nicht stillhalten zu wollen. Ich konnte es nicht begreifen.

3

Die Mädchen meldeten sich bei mir weniger häufig – so empfand ich es jedenfalls – als früher. Sie entfernten sich von mir, das spürte ich, es war keine Einbildung. Ich verstand nur nicht, warum. Insgeheim quälte mich das zeitweise sehr. Wenn ich es William gegenüber ansprach, sagte er nur achselzuckend: »Lass sie doch, Lucy.«

Eine Erinnerung, die mir kam: Als ich meine Mutter zum letzten Mal gesehen hatte – in dem Krankenhaus in Chicago, wo sie im Sterben lag –, hatte ich zwischendurch einige Male mit den Mädchen telefoniert, sie gingen zu der Zeit auf die Highschool, und ich sorgte mich um sie, und meine Mutter, die ansonsten während der einen Nacht und dem Morgen, die ich bei ihr saß, kaum ein Wort mit mir sprach – meine Mutter sagte zu mir:

»Du machst zu viel Getue um diese Mädchen. Pass auf, irgendwann rächt sich das.«

Das sagte sie zu mir, meine Mutter.

Und dann schickte sie mich weg. Und ich ging.

Jetzt, wo es mir wieder einfiel, ängstigte mich das. Ich dachte: Hatte meine Mutter eine Vision? Und dann: Nein, sie war nur neidisch auf die Liebe zwischen uns. Aber vielleicht hatte sie ja doch eine Vision gehabt. Und ich war nicht die Mutter, für die ich mich hielt.

Wie soll ich das je wissen?
Manche Menschen wissen solche Dinge. Ich leider nicht.

\* \* \*

Aber sie fehlten mir. Lieber Gott, wie sehr mir meine Töchter fehlten. Ich fragte William, wann wir endlich wieder zu ihnen nach Connecticut fahren würden. Bridget und Estelle könnten ja von Larchmont aus dazustoßen, schlug ich vor, und er sagte, irgendwann demnächst sicher, aber nicht jetzt. Also fing ich nicht noch einmal davon an.

Ich sah uns wieder in der Einfahrt stehen und dann später um den Pool sitzen. Es war keine entspannte Stimmung gewesen, und mit der Zeit schien mir die Vorstellung, sie nochmals unter solchen Bedingungen zu sehen, kaum besser, als sie überhaupt nicht zu sehen.

Aber ich fragte mich auch, warum sie nicht einfach zu uns kamen. Beide Mädchen und Michael hatten die Krankheit schon hinter sich, da konnten sie doch wohl die Fahrt wagen und uns treffen, mit Abstand natürlich. Wenn ich den Leuten erzählte, wie sehr mir meine Töchter fehlten, sagte immer wieder einmal jemand: Warum kommen sie euch denn nicht besuchen? Und ich brachte es nicht über mich zu sagen: Weil sie anscheinend keine Lust dazu haben. Und ich würde sie nicht darum bitten. Denn so eine Mutter bin ich auf gar keinen Fall.


4


William entdeckte eine neue Aufgabe für sich.

Lois' Neffe – Daves Sohn Joe – bewirtschaftete zusammen mit seinem Vater die Kartoffelfarm der Trasks. Die Kartoffelfarm hatte mit Schädlingen zu kämpfen. Das interessierte William natürlich. Bei seinem ersten Anruf bei Lois' Neffen sprach ihn Joe offenbar noch mit »Dr. Gerhardt« an. Aber dann erzählte er William alles über ein Programm, das die University of Maine auf Presque Island entwickelte, um bei diesem Problem Abhilfe zu schaffen. William telefonierte sehr viel mit Joe – der ihm ein »prächtiger Bursche« zu sein schien, wie er sagte – und auch mit Parasitologen-Kollegen, die er im Lauf der Jahre kennengelernt hatte und die sich mit Kartoffelschädlingen besser auskannten als William. Und er forschte selbst nach. Beim Abendessen berichtete er mir dann von den Schädlingen und auf welche Art und Weise er zu helfen versuchte, er redete und redete, und um ehrlich zu sein, ich fand es oft etwas ermüdend. Aber es freute mich, dass er so darin aufging. Er kam mir jünger vor.

Ich fühlte mich mit jedem Tag älter.

Meine Mutter – meine echte Mutter, nicht die liebevolle, die ich mir ausgedacht habe – hatte einmal gesagt: »Jeder will ganz wichtig sein.« Und daran musste ich denken, wenn William mir seine Vorträge über die Kartoffelschädlinge hielt.

\* \* \*

Dann kam ein Abend, an dem Bob und Margaret uns zusammen mit einem anderen Paar zu einem Lokal an der Küste bestellten, wo es Essen zum Mitnehmen gab. Also fuhren wir hin, und es war nett. Ihre Freunde waren mir sehr sympathisch, und wir verbrachten – ich verbrachte – einen angenehmen Abend. Aber darum geht es mir nicht.

Worum es mir geht, ist dies: Auf dem Rückweg kamen wir durch einen Teil der Stadt, den ich noch nicht kannte. Es war ein Randbezirk, und in lockeren Abständen standen dort Häuser mit Bäumen davor, blau, grau oder weiß gestrichen – es wirkte alles sehr ruhig, als wir durchfuhren, kleinstädtisch ruhig –, und beim Anblick dieser Häuser überfiel es mich plötzlich mit furchtbarer Macht: Durch ganz ähnliche Viertel war ich auch als Kind in Illinois gefahren. Wir kamen manchmal in einen der Nachbarorte, Hanson oder Carlisle, und dann fuhren wir – in meiner Erinnerung saß ich mit meinem Vater im Auto – an genau solchen Häusern vorbei, und ich wusste plötzlich wieder, wie ich vor einem dieser Häuser einmal ein junges Paar gesehen hatte, sie waren sehr fein angezogen, und ihre Eltern standen da und fotografierten sie, und ich fragte meinen Vater, ob das eine Hochzeit sei. Und er sagte, nein, ein Highschoolball, und fügte hinzu: »Kompletter Unfug, so was. Überflüssig wie ein Kropf.« Und als William und ich an diesem Abend von einem ausgemacht netten Beisammensein heimfuhren, schien in mir ein Damm zu brechen, und die Trostlosigkeit von damals schlug wieder über mir zusammen, weil dies die Häuser normaler Menschen waren, die normale Dinge machten, so hatte ich das als Kind empfunden, und so empfand ich es noch immer, und ich sagte zu William: »Ich war meine ganze Kindheit im Lockdown. Ich habe nie irgendwen gesehen oder bin irgendwo hingegangen.« Und die Wahrheit dieser Erkenntnis traf mich bis ins Mark, aber William sah mich nur an und sagte: »Ich weiß, Lucy.« Er sagte es reflexartig, ohne meine Worte richtig wahrzunehmen, so kam es mir vor.

Ich war so traurig an diesem Abend; ich begriff mit einer Klarheit wie nur zu wenigen anderen Zeiten meines Lebens, dass die Isolation meiner Kindheit, die Angst und Einsamkeit, mich nie ganz loslassen würden.

Meine Kindheit war ein einziger Lockdown gewesen.

5

Und dann, noch in derselben Nacht, überkam mich die Panik.

Sie überkam mich, als ich mich schon schlafen gelegt hatte – es war warm in meinem kleinen Zimmer, und durch das Dachfenster, das jetzt offen stand, wie mein großes Fenster auch, rauschte das Meer, aber in meiner Panik konnte ich es kaum hören. Der Anfall begann damit, dass ich an meine Wohnung in New York dachte, und je länger ich an sie dachte, desto stärker wurde mein Widerwille. Ich sah sie vor mir, leer. David würde nie mehr zur Tür hereinkommen, und wann immer ich zurückging, würde ich sie allein betreten müssen. Der bloße Gedanke daran schien unerträglich.

Denn wenn ich an die Wohnung dachte, dachte ich automatisch auch an David, der fast immer da gewesen war. Seiner schlimmen Hüfte wegen ging er nie länger spazieren oder zum Fitnesstraining, wie das andere Männer vielleicht gemacht hätten; er war immer da, außer wenn er probte oder abends in der Philharmonie spielte, und daran musste ich jetzt denken – die Wohnung, nein, es zog mich nicht mehr dorthin.

Ich sah Davids Cello in seinem Kasten in der Schlafzimmerecke vor mir, und es war etwas Irritierendes an dem Bild. Es stieß mich regelrecht ab, dieses Bild seines Cellos.

Entsetzen packte mich. Ich war wie gelähmt bei dem Gedanken, dass die Wohnung, die in New York auf mich wartete, kein Ort war, mit dem ich mich wahrhaft verbunden fühlte – es löste eine Panik in mir aus, wie ich sie in dieser ganzen Pandemie nicht erlebt hatte. Ich stieg aus dem Bett und lief hinunter ins Erdgeschoss und dann auf die Veranda, ich trat hinaus auf das Gras, und der Mond war fast voll, und ich starrte hinab auf das Wasser, die Flut hatte eingesetzt, und die Wellen schlugen träge gegen die Felsen tief unter mir.

*Mom, hilf mir, ich hab solche Angst!*, sagte ich zu meiner ausgedachten Mutter, aber ihre Antwort – ich weiß, Lucy, und es tut mir sehr leid – war schwach. Lieber Gott im Himmel! Mein gesamtes Leben schien mir plötzlich bloße Einbildung! Außer meinen Mädchen, und vielleicht waren auch sie nichts als Einbildung, diese liebevolle Art, wie sie mit mir und miteinander umgingen, ich meine, was wusste ich schon?

Ich drehte mich um, aber meine Sicht war verschwommen, ich konnte als einziges unser Haus auf seinem Felsvorsprung sehen, ganz schief hing es da, so sehr verzerrte mir die Angst den Blick. Ich setzte mich ins Gras und sagte zu mir: Lucy! Hör auf damit! Aber ich konnte nicht aufhören. Ich rupfte und riss an den Gräsern, und meine Hand zitterte.

O bitte hilf mir, dachte ich, bitte, bitte – aber wenn die Panik erst einmal zuschlägt, hilft nichts und niemand, das wusste ich.

Ich weinte, aber nicht richtig; mit dem Weinen tue ich mich oft schwer.

Ich kam auf die Füße und lief wieder nach drinnen, stolpernd fast, und ich hörte William aus dem oberen Bad kommen, also rannte ich die Treppe hoch, und ich sagte: »Pill, Pillie, o Gott!«

Er war auf dem Weg zurück in sein Zimmer, und er sah mich und sagte: »Lucy! Du siehst so hübsch aus.«

Das sagte er!

Ich sagte: »Spinnst du? Ich sehe aus wie eine alte Hexe auf einem Fahndungsfoto!«

Und er sagte: »Nein, du siehst hübsch aus mit den offenen Haaren und deinem kleinen Nachthemd, aber Lucy, du bist viel zu dünn geworden.«

Dann erst bemerkte er, in welchem Zustand ich war, und sagte: »Lucy, was ist denn?«

Daraufhin marschierte ich in sein Zimmer und brach in Tränen aus. Ich heulte wie ein Schlosshund. »William«, sagte ich, »ich hab so Heimweh.«

Und er versuchte, mich zu trösten, aber ich sagte: »Nein, du verstehst es nicht, ich habe kein Zuhause, in das ich heimkehren kann.«

Er sagte: »Natürlich hast du das, Lucy, du hast deine Wohnung …«

Und ich sagte: »Nein, nein! Du verstehst es nicht. Das war der Ort, an dem ich mit David gelebt habe, aber ein Zuhause war es nie. William, warum war es kein Zuhause?« Und dann sagte ich: »Das einzige echte Zuhause, das ich in meinem ganzen Leben hatte, habe ich mit dir gehabt. Und mit den Mädchen.« Und ich weinte und weinte. Er breitete die Arme aus und zog mich zu sich aufs Bett. »Komm her, Button«, sagte er. »Setz dich auf meinen Schoß«, sagte er, und das tat ich.

Er hielt mich ganz fest. Ich hatte vergessen, was für starke Arme William hat. Es war Jahre her, dass er mich im Arm gehalten hatte. Und ich sagte: »Enger, Pillie, halt mich noch enger.«

Und er sagte: »Noch enger, und ich komm hinten wieder

raus.« So wie er es damals gesagt hatte, als wir jung waren: der Groucho-Marx-Spruch.

Er hielt mich lange Zeit im Arm, wiegte mich sacht hin und her. Dass er so lieb war, trieb mich noch mehr zum Weinen, und dann schließlich hatte ich mich ausgeweint.

William sagte: »So, Lucy.« Er strich mir die dünnen Haarsträhnen aus dem Gesicht. »Ich hätte da ein paar Vorschläge.«

»Was denn?«, sagte ich und wischte mir mit dem Handrücken die Nase.

»Ich bin der Meinung, du solltest deine Wohnung aufgeben.«

»Das geht nicht!« Ich schrie es fast.

Aber William blieb ruhig. »Ich will ja nur, dass du drüber nachdenkst. In Ordnung? Du musst nichts tun, was du nicht willst. Denk einfach drüber nach. Hörst du mir zu?«

Ich nickte.

»Gut.« Wieder hob er die Hand und strich mir das Haar hinters Ohr, und der Blick, mit dem er mich ansah, war sehr zärtlich, sehr innig. »Ach, Button. Du musst dich nicht wegen allem so grämen.«

»Wieso nicht?«, wollte ich wissen.

»Du hast doch mich.« Er legte mir die Hand an den Hinterkopf und zog mich sanft zu sich her.

Hinterher schlüpfte ich gleich wieder in mein Nachthemd; wie eine schüchterne junge Braut, so fühlte ich mich.

William sagte: »Aber diesmal richtig, ja?«

Und ich sagte: »Du meinst, bis wir sterben?«

Und er lächelte ganz leicht, wir lagen nebeneinander auf seinem Bett, und er tippte mir mit dem Finger auf die Nasenspitze und sagte: »Nein, du Dummerjan, ich meine, auf ewig und darüber hinaus.«

Von da an schliefen wir jede Nacht in einem Bett, nur manchmal, wenn er schnarchte, ging ich zu mir hinüber, aber wenn er dann aufwachte und unruhig wurde – das spürte ich halb im Schlaf –, stand ich auf und legte mich wieder zu ihm.

So war das.


Eins sage ich noch, und dann spreche ich nicht mehr davon:

Vor vielen, vielen Jahren kannte ich eine Frau, die sechs Jahre lang eine Affäre gehabt hatte, und der Mann, mit dem sie die Affäre hatte, war impotent. Ich fragte sie – wir waren zu der Zeit recht eng miteinander –, wie das sei, etwas mit einem Mann zu haben, der impotent war; er hatte eine Niere entfernt bekommen, glaube ich, und dadurch war es passiert. Und diese Frau sagte zu mir – sie war ein zurückhaltender Mensch, und sie sagte es mit einem kleinen Lächeln und nicht laut: »Lucy, du würdest staunen, wie wenig das ausmacht.«

Jetzt dachte ich: Sie hatte vollkommen recht. Sie hatte unrecht und trotzdem vollkommen recht.

\* \* \*

Aber als ich an diesem ersten Morgen wach wurde, war William fort! Er machte einfach nur seinen Morgenspaziergang, wie sich dann zeigte, aber dass er mich allein gelassen hatte, in dem Bett in dem Haus, ängstigte mich.

»Was ist denn los?«, fragte er, als er zur Tür hereinkam.

»Wo *warst* du?«, sagte ich.

»Spazieren. Himmel, Lucy!«

Auch das war also eine Tatsache. Er war immer noch William. Und ich war immer noch ich.

Aber wir waren auch sehr glücklich dabei. Das muss ich sagen.

\* \* \*

Eines Morgens fragte ich William: »Sollen wir es den Mädchen sagen?«

»Das mit uns, meinst du?«

»Ja.«

William setzte sich auf die Couch und sah mit schmalen Augen zum Fenster hinaus. »Ich wüsste nicht, warum nicht.« Er zögerte und sagte dann: »Obwohl es schon sehr persönlich ist.«

»Ich weiß. So geht es mir auch.« Ich setzte mich neben ihn.

Er legte seine Hand auf meine. »Warten wir ruhig noch ein bisschen.« Er warf mir einen Blick zu. »Wir haben unser ganzes restliches Leben Zeit dazu.«

»Da hast du recht«, sagte ich.

# 6

Und dann kam David im Traum zu mir. Er sah krank und grau und abgezehrt aus, seine Augen hatten dunkle Ringe und lagen tief in den Höhlen, und er packte mich und versuchte mich hinunter in eine Art riesige Mülltonne im Boden zu ziehen, in der er stand; wir kämpften richtig miteinander. »Nein, David«, sagte ich. »Nein, ich will nicht mit.« Und ich ging nicht mit ihm, und er verschwand in der gewaltig großen Mülltonne, die tief im Boden steckte. Aber er nahm es mir übel, dass ich nicht mitkam.

Am Morgen erzählte ich William von dem Traum, und ich sagte: »Das war ein Angsttraum, das war nicht der wahre David.«

Aber ich war mir nicht sicher – bei Weitem nicht –, ob es nicht doch der wahre David gewesen war.

William sagte nichts.

\* \* \*

Eines Nachts kam mir eine Erinnerung: Vor Jahren, als William und ich mit unseren kleinen Töchtern in unserer Wohnung in New York lebten, sah ich seine Schuhe neben unserem Ehebett stehen. Ich war ins Schlafzimmer gegangen, um ein Hemd in seinen Schrank zu hängen, und da standen seine Schuhe, nicht die für die Arbeit, sondern seine Freizeitschuhe, so eine Art Mokassins, ich glaube, Docksider nannte man sie – aus Leder mit einem Lederband oben herum. Und was mir nun wieder einfiel, war dies: Ich hatte mich abgestoßen gefühlt von dem Anblick, davon, wie deutlich sie die Form seiner Füße abbildeten, wie sich der rechte seitlich leicht ausbeulte. Sie stießen mich ab, die Schuhe meines Ehemannes.

Der arme Mann, wirklich!

Und dann dachte ich: Ob wohl jemals etwas an mir ihn ähnlich abgestoßen hat? Bestimmt hatte es das.

Jetzt stießen mich seine Schuhe nicht mehr ab. Ich freute mich, wenn ich sie auf der Veranda sah.

\* \* \*

Eines Tages traf ich Charlene Bibber. Sie ging durch den kleinen Park im Stadtzentrum, und ich ging zu ihr und sagte: »Charlene, hallo!«

Und sie sagte: »Hallo, Lucy.«

Wir unterhielten uns ein Weilchen; sie half nach wie vor bei der Tafel, und auch in den Maple Tree Apartments putzte sie noch, und nach einigen Minuten setzten wir uns auf eine Bank, jede an einem Ende. Wir trugen beide unsere Masken, auch wenn ihre unter der Nase hing, und ich fragte sie, wie ihr Sommer denn bisher verlaufen sei, und sie sagte, den Blick starr geradeaus gerichtet: »Ach Gott …«

»Wollen wir vielleicht mal zusammen spazieren gehen?«, fragte ich sie.

Also vereinbarten wir einen Spaziergang am Fluss für den Freitag, denn das war ihr freier Tag. Charlene wartete schon am Parkplatz, als ich ankam, und wir gingen ein Stückchen, und dann fragte sie: »Können wir uns vielleicht da auf die Bank setzen? Ich bin den ganzen Tag auf den Beinen und putze, da würde ich jetzt ganz gern sitzen.«

»Ja, natürlich«, sagte ich, und wir setzten uns auf einen langen Granitblock, es waren keine zwei Meter zwischen uns, aber diesmal trug sie die Maske über der Nase. Und als wir dort saßen, erzählte sie mir von den Maple Tree Apartments, sie erwähnte wieder Ethel MacPherson, der sie den Schuh gestohlen hatte, und wie schuldig sie sich gefühlt hatte, als die Frau starb.

Ich sagte, das könne ich verstehen.

Dann erzählte ich Charlene, dass ich das Gefühl hätte, den Verstand zu verlieren, und sie fragte: »In welcher Hinsicht?« Und ich sagte, nun ja, ich würde so vieles vergessen und brächte immer wieder Dinge durcheinander.

Charlene neigte den Kopf leicht in meine Richtung, sie schien sehr konzentriert zuzuhören, und dann nickte sie und sagte: »Das kenne ich.«

»Das kennen Sie?«

»Ja, absolut. Und weil ich allein lebe und nicht oft Leute treffe, macht mir das noch mehr Sorgen.«

Also tauschten wir uns darüber aus, über unsere Angst, den Verstand zu verlieren, und dann erzählte sie mir von dieser Frau, bei der sie putzte, Olive Kitteridge, in den Maple Tree Apartments. »Sie tut mir echt leid«, sagte sie, »sie hat eine Freundin, Isabelle, aber Isabelle musste über die Brücke, und das zieht Olive doch ziemlich runter.«

»Was heißt das, ›über die Brücke‹?«, fragte ich, und Charlene erklärte mir, dass das die nächste Pflegestufe nach dem betreuten Wohnen in der Residenz war, mehr wie ein Altenheim, und dass man eine richtige kleine Brücke überqueren musste, um dort hinzugelangen. Deshalb hieß es »über die Brücke gehen«.

»Und warum musste Isabelle über die Brücke?«, fragte ich.

Weil sie gestürzt war und sich das Bein gebrochen hatte, sagte Charlene, und nach der Entlassung aus der Reha war sie allein nicht mehr zurechtgekommen. »Es ist so traurig«, sagte Charlene.

Eine Zeit lang schwiegen wir, und dann sagte sie: »Aber Olive besucht sie jeden Tag. Anscheinend geht sie zu Isabelle und liest ihr die Zeitung vor, jeden Tag, von der ersten bis zur letzten Seite.«

»O Mann!«, sagte ich.

Und Charlene sagte: »Ich weiß.«

Wir verabredeten uns wieder für den Freitag in zwei Wochen.


7


Vielleicht eine Woche darauf – wie misst man in einer Pandemie die Zeit? –, nicht allzu viel später jedenfalls lag William, als ich von meinem Nachmittagsspaziergang zurückkam, auf dem Sofa, und er sagte zu mir: »Lucy, mir ist so schwindlig. Ich liege hier schon seit einer Stunde und warte, dass du zurückkommst, und mir ist richtig schwindlig.«

»Warum hast du mich nicht angerufen?«, fragte ich und setzte mich zu ihm aufs Sofa, neben seine Füße.

»Weiß nicht.« Und dann sagte er wieder: »Mir ist richtig schwindlig.«

»Trink erst mal was«, sagte ich, aber er hatte schon ein Glas Wasser neben sich stehen, und er griff danach und trank es aus, und mir war das alles sehr unheimlich. Ich rief Bob Burgess an. Und Bob sagte, er würde seinen Arzt übers Handy anrufen, das sei kein Problem, er und der Arzt seien befreundet.

Nach fünf Minuten rief er zurück: Der Arzt habe gesagt, William solle einen Liter Wasser trinken und er werde ihn in zehn Minuten anrufen. Also flößte ich ihm noch vier weitere Gläser Wasser ein, und allmählich ließ der Schwindel nach. Aber ich fühlte mich wie unter einem Holzklotz eingeklemmt, anders kann ich es nicht beschreiben. Ich saß da, und wir warteten. Nach einer Weile setzte William sich auf. Er sah alt aus, fand ich. Und er schaute mich nicht an, sondern nur im Zimmer hin und her. Wir warteten weiter, und William sagte, ihm sei fast gar nicht mehr schwindlig, doch dann legte er sich wieder hin und schlief ein. Ich konnte nichts denken in dieser Wartezeit, nichts fühlen, gar nichts. Nach einer Stunde klingelte Williams Telefon, das war Bobs Arzt, und nachdem er William ein paar Fragen gestellt hatte, sagte er, er sei nur dehydriert gewesen, es sei heiß draußen, da müsse man gut aufpassen.

Auch so eine Sache. Und zum Abendessen machte ich uns Rühreier, und William schien guter Dinge. Aber ich war es nicht.

Insgeheim fühlte ich mich den ganzen restlichen Abend grauenhaft.

Aber als wir ins Bett gingen und William schon eingeschlafen war, kam mir jäh eine Erinnerung: Als ich noch klein war, hatten wir in der Schule einen Film gesehen. Worum es in dem Film ging, weiß ich nicht mehr, nur, wie nervös unsere Lehrerin war, als sie den Projektor zum Laufen bringen musste, aber es glückte, und sonst erinnere ich mich nur an dies:

Das erste Bild war eine blaue Fläche, auf der viele weiße Tischtennisbälle durcheinanderrollten, und ab und zu stieß einer der Bälle mit einem anderen zusammen und sprang wieder weg. Mehr geschah nicht, die Bälle rollten nur durcheinander, und manchmal berührten sie sich. Und selbst da schon, als Kind, dachte ich: wie bei den Menschen.

Damit will ich sagen: Wenn wir Glück haben, stoßen wir auf jemanden. Aber wir prallen auch immer wieder voneinander ab, ein Stückchen zumindest.

Und daran musste ich in dieser Nacht denken: wie mein Tischtennisball an den von William gestoßen war und doch ständig – ein klein wenig ja sogar jetzt noch – von ihm weghüpfte, und ich dachte an David, dessen Ball weit, weit fort von mir gerollt war, und dann dachte ich an Bob Burgess, der jetzt mit Margaret zusammen war, Margaret, die nicht wusste, dass er gelegentlich eine Zigarette brauchte. In diesem Verlangen war er allein – außer wenn sein Tischtennisball zwischendurch gegen meinen stupste und ich sein Verlangen mitbekam. Und unsere Bälle hatten sich berührt, als er den Arzt für uns kontaktiert hatte. Und bei unseren Treffen berührten sie sich auch.

Ich dachte an Charlene Bibber, die allein lebte und Angst hatte, den Verstand zu verlieren, und an ihren Ball und meinen, die sich manchmal kurz streiften.

Ich fühlte mich alt, als ich das dachte, und William war noch älter, unsere Zeit war fast abgelaufen, dachte ich, und eine ganz reale Angst packte mich, dass William vor mir sterben könnte, und dann würde ich wirklich verlassen sein.

Mitten in der Nacht endete Williams Schnarchen in einem Grunzer, und er schreckte auf und sagte: »Lucy?« Und ich sagte: »Was denn?« Und er fragte: »Bist du da?« Und ich sagte: »Ja, ich bin hier.« Und er schlief augenblicklich wieder ein, das hörte ich an seinem Atem.

Ich schlief nicht wieder ein. Ich blieb wach, und ich dachte: Wir alle leben mit Menschen – und Orten – und Dingen –, denen wir großes Gewicht beimessen. Aber am Ende wiegen wir nichts.

\* \* \*

Nicht lange danach entdeckte ich, dass sich William ekelte, wenn er mich mit meiner Zahnseide sah. Das sagte er nicht, aber irgendwann fiel mir auf, dass sein Gesicht, wenn wir abends im Wohnzimmer saßen und redeten und ich anfing, mir die Zahnzwischenräume zu reinigen, manchmal – meistens – einen ganz speziellen Ausdruck bekam, einen sehr verschlossenen Ausdruck, meine ich, und ich sagte spontan: »William! Graust es dir, wenn ich hier meine Zähne sauber mache?«

Und er sagte: »Ein bisschen.«

»Warum hast du denn nie was gesagt?«, fragte ich.

Er zuckte nur die Achseln.

Es war mir sehr peinlich. Nicht zuletzt deshalb, weil ich daran denken musste, wie mich der Anblick seiner Schuhe gestört hatte, als wir jung und noch verheiratet waren.

\* \* \*

Irgendwann während dieser Zeit aßen William und ich mit Bob und Margaret beim Bootshafen zu Abend. Das Restaurant selbst durfte man nicht betreten, und auch die Terrasse war nur zu einem Teil geöffnet, aber es war ein sehr beliebtes Ausflugslokal, viele der Gäste kamen aus New York und Connecticut und Massachusetts. Das sah man an ihren Nummernschildern, wobei man nur die Leute selbst anschauen musste, sie kleideten sich anders als die Einheimischen, und das wunderte mich den Sommer hindurch immer wieder: wie viele Leute mitten in der Pandemie so selbstverständlich nach Maine kamen. Obwohl ich es ja auch nicht anders gemacht hatte.

Aber was ich eigentlich sagen will:

Nicht weit von dem Lokal gab es Picknicktische, und dort saßen wir vier; William holte das Essen, das wir vorab telefonisch bestellt hatten, an der Tür ab. An dem Abend mit Katherine Caskey hatten wir auch hier gesessen, nur waren wir diesmal näher an der Terrasse des Restaurants, und so sah ich Folgendes:

Eine sehr mondän wirkende Frau, und mit mondän

meine ich, dass sie schwarze Jeans und eine blaue Bluse trug und auffallend gut frisiert war, ihr Haar war blond, aber ganz unaufdringlich blond – diese Frau, die nicht älter als fünfzig sein konnte, war mit einem Begleiter da, ihn sah ich weniger gut, aber er schien mir ähnlich elegant, und dieses Paar saß dort, und ich beobachtete sie, und sie sprachen während der gesamten Mahlzeit kein Wort. Das Gesicht der Frau war nicht unhübsch, aber es war ein trauriges Gesicht, und vor meinen Augen trank sie vier Gläser Weißwein hintereinander. Der Wein kam in Plastikbechern, wegen der Pandemie, nehme ich an, und diese Frau saß da, und ich sah sie ihre vier Becher Weißwein trinken, während ihr Mann – oder wer immer er war – kein Wort mit ihr sprach und sie keins mit ihm.

Ich habe inzwischen genug von der Welt gesehen, um zu wissen, dass sie Geld haben mussten, oder jedenfalls deutlich mehr Geld als die Menschen aus dieser Stadt, und doch gaben sie solch ein Bild ab. Und ich will nur sagen, dass es mir vor Augen führte – wieder einmal –, dass es bei manchen Dingen keinen Unterschied macht, ob man reich oder arm ist.

Gut, man kann sagen: Sie war eben Alkoholikerin. Aber so sah ich sie nicht, selbst wenn sie vielleicht Alkoholikerin war.


Ich empfand, dass ich in einen privaten Abgrund geblickt hatte, den ich nicht hätte sehen sollen. Darum erzählte ich auch niemandem etwas davon, nicht William, nicht einmal Bob. Aber das Gesicht dieser Frau werde ich niemals vergessen. Ihr Unglück. Ihre Schwermut. Ihre Furcht. Seltsam, was wir im Gedächtnis behalten, selbst wenn wir das Gefühl haben, dass es mit unserem Gedächtnis nicht mehr weit her ist.

# V

## 1

»Ich trage Trauer um mein Leben«, sagte William ein paar Wochen später nach dem Frühstück in heiterem Ton, als wir auf dem Sofa saßen und einen Sommerschauer niedergehen sahen.

»Das ist Tschechow«, sagte ich. »Woher kennst du das? Das hätte ich dir gar nicht zugetraut. Es ist aus der *Möwe*.«

Er zuckte die Achseln. »Estelle und ihr ewiges Vorsprechen.« Und dann wiederholte er: »Ich trage Trauer um mein Leben.«

Ich brauchte einen Moment. Wir saßen mit Blick auf das Wasser und schauten dem Regen beim Prasseln zu. »Im Ernst?«, fragte ich. Ich drehte ihm das Gesicht zu.

»Ja, sicher.« Sein Haar war längst nicht mehr kurz, und mit dem nachgewachsenen Schnauzbart – der aber nicht seine frühere Fülle hatte, und auch in seinem Haar gab es schüttere Stellen – wirkte er vertraut auf mich und doch gleichzeitig alt auf eine Weise, auf die ich William eigentlich nicht sah. Bei mir dachte ich, dass er das bestimmt wegen seiner Prostata sagte. Aber ich fragte dennoch: »Inwiefern?«

»Ach komm, Lucy. Ich sitze hier und schaue zurück auf mein Leben, und ich denke, wer war ich? Ich war ein Idiot.«

»In welcher Hinsicht?«, fragte ich.

Und interessanterweise sprach er als Erstes von seinem Beruf. »Ich habe Student um Student um Student unterrichtet, aber habe ich die Wissenschaft wirklich vorangebracht? Nein.«

Ich öffnete den Mund, aber er hob abwehrend die Hand.

»Und auf der persönlichen Ebene, schau, wie ich mein Leben gelebt habe.«

Ich dachte, er meinte seine Affären. Aber das war nicht der Fall. Er zeigte aus dem Fenster und sagte: »Schau diesen Turm an, Lucy. Der Vater meines Vaters – dieser böse alte Mann, den wir damals in Deutschland besucht haben, mein *Großvater* – hat am Zweiten Weltkrieg verdient.« Er sah mich an. »Er hat an den U-Booten verdient, die bis an diese Küste gekommen sind, in unseren Hafen. Er war ein Großindustrieller, dem es nur um seinen Profit ging, und den hat er gemacht – durch den Krieg. Und dann hat er allen Profit in die Schweiz geschafft.« Hier stockte er eine längere Zeit, den Blick aus dem Fenster gerichtet.

Dann sah er wieder zu mir. »Und ich habe dieses Geld genommen, Lucy. Erzähl mir jetzt nicht, wie viel ich gespendet habe, ich weiß, dass ich viel gespendet habe, aber niemand spendet je so viel, dass es etwas an seinem Lebensstil ändern würde, und ich habe dieses Geld genommen, und ich habe es immer noch.« Er schaute weg und wieder her. »Und ich verabscheue mich dafür.«

Ich sagte nichts darauf. Schweigen erschien mir respektvoller.

Und dann stand William auf und sagte leise: »Sogar meine Mutter war dagegen, dass ich es annehme, aber ich habe es trotzdem getan.« Er ging zum Fenster und sah hinaus, bevor er sich umwandte und sagte: »Wusstest du, dass mein Vater – ganz kurz vor seinem Tod – dieses Geld bekommen sollte und es abgelehnt hat?«

Das war mir gänzlich neu, und das sagte ich auch.

William seufzte und setzte sich wieder aufs Sofa, und er sagte: »Deshalb fand meine Mutter, ich sollte es nicht nehmen – weil mein Vater den Anstand besessen hatte, Nein zu sagen. Und ich habe das jahrelang vor mir zu rechtfertigen versucht. Es ist mein Geld, habe ich mir gesagt, so wie viele Kinder reicher Eltern eben Geld aus irgendwelchen Firmenvermögen bekommen. Aber es ist nicht das Gleiche. Das Vermögen meines Großvaters stammt aus einem Krieg, in dem unfassbare Gräuel geschehen sind. Mein Vater hat es abgelehnt, ich nicht.«

Erneut stand er auf und ging im Reden auf und ab. Er sagte: »Mein Großvater war habgierig, und er war schlau. Und was derzeit in unserem Land passiert, ist größtenteils auch der Habgier geschuldet.« Er drehte sich um, mit dem Gesicht wieder zu mir. »Und du kannst sagen, dann gib es doch weg, William, was stellst du dich so an? Aber selbst wenn ich noch heute alles weggeben würde, was ich nicht tun werde, wem würde ich damit nützen? Niemandem. Trotzdem, es entstammt einem immensen Schaden, den unsere Welt erlitten hat, und sie kann ihn jederzeit wieder erleiden. Und all die Jahre habe ich mir mit diesem Geld ein schönes Leben gemacht.« Er wandte sich ab, setzte sich wieder hin und raufte sich die Haare, bis sie in alle Richtungen abstanden.

Ich wartete eine ganze Weile, ob er noch mehr zu sagen hatte, aber offenbar war das alles. Schließlich sagte ich: »Weißt du, William, ich habe so eine Theorie über Menschen, die Verluste erleiden und dann glauben, die Welt würde ihnen etwas schulden.« Ich führte Beispiele an: den Mann, der ein Kind verloren hatte und dann Geld von der Kirche veruntreute, wo er jahrelang Schatzmeister gewesen war, die Frau, die Ladendiebstahl beging, nachdem sie erfahren hatte, dass ihr Mann unheilbar krank war … Und dann sagte ich: »Dein Vater ist gestorben, da warst du erst vierzehn, William. Und darum dachtest du vielleicht, dir steht ein Ausgleich zu.« Und ich fügte hinzu: »Ich will damit sagen, dass das nur menschlich ist.«

William antwortete mit unbeteiligter Stimme, er habe seinen Vater mit vierzehn verloren, und in den Besitz des Geldes sei er mit Mitte dreißig gekommen, durch einen Treuhandfonds, von dessen Existenz er bis dahin nichts gewusst hatte, und ich sagte: »Das spielt keine Rolle.«

Aber ich merkte schon, dass er nicht richtig zuhörte, dass er sich nicht überzeugen lassen wollte.

Doch das war es, was diese ganze Zeit schon an William nagte. Dass er Geld von diesem Mann angenommen hatte – seinem bösen Großvater mit den glitzernden Augen – und sich dafür zunehmend selbst gehasst hatte, und zwar umso stärker, je mehr er sah, welchen Lauf es mit der Welt nahm.

Ich begriff, dass er sich dadurch als Komplize seines Großvaters gefühlt haben musste, in Gegnerschaft zu seinem Vater, der das Geld zurückgewiesen hatte.

Mein Tischtennisball, so schien es, war für den Moment weit weg von seinem; in vielem, was uns quält, sind wir allein.

Aber dann hellte sich Williams Gesicht merklich auf, und er sagte zu mir: »Ich habe mir Folgendes gedacht, ich spende eine richtig große Summe an die Universität auf Presque Isle, für eine Abteilung, wo diese Kartoffelschädlinge erforscht werden können. Weil es nämlich nicht nur um Parasiten geht, Lucy.« Und er setzte mir auseinander, dass sich durch den Klimawandel die Kartoffelsaison verlängert habe, was aber nicht von Vorteil sei, die Anfälligkeit werde dadurch größer, weshalb man jetzt versuche, eine neue Art von Kartoffeln zu züchten. Dann lehnte er sich zurück und nickte: »So mache ich das«, sagte er.

2

An einem warmen Augustnachmittag kam Bob Burgess zu uns, und mir schien fast, als hätte William ihn erwartet. »Da ist er ja«, sagte William, oder etwas in der Art, und ging ihm über das Gras entgegen. Als ich aus dem Haus trat, winkte mir Bob mit dem ganzen Arm und sagte zu William: »Wollen wir?« Und William sagte: »Gehen wir's an.«

Also stieg Bob wieder in sein Auto, und William hielt mir

die Beifahrertür seines Wagens auf, und ich fragte: »Was soll das werden?«, und er sagte nur: »Schauen wir mal.«

Wir fuhren hinter Bob her in die Stadt. Es war ein strahlender Tag, das Wasser blitzte, als wir über die schmale Brücke fuhren, grün und freundlich und einladend breitete es sich nach beiden Seiten aus, gekräuselt von den weißen Wellen, die immerfort gegen die Felsen klatschten. Als wir die Stadt erreicht hatten, parkte Bob nahe den Läden entlang der Main Street – es gibt eine Buchhandlung (in der man derzeit nur Bestellungen abholen konnte) und ein Möbelgeschäft, das geschlossen war, und einen Teeladen, der geöffnet hatte und eine ganze Auswahl von Dingen verkaufte –, und wir parkten neben ihm. Dann folgten wir ihm auf die Rückseite des Gebäudes, in dem die Buchhandlung war, der Parkplatz hier hinten war voller Schlaglöcher, und man konnte die Feuerwache sehen, und Bob zog einen Schlüssel aus der Tasche und schloss eine Tür auf – die man übersehen konnte, wenn man nicht nach ihr suchte, ich meine, es war eine schlichte Eisentür, blassgrün gestrichen –, und drinnen führte eine steile Holztreppe nach oben, die stiegen wir drei hintereinander hinauf, und am Ende der Treppe ging eine Tür nach rechts weg, und Bob holte einen zweiten Schlüssel heraus, und wir traten durch diese Tür in einen winzig kleinen Flur, von dem wiederum eine Tür nach rechts abging, und Bob sperrte auch die auf und blieb dann stehen und ließ mir mit einer Geste den Vortritt.

»Da wären wir, Lucy«, sagte er. »Dein Arbeitszimmer.«

Ich begriff kaum, wie mir geschah. Aber in dem Zimmer, und es war kein kleines Zimmer, standen ein Tisch, ein großer Polstersessel, ein Sofa und dazu zwei Bücherregale und zwei Lampen auf kleinen Tischchen. »Was ist das?«, fragte ich.

Und William sagte: »Wir haben dieses Zimmer für dich gefunden, Lucy.« So emotional hatte ich ihn selten gesehen, er war richtig aufgeregt. »Als Büro.«

Da standen sie, diese zwei Männer, beide mit dieser unterdrückten Erregung im Blick …

Ich konnte es kaum glauben.

Ich hatte noch nie ein Arbeitszimmer gehabt. Für mich allein, meine ich. Nie.


3


Meine Wohnung in New York setzte mir mehr zu denn je; sooft sie mir in den Kopf kam, dachte ich: Nein! Das dachte ich. Eines Abends – gegen Ende August war das, ich hatte den Tag in meinem Arbeitszimmer verbracht – kam ich heim und sagte William, wie es um mich stand, so wie schon in der Nacht meiner Panikattacke, und er tat es nicht ab, das konnte ich sehen. Wann sich der Mietvertrag verlängere, wollte er wissen.

Ich sagte: »Ende September.«

Er beugte sich vor, die Arme auf den Knien. »Dann kündige, Lucy.«

Und ich sagte: »Das kann ich nicht!«

Er lehnte sich zurück und fragte: »Und warum nicht?«

»Weil ich nicht nach New York kann, jetzt mit dem Virus – wie soll ich sie da ausräumen?«

Und William, seine Arme jetzt auf den Armlehnen des Stuhls, sagte: »Bob treibt sicher ein paar Männer von hier auf, die dir deine Sachen herholen können. Die Wohnung ist winzig, Lucy. Überleg dir, was du von dort haben willst, und Bob vermittelt uns wen, der es herholt. Fürs Erste. Und wegen dem Rest, das sehen wir dann.«

Ich saß da und sagte nichts.

William fügte hinzu: »Und jetzt ist der richtige Zeitpunkt dafür, weil die Lage in New York momentan halbwegs im Griff ist, aber es wird eine neue Welle geben, wenn es kälter wird. Also lass es uns jetzt machen.«

»Meinst du wirklich?«, fragte ich.

Er zog nur die Brauen hoch.

Und so kamen Mitte September – mithilfe von Bob, der drei junge Männer organisierte, die mit Begeisterung zusagten, denn sie waren noch nie in New York City gewesen – meine Habseligkeiten aus New York nach Maine. Meine Küchensachen vermachte ich sämtlich Marie, meiner Haushaltshilfe. Sie rief mich per FaceTime aus meiner Wohnung an. Und auch den Großteil meiner Kleider gab ich ihr. Ich gab ihr fast all meine Bettwäsche und fast all meine Handtücher. Ihre Tante wollte das Bett, also schafften sie es in die Wohnung der Tante in der Bronx. Die Hausverwalterin, eine junge Frau, half uns sehr. Normalerweise darf die Übergabe nur persönlich vollzogen werden, und die Möbelpacker müssen zig Versicherungsformulare ausfüllen, aber die

Verwalterin sperrte den Männern auf und ließ sie die noch übrigen Sachen abtransportieren, sie machte es uns wirklich sehr leicht. Ich sagte Marie, ich würde ihr ein Jahr Abstand zahlen; sie oder vielmehr ihr Mann, der Portier, war jede Woche in die Wohnung gegangen, um meine Zimmerpflanze zu gießen, die – neben Davids Cello – das Einzige war, was mir wirklich am Herzen lag.

Als dann die Pflanze mit ihren zweieinhalb Metern Höhe auf unserer Veranda stand – ganz verschämt stand sie da –, konnte ich es nicht fassen. Ich konnte nicht fassen, dass ich diesen Schritt getan hatte. Davids Cello stellte ich in das leere Schlafzimmer, das mit den Bücherwänden, gegen dessen Fenster die Bäume drängten.

Wenn ich an die Wohnung in New York dachte, dann dachte ich: Es gibt sie nicht mehr, so wie es alles irgendwann nicht mehr geben wird.

4

Aus New York kamen vier große Umzugskartons voll mit meinen alten Aufzeichnungen und Fotos, und kurz darauf half William mir, sie in mein Büro zu schaffen, wo ich sie nach und nach durchsah. Es war ein sehr merkwürdiges Gefühl. Es gab Fotos von mir im College, mit William und mit anderen Freunden. Ich sah so jung und glücklich aus!

Ich stieß auf einen Tagebucheintrag aus meiner Zeit mit William und den Mädchen – die damals etwa acht und neun gewesen sein müssen –, als ich einmal einen Putzservice bestellt hatte. Es kam ein verschwitzter junger Mann, der furchtbar nervös wirkte, und in dem Eintrag stand, wie leid er mir getan hatte, als er da mit dem Staubsauger hantierte und ihm der Schweiß von der Nase tropfte. Doch dann war dieser junge Mann für längere Zeit im Bad verschwunden, und als er fort war, ging ich hinein und begriff, dass er da drin masturbiert haben musste, und es versetzte mir einen richtigen Schock.

Ich hatte diesen Vorfall vergessen gehabt, bis ich ihn hier in meiner jungen Handschrift beschrieben sah. Natürlich war es ein Schock gewesen, denn genau diese Szenen kannte ich aus meiner Kindheit, von meinem Vater. Laut meinem Tagebuch reagierte William recht gleichgültig, als ich es ihm erzählte. Ich meine, er tat es mehr oder weniger ab.

Ich hatte den jungen Mann angerufen und ihm gesagt, dass wir ihn nicht mehr brauchten.

Es fühlte sich seltsam an, diese Papiere durchzugehen.

Ich fand dies: eine Geburtstagskarte von meiner Mutter. Sobald ich sie sah, wusste ich es wieder. Es war die letzte Karte gewesen, die sie mir geschickt hatte, im Jahr vor ihrem Tod. Auf der Vorderseite waren hübsche lilafarbene Blumen. Als ich sie aufklappte, stand innen gedruckt: Herzlichen Glückwunsch zum Geburtstag. Und darunter einfach nur:

M.

# 5

William und ich erkundeten weiter mit dem Auto die Gegend. Auswärts zu übernachten schien uns zu unsicher, wir nahmen uns irgendein Ziel vor und machten einen Tagesausflug dorthin. Ende September besuchten William und ich eine Stadt namens Dixon, es waren fast zwei Stunden Fahrt. Die Stadt lag an einem Fluss, und es gab eine Papierfabrik, die einmal Tausende von Arbeitern beschäftigt hatte, aber seit Jahren war nur mehr ein kleiner Teil in Betrieb; gerade mal hundert Leute arbeiteten noch dort. William interessierte sich sehr für diese alten Papiermühlen, er hatte sich über die in Dixon kundig gemacht und sagte, der Mann, der sie Ende des 19. Jahrhunderts gegründet hatte, sei aus England gewesen und habe sich bei den Häusern für die Fabrikarbeiter große Mühe gegeben. Bradford Place war der Name der Siedlung; er hatte mir im Internet ein Bild davon gezeigt, und die Häuser konnten sich wirklich sehen lassen, Zweifamilienhäuser aus Backstein mit breiten Veranden, erbaut an den Hängen rund um die Stadt. Oben auf dem Hügel stand eine mächtige Kathedrale. Das Bild war aus den 1950er-Jahren.

Was wir vorfanden, war niederschmetternd.

Die Stadt glich einer Geisterstadt, aber als William hinauf zu der Arbeitersiedlung fuhr, sahen wir vor einigen Häusern tatsächlich Leute. Die Häuser waren in einem verheerenden Zustand, ihre Innereien schienen förmlich in die

Vorgärten hinauszuquellen. Fahrradleichen lagen herum, große schwarze Müllsäcke, ein zerbrochener Fensterrahmen, solches Zeug, und auf vielen Veranden türmte sich das Gerümpel.

An einigen der Häuser hingen riesige amerikanische Flaggen über die vorderen Fenster oder die Veranden herab. Die wenigen Menschen, die im Freien waren, standen da und folgten unserem Auto mit den Blicken.

»Großer Gott«, sagte William.

Wir fuhren ins Stadtzentrum zurück, und an einer Tankstelle stieg William aus, um zwei Flaschen Wasser zu kaufen. Ich blieb im Auto sitzen und sah, dass gleich neben uns ein Polizist in seinem Streifenwagen saß. Er trug keine Maske, und er schaute immer wieder auf sein Handy, und ab und zu griff er nach einem großen Pappbecher und trank daraus mit einem Strohhalm.

Ich beobachtete ihn aufmerksam.

Mit größter Aufmerksamkeit beobachtete ich ihn.

Ich fragte mich: Wie mag es sich anfühlen, Polizist zu sein, gerade jetzt, dieser Tage? Wie mag es sich anfühlen, *du* zu sein?

Dazu muss ich sagen: Das ist der Drang, der mich zur Schriftstellerin gemacht hat, diese stete Frage, wie es wohl wäre, jemand anderes zu sein als ich selbst. Und ich war zunehmend fasziniert von dem Mann, der in den Fünfzigern sein mochte; er hatte ein redliches Gesicht, und seine Arme sahen aus, als müssten sie sehr stark sein. Auf eine Art, die bei mir sehr oft dem Schreiben vorausgeht, begann ich mich quasi in seine Haut hineinzufühlen. Ich weiß, das klingt seltsam, aber es war beinahe, als würden meine Moleküle in seinen Körper wandern und seine in meinen.

Und dann kamen drei junge Burschen aus dem Laden. Sie blieben auf dem Parkplatz stehen und rissen Chipstüten auf, lachend, aber sie waren mir unheimlich mit ihrer käsigen Haut und diesem Blick, als hätten sie schon jetzt nichts mehr zu verlieren. Der Jüngste, der um die dreizehn war, wirkte besonders erbärmlich, seine Zähne waren schief und irgendwie zu klein geraten, und ich konnte sehen, dass er bei den beiden Älteren Eindruck zu machen versuchte, aber sie waren nicht beeindruckt.

Als William zum Auto zurückkam, fuhren wir noch ein wenig herum und sahen die Fabrik, die laut William seinerzeit Papier in aller Herren Länder geliefert hatte, nach Europa, sogar nach Südafrika. Wir fuhren am Fluss entlang, und ich sah unten am Ufer – durch die Bäume – ein paar verfallene alte Holzhütten.

Auf dem Weg zurück nach Crosby sagte ich: »Ich habe einen Polizisten in seinem Streifenwagen beobachtet, als du im Laden warst. Ich werde eine Geschichte über ihn schreiben.«

William sah mich von der Seite an.

»Er wird Arms Emory heißen. Und er hat einen Bruder, der Legs heißt und im Nachbarort Versicherungen verkauft. Arms und Legs heißen sie deshalb, weil sie als Jungen Football gespielt haben, sie waren die Stars da. Arms konnte den Football schleudern, dass er flog wie der Wind, und Legs rannte wie ein Verrückter übers ganze Spielfeld.«

»Aha«, sagte William.

Wieder in meinem Büro, nahm ich die Geschichte in Angriff. Mit Arms fühlte ich mich schon richtig verbunden. Er würde ein Anhänger unseres jetzigen Präsidenten sein; bei ihm schien mir das stimmig. Und sein Bruder Legs, so wurde mir klar, war sechs Jahre zuvor, als er die Dachrinne säuberte, von der Leiter gefallen und als Folge tablettensüchtig geworden.

Also rief ich Margaret an und bekam von ihr den Kontakt zu einer Sozialarbeiterin vermittelt, die Sprechstunden für Suchtkranke abhielt, und ich telefonierte lange mit dieser Frau, um mich besser in Legs hineinversetzen zu können. Margaret verwies mich außerdem an einen Mann, der früher bei der Polizei gewesen war, und auch er half mir sehr. Er sagte: »Cops kümmern sich umeinander.«

Ich ließ mir meine Geschichte durch den Kopf gehen. Dann begann ich zu schreiben.

Arms Emorys Vater hatte in der Papierfabrik gearbeitet, als diese noch florierte, und zwar im Stampfwerk. Die Familie hatte in einem der hübschen Häuser der Arbeitersiedlung gewohnt, durch die ich mit William gefahren war. Damals hatten diese Häuser noch etwas hergemacht. Und als die Söhne noch sehr jung waren, starb ihr Vater, und ihre

Mutter – die in Arms' Augen fast eine Heilige war – zog mit ihnen in ein anderes Haus und nahm eine Stelle im Krankenhaus an, und sie brachte ihren Söhnen bei, dass alles, was sie taten, auf ihren Vater zurückfallen würde, darum trank Arms bis heute keinen Tropfen. Seine glücklichsten Tage waren die auf dem Footballfeld in der Highschool gewesen, als er und sein Bruder die Stars waren. Arms liebte seinen Bruder von Herzen.

Ich saß in dem zu stramm gepolsterten Sessel in meinem Büro und dachte über diese zwei Männer nach. Gelegentlich schrieb ich eine Szene, aber die meiste Zeit saß ich nur da, starrte ins Leere und dachte nach über sie.

Mir wurde klar, dass der jüngste der drei Bürschchen, die ich an der Tankstelle gesehen hatte, Sperm Peasley heißen musste. Sperm war sein Spitzname – weil er so bleich und schmächtig war, als wäre bei seiner Zeugung das meiste zwischen den Laken kleben geblieben. Aber inzwischen dachte er nicht mehr über den Namen nach. Der Ältere der beiden anderen hieß Jimmie Wagg. Er war der ortsansässige Drogendealer. Und der Mittlere war Sperms Cousin. Die Kartoffelchips hatten sie geklaut, beschloss ich. Und Sperm war noch kindlich genug, um sich dabei als Held vorzukommen.

Ich schrieb die Sätze: »Aber neuerdings überkam Arms oft eine große Müdigkeit. Er war zu erschöpft, um mit seiner Frau zu streiten – Zuneigung zu ihr fühlte er schon seit einigen Jahren nicht mehr –, und auch zu erschöpft, um groß über die Wahl nachzudenken. Trotzdem empfand er gleichzeitig eine seltsame Unruhe. Er sah keinen Zusammenhang zwischen dieser Unruhe und seiner Erschöpfung; er war kein Mensch, der über sich selbst nachdachte.«

Aber kurz vor der Pandemie hatte Arms gemeinsam mit anderen Polizisten an einem Treffen zum Thema Polizeireformen teilgenommen. Und es hatte ihm gutgetan, mit diesen anderen zusammenzukommen; er genoss Achtung, er war Sergeant. Er hatte für sie nochmals die Leitlinien skizziert: kein Würgegriff, keine unnötige Eskalation.

Und immer wieder legte ich die Geschichte beiseite und saß in dem zu stramm gepolsterten Sessel, um nachzudenken. Ich war so glücklich wie schon lange nicht mehr. Ich konnte arbeiten, endlich.

6

Eines Abends beim Essen kam ich auf meinen Bruder zu sprechen, auf sein trauriges Leben, und William sagte: »Lucy, ich will das nicht hören. Du hast mir das oft genug erzählt, ich muss es nicht schon wieder hören.«

»In Ordnung«, sagte ich.

Aber hier ist die andere Erinnerung, die mir in den Sinn gekommen war, als ich an die Prügelszene auf dem Schulhof hatte denken müssen.

Und zwar:

Ich war noch klein, mein Bruder ein Stück älter, vielleicht sieben. Ich kam nach Hause, und mein Bruder lag auf dem Wohnzimmerboden, er wimmerte, und in seinem Unterarm steckten – meine Mutter verdiente Geld mit Näh- und Änderungsarbeiten –, in seinem Unterarm steckten eine Reihe von Nähnadeln. Ich dachte, ich sehe nicht recht. Meine Mutter kniete über ihm. Ich schrie auf, und was ich nie vergessen werde, ist das eigentümliche Lächeln, mit dem meine Mutter zu mir hochsah und sagte: »Auch ein paar gefällig?«

Ich rannte zum Haus hinaus.

Einer der Hauptgründe, warum ich die Erinnerung für echt halte, ist ihre Abartigkeit.

Ein anderer Grund ist ein Arztbesuch, bei dem ich dabei war, nicht sehr viel später: Mein Bruder sollte eine Impfung bekommen, und als der Arzt die Spritze aufzog, flüchtete mein Bruder wie ein Tier, er konnte gar nicht weit genug von dem Mann wegkommen. Zuletzt verkroch er sich weinend unterm Schreibtisch. Und ich weiß noch, wie der Arzt meine Mutter ansah. Und meine Mutter lachte und sagte etwas wie: Was soll man machen?

Ich hatte William zu Beginn unserer Ehe davon erzählt, und er hatte nichts dazu gesagt. Aber als ich später meine Therapie anfing, bei dieser wunderbaren Therapeutin, nickte sie nur leicht und sagte: »Ach, Lucy.« Das verstand ich so, dass sie mir glaubte, darum erwähne ich es.

William winkte an diesem Abend nur ab. »Das kennen wir doch alles schon. Ich will jetzt nichts über deinen Bruder hören. Außerdem«, sagte er, »hat er doch dieses alte Ehepaar, die ihn mit zur Tafel genommen haben oder was auch immer.«

»Die sind tot«, sagte ich. »Die Guptills sind vor ein paar Jahren gestorben, und jetzt in der Pandemie kann er sowieso nirgends hingehen.« Doch auch das konnte William nicht erweichen.

Aber das Leben meines Bruders war und blieb beispiellos einsam. Und manchmal kam er mir deshalb in den Kopf, so wie an diesem Abend. Ich musste daran denken, wie meine Mutter mir vor vielen Jahren – als er schon längst ein erwachsener Mann war – erzählt hatte, dass er ganze Nächte in Pedersons Stall verbrachte – den Pedersons gehörte die benachbarte Farm –, um bei den Schweinen zu sein, bevor sie zum Schlachthof abtransportiert wurden.

Und dann fing William von seinen »Neffen und Nichten« an, den Kindern von Lois Bubar und denen von Dave und Daves Brüdern, wie gut sie alle geraten waren – er fand gar kein Ende, ich hatte es alles schon x-mal gehört – und wie schlau sie waren, sogar Bücher lasen sie! Das erzählte er mir an diesem Abend, nachdem er mir verboten hatte, von meinem Bruder zu sprechen, und ich erinnerte mich: William hört nicht gern Negatives.

Das geht vielen Menschen so. Er steht nicht allein damit.

\* \* \*

Mitte Oktober flammte das Laub in den prächtigsten Farben. Es hatte sich später gefärbt als gewöhnlich, und da es so lange so wenig geregnet hatte, sahen viele darin den Grund, warum die Bäume so zaghaft waren und nicht so loderten wie sonst. Aber dann holten sie das Versäumte nach. Und wie sie es nachholten!

Hier ist ein Geheimnis, was die Schönheit der Natur angeht:

Meine Mutter verriet es mir, als ich noch ganz klein war – meine echte Mutter, nicht die erfundene, liebe Mutter, die ich später herbeizubeschwören begann, nein, meine echte Mutter sagte mir irgendwann, die großen Landschaftsmaler hätten eines gewusst: Alles in der Natur hat seinen Ursprung in ein und derselben Farbe. Und daran dachte ich nun, als ich das bunte Laub sah. Vielleicht sagen Sie jetzt: So etwas Absurdes! Bei diesen leuchtenden Rot- und Gelb- und Grüntönen! Die unleugbar da sind, natürlich. Doch wenn ich nun am Fluss spazieren ging, was ich neuerdings öfter tat, oder auch entlang unseres schmalen Sträßchens, sah ich es selbst: So rot und gelb und grün die Blätter auch leuchteten, die Ausgangsfarbe schien doch bei allen die gleiche, es ist schwer, es in Worte zu fassen, aber je mehr Blätter fielen, desto deutlicher sah ich es. Allem lag eine Art Braun zugrunde, und aus ihm erwuchs der Rest, die großen Steinblöcke am Straßenrand waren grau und braun, und die Eichen, die jetzt rostrot waren, ähnelten vom Farbton her dem Seetang, den ich als kupfern beschrieben habe, und das

Wasser, ob es nun tiefgrün, grau oder braun war, hatte fast den gleichen Grundton.

Und auch an den Nachmittagswolken, die nicht selten aufzogen, nahm ich etwas verhalten Herbstliches wahr, sie bewirkten eine sachte Verdickung aller Konturen, als schickte die Welt sich jetzt schon an, sich für die Nacht zur Ruhe zu legen.

Aber letztlich will ich damit ja nur sagen, wie sehr mich die Natur immer wieder zum Staunen brachte.

7

William fuhr wieder nach Sturbridge, um sich mit Bridget und Estelle zu treffen. Diesmal weinte er beim Heimkommen nicht. Er erzählte, dass Bridget jetzt zwei Freundinnen in Larchmont hatte – die eine die Nachbarstochter, die andere deren Freundin – und einen viel fröhlicheren Eindruck machte. »Sie ist halt einfach ein klasse Mädchen«, sagte er. Und: Estelles Freund hatte mit ihr Schluss gemacht! Beziehungsweise sie mit ihm. »Jetzt halt dich fest.« Sein Blick hatte etwas Tragisches. »Der Typ war schwul.«

»Er war *schwul*?«, wiederholte ich. »Und das wusste sie nicht?«

»Anscheinend nicht.« William setzte sich aufs Sofa, die Arme die Rückenlehne entlanggestreckt. »Er war schon älter, das wusste ich vorher auch nicht. Jedenfalls könnte ich mir vorstellen, dass er noch einer Generation angehört, wo man als Mann nicht schwul sein wollte.«

»Ach, William, das ist so traurig«, sagte ich. Und fügte hinzu: »Für alle Beteiligten.«

»Nicht für Bridget.«

»Kommt Estelle denn halbwegs zurecht?«

»Sieht so aus. Sie klang ganz fidel, als sie es mir erzählt hat. Wer weiß? Estelle ist zäh. Die packt das schon.«

»Na ja, trotzdem …«, sagte ich.

»Ja, ich weiß, ich weiß.« Aber er fing zu pfeifen an, was ich bei ihm seit Jahren nicht mehr erlebt hatte.

\* \* \*

»Sag mal, Lucy, was hältst du davon, wenn wir das Haus hier kaufen?« Das fragte mich William am Morgen darauf. Wir hatten immer noch die Fliegengitter in der großen Veranda, und wir frühstückten dort draußen, trotz der kühlen Temperaturen. Ich hätte gern die Plexiglasfenster wieder eingesetzt, aber sooft ich davon anfing, sagte William: »Jetzt noch nicht, Lucy.«

»Das Haus kaufen? Soll das ein Witz sein?« Ich hatte schon aufstehen wollen, aber jetzt setzte ich mich wieder hin; wir waren gerade mit dem Frühstück fertig geworden. Draußen fiel ein leiser, dichter Regen, und das Wasser strudelte und brauste.

»Nicht direkt. Bob hat es mir zu einem sehr guten Preis angeboten.«

Ich saß da und schaute ihn an, diesen Mann, mit dem ich

verheiratet gewesen war, mit dem ich zwei Töchter hatte und mit dem ich nun, so viele Jahre später, wieder das Bett teilte. Schließlich sagte ich: »Ist die Entscheidung schon gefallen?«

Und er lachte ein bisschen und nahm meine Hand und sagte: »Nein, Lucy.« Dann sah er mich an und sagte: »Kann sein.« Er zuckte die Achseln. »Wie man's nimmt.«

Ich sagte: »Wenn wir das Haus hier kaufen, dann sterben wir darin.«

Und William sagte: »Gut, irgendwo müssen wir sterben«, und ich sagte: »Auch wieder wahr.«

Er stand auf und ging nach drinnen, und ich folgte ihm. Er ging leicht gebückt, er war kein junger Mann mehr, er war nicht einmal mehr ein Mann in den besten Jahren. Er ließ sich auf die Couch fallen und klopfte auf seine Oberschenkel. »Komm zu mir, Lucy, setz dich auf meinen Schoß. Ich mag es so gern, wenn du auf meinem Schoß sitzt.«

Also nahm ich auf seinem Schoß Platz, und er sagte: »Hör zu. Wir müssen offiziell hier ansässig werden. Es wird bald einen Impfstoff geben, vielleicht schon vor Jahresende, und wir werden uns unsere Impfung ganz sicher nicht in New York abholen. Wir müssen sie hier bekommen.«

Ich bog mich ein Stück weg, um sein Gesicht sehen zu können. »Im Ernst jetzt?«

»Im Ernst.«

Beide schwiegen wir eine Weile, und dann sagte ich: »Dann lass es uns kaufen.«

William sagte: »Ist schon passiert.«

\* \* \*

Und so verlegten wir unseren ersten Wohnsitz nach Maine. Ich konnte es nicht recht glauben, aber so war es. William hatte kein Problem damit, seine Schwester lebte hier, seine Neffen und Nichten, und er hatte sein großes neues Projekt. Ich rief meinen Steuerberater an, meinen lieben Steuerberater – er hatte die Stadt verlassen, seine Kanzlei aufgegeben und war nach New York State gezogen –, und er sagte, doch, meine Steuererklärung könne er trotzdem noch machen, aber er sagte auch: »Lucy, wenn Sie das tun, dann muss es Ihnen ernst damit sein. Sie können nicht einfach nächstes Jahr zurück nach New York ziehen. Sie müssen sich mehr als das halbe Jahr in Maine aufhalten«, und ich sagte, das sei mir schon klar. Aber es hatte alles etwas Unwirkliches für mich.

Wir ließen in Maine neue Führerscheine für uns ausstellen, und ich hatte Angst, wenn der Schalterbeamte sah, dass ich aus New York war, würde er vielleicht eine Bemerkung machen. Aber er sagte nichts und fotografierte mich zweimal, weil er das erste Bild nicht gelungen fand.

\* \* \*

Nicht lange danach rief ich Estelle an. »Ach, Lucy«, sagte sie, »wie schön, deine Stimme zu hören.« Ich erzählte ihr, dass wir jetzt Bürger von Maine waren, und sie meinte, das sei unter den Umständen sicher das Vernünftigste. »Aber komisch ist es schon«, sagte ich, und sie sagte: »Oh, das kann ich mir vorstellen!« Dann sagte sie, leider sei es ja mit ihrem Partner –

so bezeichnete sie ihn – doch auseinandergegangen, und ich sagte, wie leid mir das tat, und sie sagte: »Dass er bisexuell ist, wusste ich ja, ich dachte bloß nicht, dass er weiter an Männern interessiert sein würde, wenn er erst mal mit mir zusammen ist.« Ich wusste nicht recht, was ich darauf erwidern sollte, und Estelle sagte: »Ist schon okay so.« Sie lachte ihr sprudelndes Lachen und fügte hinzu: »Ach, Lucy, denkst du nicht auch manchmal, alle diese armen kleinen Menschlein können einem eigentlich nur leidtun?« Und ich verstand, warum sich William in sie verliebt hatte. »Ich weiß genau, was du meinst«, sagte ich. Wir plauderten noch ein wenig, sie war bester Dinge. »Ciao-ciao«, sagte sie, als wir auflegten.

\* \* \*

Aber im Kopf fühlte ich mich nach wie vor nicht ganz richtig. Ich vergaß immer noch, was ich gerade hatte sagen wollen. Ich konnte immer noch ein Zimmer betreten und wusste plötzlich nicht mehr, was ich dort gewollt hatte. Es beunruhigte mich, auch wenn Bob mir versicherte, bei ihm sei es das Gleiche.

Und auch Charlene Bibber sagte, ihr gehe es so. Wir gingen weiterhin alle zwei Wochen spazieren – oder saßen zumeist auf dem Granitblock –, und einmal sagte sie zu mir: »Ich bin froh, dass wir nicht über Politik reden.« Ich wandte ihr das Gesicht zu. »Warum sollten wir auch«, sagte ich, und sie nickte. »Ich finde es einfach sehr angenehm.« Und ich antwortete: »Kein Problem.«

Der Weg am Fluss entlang war jetzt besonders schön mit seinem vielfach abgestuften Orange und Gelb, und an diesem Tag lag der Boden voll gelber Blätter, weil die Nacht windig gewesen war; wir gingen gleichsam auf einem gelben Teppich dahin. Und die Sonne strömte darauf herab.

Wir setzten uns auf eine der Granitbänke, und Charlene sagte mir, wie dankbar sie für ihre Putzstelle in der Maple Tree Seniorenresidenz war.

Sie erzählte mir noch mehr von Olive Kitteridge. »Sie ist eine Liberale, sie schimpft andauernd über den Präsidenten, sie kann ihn nicht ausstehen. Aber das macht nichts, sie ist trotzdem nett zu mir. Na ja, *nett* vielleicht nicht, Olive ist eigentlich zu gar niemand nett, aber sie mag mich leiden, das merkt man, und sie ist eben einsam. Manchmal setze ich mich zu ihr, und dann reden wir ewig. Sie liebt Vögel. Und sie erzählt von ihrem ersten Mann, Henry, das ist ihr Lieblingsthema, und ich erzähle von meinem Mann.«

»Wie schön«, sagte ich.

Charlene stützte das Kinn in die Hand.

»Ja, schon«, sagte sie.

Beim Abschied bat sie mich: »Lucy, wenn Sie den Eindruck haben, ich werde verrückt, sagen Sie es mir dann?«

»Mache ich«, sagte ich. »Und Sie mir bitte umgekehrt auch.«

Und wir winkten uns noch einmal zu.

Als ich an diesem Tag vom Fluss nach Hause fuhr, empfand ich plötzlich: Von Charlene ging ein schwacher Geruch von Einsamkeit aus. Und die unschöne Wahrheit ist, dass mich das ein klein wenig auf Distanz zu ihr gehen ließ. Und ich wusste, das lag an meiner lebenslangen Furcht, auch mir könnte solch ein Geruch anhaften.

* * *

William schwelgte richtig in seinen Kartoffelschädlingen. Er telefonierte ständig mit Dave und anderen Mitgliedern von Lois' Familie, und auch mit Lois telefonierte er. Sie planten noch einmal ein Treffen in Orono, bevor es zu kalt dafür wurde, und diesmal sollte Dave mitkommen. Der Klimawandel war ein Thema, das William zunehmend fesselte; er wollte ihnen dabei helfen, eine neue Kartoffelsorte zu züchten, die weniger empfindlich gegen Feuchtigkeit und Wärme war. Er erzählte mir all dies haarklein, und auch von den Leuten, die er durch seine Arbeit kennenlernte, erzählte er mir, und ich merkte, dass es mich zu interessieren begann. Doch, dachte ich, wenn jemand wirklich erfüllt von etwas ist, dann kann das ansteckend sein.

Auch ich hatte das ja schon erlebt – an diesem College in Manhattan, an dem ich als ganz junge Frau Kurse gab, hatte ich meine Studenten durch meine schiere Begeisterung mitgerissen, ich konnte sehen, wie sie sich für die Bücher zu interessieren begannen, die ich gelesen hatte, einfach weil ich mit solchem Enthusiasmus darüber sprach.

# 8

Ende Oktober sollte es ein ganzes Wochenende durchregnen, und ich bemerkte, wenn auch nur am Rande, dass William immer wieder den Wetterbericht aufrief und gar nicht glücklich über den angekündigten Regen zu sein schien. Ich hatte ihn nochmals gefragt, ob wir nicht endlich die Plexiglasscheiben einsetzen könnten – wir aßen nicht mehr auf der Veranda, dazu war es zu kalt, auch wenn es einen Heizstrahler gab –, und er sagte wieder nur: »Bald.«

Aber am Freitag regnete es noch nicht, und er sagte: »Komm, Lucy, wir fahren nach Freeport zu L. L. Bean. Wir müssen nicht reingehen, wir fahren einfach nur hin.«

Also fuhren wir los. Für Ausflüge war ich immer zu haben, es gab ja sonst nichts zu tun.

Ich staunte, wie viele Leute zu den Ladentüren ein- und ausgingen. »Setzen wir uns da hin«, sagte William. In sicheren Abständen waren Metalltische und -bänke aufgestellt, und weil es sehr nach Regen aussah, waren sie leer. Wir fanden einen Tisch, der überdacht war, und William sagte: »Perfekt.« Er sah immer wieder auf sein Handy.

»Was machen wir hier?«, fragte ich. »Ich meine, ich habe nichts dagegen, hier zu sitzen, ich frage mich bloß …«

Und dann – *lieber Gott im Himmel!!* – kamen unsere Töchter auf uns zu, wild mit beiden Armen winkend. »Mom!«, riefen sie, nein, schrien es fast, »*Mom!*«. Und mehrere Leute wandten die Köpfe nach mir um. »*Dad!*«, schrien sie und kamen immer näher, die Arme über den Köpfen schwenkend, und ich konnte es nicht glauben.

Ich konnte es nicht glauben.

Chrissy und Becka kamen an unseren Tisch – William und ich waren aufgestanden –, und sie streckten uns die Arme entgegen und deuteten Umarmungen an, und trotz der Masken war sonnenklar, dass sie über das ganze Gesicht strahlten.

Ich habe in meinem ganzen Leben nichts so Schönes gesehen wie diese Mädchen. Diese Frauen. Meine Töchter!

Sie lachten und lachten, und William hinter seiner Maske grinste auch, als er zu mir herübersah. Ich sagte: »William! Hast du das geplant?«

»Wir haben es alle geplant«, sagte Chrissy. »Wir wollten dich überraschen, deshalb.«

Sie setzten sich an den Tisch, und William und ich setzten uns auch wieder hin, und dann fingen wir alle zu reden an, oh, wir redeten und redeten und redeten. Sie waren von New York nach Boston geflogen und hatten dort für den Rest der Strecke ein Auto gemietet. Becka sagte: »Den ganzen Weg von Connecticut bis hier hoch, das haben wir uns dann doch nicht getraut«, und das verstand ich gut, sie waren beide in der Großstadt aufgewachsen und hatten erst spät Autofahren gelernt. William hatte ihnen Zimmer in dem Hotel in Crosby reserviert, sie hatten es alles gemeinsam organisiert. »Wir mussten jetzt kommen, bevor die Zahlen wieder steigen«, sagte Chrissy. »Und hier sind wir.«

»O du mein Gott«, sagte ich immer wieder. »O du mein Gott.«

Dann fragte ich: »Becka, warum bist du so groß?« Und sie sagte: »Ach, das muss an meinen Turnschuhen liegen, die kennst du noch nicht«, und sie streckte mir ihren Fuß hin, damit ich sehen konnte, welch dicke Sohle ihr roter Turnschuh hatte.

Sie hatte sie im Internet bestellt. Sie sagte: »Und, Mom, ich muss dir von dem Schlafanzug erzählen, den ich online gekauft habe. Er kam von einem ganz seriösen Versand, in den USA hergestellt.« Aber als er kam, sah er haargenau so aus wie die Anzüge, die die KZ-Häftlinge tragen mussten, mit diesen breiten, dunklen Streifen, und jedes Mal, wenn sie ihn anhatte oder ihn auch nur am Boden liegen sah, erinnerte er sie an die KZ-Häftlinge, sodass sie schließlich doch an den Händler schrieb, und sie bekam eine unheimlich nette Reaktion, die Firma entfernte den Schlafanzug von ihrer Website und schickte ihr einen neuen Schlafanzug, ganz in Dunkelblau diesmal.

Da saßen wir, alle vier, Chrissy redete mit ihrem Vater, ich mit Becka, dann wieder unterhielten wir uns zu viert. Das Flugzeug war so gut wie leer gewesen. Sie hatten bei der Autovermietung einen Pick-up-Truck bestellt – Chrissy lachte laut auf, als sie das erzählte –, aber als sie ihn dann sahen, nahmen sie doch lieber ein normales Auto. Sie zeigten in die Richtung, in der das Auto stand, aber es war zu weit weg, um etwas zu erkennen.

Schließlich gingen sie den Wagen holen und folgten uns aus Freeport heraus nach Crosby, und wir fuhren zu dem einzigen Hotel der Stadt, damit sie einchecken konnten. Die Hotelhalle war groß und ganz leer, und wir saßen in entgegengesetzten Ecken und redeten weiter. Immer mit unseren Masken vor dem Gesicht. Chrissy sagte: »Mom, diese Stadt ist so was von schnuckelig.« Und Becka sagte: »Ja, total.«

Dann fuhren wir ihnen voran zum Haus, und wir aßen auf der Veranda zu Abend – deshalb hatte William auch die Plexiglasscheiben noch nicht wieder einsetzen wollen, weil er ja wusste, dass die Mädchen kamen –, und redeten und redeten und redeten. Sie waren hin und weg von dem Haus. Es erstaunte mich, wie begeistert sie waren. »Ist das cool, Mom. So richtig abgefahren«, sagte Chrissy, als sie den Kopf durch die Tür steckte – aber hinein ging sie nicht, sie blieb auf der Veranda, wo Durchzug war. »Ihr solltet die Wände weiß streichen, doch, das ist *die* Idee!« Und sie wandte sich mit glänzenden Augen zu uns um.

»Genau!«, sagte Becka. »Streicht alle Wände weiß. Und den Kaminsims auch – einfach alles. Streicht es alles weiß. Dieses Haus ist der Hammer.«

»Euer Vater hat es gerade gekauft«, sagte ich.

»Echt?«, riefen sie wie aus einem Mund und sahen William an. Dann sagte Chrissy: »Wie cool ist das denn? Ich find's super hier.«

Ich glaube das fest: So glücklich wie da war ich in meinem ganzen Leben nicht.

Dann erzählte Chrissy uns, dass sie und Michael seinen Eltern das Haus in Connecticut abgekauft hatten – sie beabsichtigten nicht, nach New York zurückzugehen. »Wozu auch«, sagte Chrissy. »Wir fühlen uns wohl da, deshalb bringen wir unsere Wohnung jetzt auf den Markt.«

Das kam sehr überraschend für mich. »Warum sagt ihr uns so was nicht?«

Und sie zuckte die Achseln: »Hab ich doch gerade.«

Becka wohnte nach wie vor bei ihnen im Gästehaus, wollte aber bald nach New Haven umziehen, sagte sie; sie denke daran, noch einmal ein Studium anzufangen.

»Was für ein Studium?«, fragte William, und sie sagte, sie sei noch nicht sicher. Und dann sagte sie: »Na gut, ich kann's euch eigentlich auch sagen, Jura. Ich habe die Eingangstests gemacht und *richtig* gut abgeschnitten. Ich habe mich in Yale beworben.«

»Donnerwetter«, sagte William.

»Ich weiß«, sagte Becka. »Und jetzt reden wir nicht mehr davon.«

Als sie Sonntagnachmittag aufbrachen, sagte ich, als sie schon ins Auto stiegen: »Dad und ich sind übrigens wieder zusammen.« Und sie schauten beide völlig perplex. »Ernsthaft?« Sie nahmen sich gegenseitig das Wort aus dem Mund. William hatte sich schon verabschiedet, er stand oben auf der Veranda. »*Ernsthaft?*« Chrissy war es, die die Frage wiederholte, und ein bisschen verblüffte es mich, dass sie gar so verblüfft waren. Chrissy setzte sich ans Steuer, und Becka sagte: »Dreh dein Gesicht weg, Mom«, und umarmte mich, wir beide natürlich mit Maske. William und ich winkten ihnen nach, als sie die steile Einfahrt hinunterfuhren.

Es wunderte mich, wie wenig traurig ich war. William sagte: »Fahren wir ein bisschen herum«, und das machten wir. Wir folgten den gewundenen Küstensträßchen, und ich sagte: »Sie haben so ein Leuchten dagelassen«, und er sah mich an und sagte: »Ja, das stimmt.«

* * *

Wenn ich geahnt hätte, wie es bei unserem nächsten Treffen sein würde … Gut, aber das wusste ich da noch nicht.

Welche Gnade, dass wir nicht wissen, was uns im Leben erwartet.

# VI

## 1

Und dann kam der November, und mit ihm die Wahl. Darüber viel zu schreiben, erübrigt sich. Ich will nur sagen, dass es eine sehr angespannte Zeit für mich war, wie ja für die meisten im Land.

\* \* \*

An Thanksgiving machten William und ich uns Hotdogs mit Bohnen. Aus irgendeinem Grund fanden wir das eine ganz großartige Idee. Es gab rote Kidneybohnen aus der Dose und zwei Würstchen für jeden, und ich hatte einen Apfelkuchen gebacken, wir hatten es so gemütlich an dem Tag. Daran erinnere ich mich in aller Klarheit.

\* \* \*

Mein Bruder hatte mir erzählt, dass er Thanksgiving bei Vicky feiern würde; er fuhr jedes Jahr zu ihr. Und ich sagte zu ihm: »Aber das ist zu gefährlich, Pete. Sie sitzt ohne Maske in der Kirche«, und er sagte, ich solle mir keine Sorgen machen, er würde seine Maske tragen, und es kämen ja nur Vickys Kinder mit den Enkeln. »Genau das ist doch das Problem«, sagte ich, »diese ganzen Leute.« Aber dann sagte ich nichts mehr, denn mir wurde klar, dass für meinen Bruder, der Tag für Tag seines Lebens allein verbrachte, Thanksgiving etwas Besonderes war, weil er bei Vicky und ihrer Familie sein durfte. Als Kinder waren wir in die Kongregationalistenkirche gegangen, zu dem kostenlosen Thanksgiving-Dinner dort, und selbst ich habe in Erinnerung, dass an dem Tag alle sehr nett zu uns waren. Ich begriff, warum Pete dieses Essen bei Vicky so wichtig war, also sagte ich nichts mehr. Und wir schwatzten noch kurz über andere Dinge, und dann legten wir auf.

* * *

Eine Woche nach Thanksgiving wurde meine Schwester krank. Ihre jüngste Tochter Lila rief mich an, und sie weinte. »Sie ist im Krankenhaus, und wir dürfen nicht mal zu ihr. Sie bekommt Sauerstoff.« Ich hörte zu, und ich redete ruhig und sachlich mit ihr, aber ich konnte sie nicht trösten. Ich fragte sie, ob ihre Mutter telefonieren könne, und Lila sagte, nein, aber am nächsten Tag kam eine Nachricht von meiner Schwester, in der stand: Lucy, mir geht's miserabel, ich glaub ich komm hier nicht wieder raus.

Ich schrieb sofort zurück: Ich hab dich lieb.

Und am Abend antwortete sie: Ich weiß schon dass du das glaubst.

Am Tag darauf kam noch eine Nachricht von ihr: Lucy, du dachtest immer du bist was besseres als ich. Du warst sehr selbstsüchtig in deinem Leben. Tut mir leid aber so sehe ich das. Ich sollte für dich beten aber ich bin zu kaputt.

Es war ein Gefühl, als hätte sie mir eine Kugel in die Brust geschossen. Exakt so fühlte es sich an.

Mein Bruder klang müde am Telefon, ausweichend. Als ich sagte: »Sie meinte, ich wäre so selbstsüchtig«, schwieg er. Also fragte ich: »Findest du das denn auch?« Und er sagte: »Ach, Lucy. Nein.«

Vicky starb nicht an dem Virus, aber mein Bruder starb. Er rief mich von daheim an und sagte, er habe Schüttelfrost – seine Zähne klapperten hörbar – und Schwierigkeiten beim Atmen, und ich flehte ihn an, ins Krankenhaus zu fahren, aber er sagte: »Das wird schon wieder.«
»Nein, *bitte*, mir zuliebe«, sagte ich, und nach einer kurzen Pause sagte er: »Na gut, vielleicht morgen.«
Bevor wir auflegten, sagte er noch: »Übrigens, Lucy.«
Und ich sagte: »Was denn, Petie?«
Er sagte: »Ich will nicht, dass du denkst, du wärst selbstsüchtig. Du weißt doch, wie Vicky redet.«
»Oh, Petie, danke«, sagte ich.
Und er sagte leise: »Ich hab dich lieb, Lucy. Bis dann.«
Mein Bruder hatte noch nie gesagt, dass er mich lieb hatte. Niemand in unserer Familie hatte je so etwas gesagt.

Als er am nächsten Tag nicht abhob, wollte ich erst Vickys Mann anrufen, damit er nach ihm sah, aber dann dachte ich, nein, besser die Polizei. Also rief ich dort an, und der Beamte versprach mir mit großem Ernst, hinzufahren und nach ihm zu schauen, und ich hörte gar nicht mehr auf, mich bei ihm zu bedanken.

Und nach einer halben Stunde rief die Polizei mich zurück, um mir mitzuteilen, dass mein Bruder, Pete Barton, tot aufgefunden worden war. Er war in seinem Bett gestorben, demselben Bett, in dem viele Jahre vor ihm mein Vater gestorben war.

\* \* \*

Die Trauer, die mich befiel, war entsetzlich. Im ersten Moment war sie deshalb so entsetzlich, weil ich immerzu daran denken musste, dass Vicky mich selbstsüchtig genannt hatte. Das setzte mir unsäglich zu. Ich murmelte laut vor mich hin: Ich habe nur meine Haut zu retten versucht. Ich dachte an meinen Bruder, daran, wie blass er immer gewesen war. Ich dachte an die Jungen auf dem Schulhof, die ihn malträtiert hatten, an die Nadeln, mit denen ihm meine Mutter den Arm gespickt hatte. Er hatte nie eine Chance, auch das murmelte ich immer wieder.

Als ich Vicky sprach, die mittlerweile wieder daheim war, klang sie gelassen – weil Pete für sie natürlich im Himmel war, wurde mir klar. Und ich dachte, welch schreckliches Leben auch sie im Grunde hatte. Ja, sie hatte ihre Kinder und sogar ihren Mann. Aber ich konnte sie nur als Kind vor mir sehen, ein Kind, das nie lächelte, das in der Schule immer allein war. Ein Bild war mir besonders im Gedächtnis: Vicky, wie sie am Zeichensaal vorbeiging, allein und mit ängstlichem Blick, es hatte sich mir eingebrannt, dieses Bild. Sie hatte mich gesehen und weggeschaut – wir sprachen nie, wenn wir uns in der Schule sahen. Aber an dem Tag war sie mir fast zuwider gewesen, am liebsten hätte ich sie gar nicht gekannt, meine ich, mit ihrer Einsamkeit, ihrer Furcht. Von der ja auch ich mich all diese Kinderjahre nie frei gefühlt hatte.

Ich dachte an mein letztes Treffen mit meinem Bruder und Vicky – mehrere Jahre lag das inzwischen zurück, damals war ich zu einer Lesung in Chicago gewesen und hatte von dort aus meinen Bruder besucht. Ich hatte ein Auto gemietet und war die zwei Stunden zu dem winzigen, grässlichen Haus meiner Kindheit gefahren, in dem er nach wie vor wohnte, und als ich dort war, kam auch Vicky, und wir fingen an – wir drei – über unsere Kindheit zu sprechen, insbesondere über unsere Mutter. Aber mittendrin überfiel mich die Panik, ich musste Vicky bitten, mich zurück nach Chicago zu fahren, und Pete bat ich, uns mit meinem Mietwagen zu folgen. Und das hatten sie gemacht! Meine Schwester hatte mich in ihr Auto verladen und war mit mir in Richtung Chicago aufgebrochen, das hatte sie für mich getan!

Noch bevor wir Chicago erreichten, war meine Panik abgeflaut, sodass ich in der Lage war, mit Pete die Autos zu tauschen und meinen Mietwagen selbst zurückzufahren. Ich hatte mich auf der Standspur eines vierspurigen Highways von ihnen verabschiedet. Seitdem hatte ich meine Schwester nicht mehr gesehen. Und meinen Bruder auch nicht.

Aber so hatten sie mir beigestanden, sie alle beide!

Ich verstand nur zu gut, warum Vicky mich selbstsüchtig nannte.

William musste in dieser Nacht bei mir sitzen und meine beiden Hände halten, er musste mir in die Augen sehen und mir versichern, dass ich aus einer kreuzunglücklichen Familie kam, und wenn ich geblieben wäre, dann wäre auch mein Leben kreuzunglücklich geworden. »Und schau doch, was du erreicht hast, Lucy«, sagte William. »Denk an all die Menschen, denen du mit deinen Büchern geholfen hast.«

Mein Leben lang wollte ich mit meinen Büchern Menschen helfen.

Aber so recht glaube ich nicht daran. Selbst wenn ich Briefe von Leuten bekomme, die mir sagen, meine Bücher hätten ihnen geholfen, bin ich nie – so froh es mich macht, dergleichen zu lesen – ganz überzeugt, dass es stimmt. Das Lob prallt letztlich ab, das meine ich damit.

2

Eines Nachts kam ein Gewitter mit starkem Sturmwind, und bei uns fiel der Strom aus. Ich wurde wach, weil ich so fror, und William war bereits auf. »Wir haben keinen Strom«, sagte er ganz frohgemut.

»Was machen wir jetzt?«, fragte ich. »Warten«, sagte er.

»Aber mir ist so kalt«, sagte ich, und er trug die Decken

von den anderen Betten zusammen und häufte sie über mich, doch ich hörte trotzdem nicht auf zu frösteln.

Als Kind hatte ich oft nachts vor Kälte nicht schlafen können. Und mir fiel wieder ein: Einige wenige Nächte hatte es gegeben, in denen ich nach meiner Mutter jammerte, weil ich so fror, und von ihr eine Wärmflasche bekam! Ich roch noch ihren Gummigeruch, sie war rot und nicht sonderlich groß, aber so warm – ich wusste gar nicht, wo ich sie zuerst hindrücken sollte, denn egal, wohin ich sie tat, durchflutete mich eine so himmlische Wärme, aber der Rest meines kleinen Körpers fühlte sich umso verarmter an, und so schob ich sie von einer Stelle zur anderen; an all das erinnerte ich mich in dieser Nacht, als bei uns der Strom ausfiel.

Am nächsten Morgen brachte Bob Burgess drei Taschenlampen vorbei. »Bewahrt eine immer bei euch oben auf, und die anderen unten, und zwar so, dass ihr wisst, wo sie sind.«

Am selben Vormittag setzte William mich vor meinem Büro ab und fuhr weiter zu L. L. Bean. Als er mich spätnachmittags wieder abholte, war er wortkarg, aber er langte beim Fahren mehrmals zu mir herüber und tätschelte mir die Hand. Und dann, als ich in unser Schlafzimmer kam, lagen da zwei Daunendecken, flaumig weiß wie Schnee, ein so beglückender Anblick auf dem Bett.

Beim Schlafen hielten William und ich uns umschlungen.

\* \* \*

Im Dezember sackte meine Stimmung noch einmal tiefer. Das hatte mit dem Tod meines Bruders zu tun. Jetzt quälte mich nicht mehr, dass Vicky mich selbstsüchtig genannt hatte, mich quälte die schlichte, grauenvolle Tatsache, dass er tot war. Meine gesamte Kindheit, so schien mir, war mit ihm gestorben. Man sollte meinen – *ich* hätte gemeint –, dass ich jeden Teil meiner Kindheit fortwünschte. Aber ich wünschte nicht jeden Teil meiner Kindheit fort. Ich wollte, dass mein Bruder noch lebte, und er war allein in diesem engen Haus gestorben. Ich dachte daran, wie er sich dagegen gesträubt hatte, ins Krankenhaus zu gehen, und ich erinnerte mich an seine Angst damals als Kind, als er geimpft werden sollte, und ich konnte der Trauer nichts entgegensetzen; es war eine Trauer, die so tief ging, dass sie sich wie eine echte Krankheit anfühlte.

Und es wurde so früh dunkel, und es war so winterlich und kalt, dass ich viel weniger spazieren gehen konnte als bei unserer Ankunft in Maine. Und wir trafen uns mit niemandem mehr, dazu war es zu kalt, und inzwischen war Covid nach Maine gekommen und hatte den Staat fest im Griff, deshalb mussten wir noch mehr aufpassen als ohnehin schon. An den meisten Tagen saß ich in meinem Büro über dem kleinen Buchladen, und ich schwöre, ohne diesen Ort wäre ich wahrscheinlich verrückt geworden. Ich wurde auch so fast verrückt. Alles kostete ungebührlich viel Kraft. Sogar die beiden Bäder im Haus zu putzen, überforderte mich, auch wenn ich, als ich mich schließlich doch aufraffte, selbst merkte, dass es mir guttat. Ein paar Minuten lang. Wie so viele Menschen, die sich schlecht fühlen, schämte ich mich für meinen Zustand. Ich mochte es William nicht sagen, denn was hätte ich schon sagen sollen? Ich konnte nur durchhalten, so gut es ging.

Aber er spürte es, glaube ich, und er versuchte nett zu mir zu sein.

Ich war sehr dankbar, dass ich ihn hatte, doch mit meiner Trauer war ich trotzdem allein.

Eines Nachts lag ich wach im Bett, und mir kam diese Erinnerung: Nachdem mein Vater gestorben war, träumte ich viele Male von ihm. Er kam, um nach mir zu schauen, und verschwand dann wieder. Der letzte dieser Träume allerdings war anders. Im letzten Traum saß er in seinem roten Chevy, aber er fuhr holpernd; er sah krank aus, so wie er kurz vor seinem Tod ausgesehen hatte. Und ich sagte im Traum zu ihm: »Keine Sorge, Daddy, ab jetzt fahre ich den Chevy.«

Oh, wie froh und zugleich wie traurig mich die Erinnerung machte! Ich hatte ihn geliebt, meinen armen, leidenden, schwerstversehrten Vater.

Ab jetzt fahre ich den Chevy, hatte ich gesagt.

Aber nun schien es mir keineswegs so, als könnte ich den Chevy fahren. Ich konnte mich ja kaum auf dem Sitz halten, dachte ich.

# 3

Am 6. Januar machte ich meinen Nachmittagsspaziergang zur Bucht, und als ich zurückkam, lief der Fernseher, und William sagte: »Lucy, komm her und schau dir das an.« Ich setzte mich hin, noch im Mantel, und sah eine Menschenmenge das Kapitol in Washington DC stürmen, und ich sah es auf die gleiche Weise, auf die ich die ersten Bilder von der Pandemie in New York gesehen hatte; ich schaute immer wieder zu Boden, meine ich, und hatte erneut diese eigenartige Empfindung, als würde mein Kopf – oder Körper – auf Distanz gehen. Das Einzige, was mir vor Augen geblieben ist: ein Mann, der wie ein Wilder auf eine Fensterscheibe eindrosch, und die sich vorwärts schiebenden Leiber, die in das Gebäude eindrangen, während die Polizisten sie abzuhalten versuchten. Die Leute, die über die Mauern kletterten, diese Massenbewegung, nahm ich als ein Gewimmel verschwimmender Farbkleckse wahr.

»Ich kann das nicht mit ansehen«, sagte ich zu William, und ich ging hoch ins Schlafzimmer und machte die Tür hinter mir zu.

Und dann erinnerte ich mich: Als ich ein Kind war, gingen wir an Thanksgiving wie schon gesagt in die Kongregationalistenkirche in unserer Stadt, und die Leute, die das Essen austeilten, behandelten uns freundlich. Und eine Frau dort hieß Mildred, sie war groß und – aus meiner Sicht – alt, und sie war besonders nett zu mir. Doch was mir nun wieder einfiel, war eine Bemerkung von Mildred, die ich zufällig mitgehört hatte: Sooft sie an dem Gebäude vorbeifuhr, in dem – vor Jahren – ihr Mann gestorben war, müsse sie das Gesicht abwenden und wegschauen, weil sie den Anblick nicht ertrug.

Und meine Mutter – meine echte Mutter, nicht die liebevolle Mutter, die ich mir Jahre später ausdachte –, meine Mutter hatte nur Hohn und Spott dafür übrig, dass Mildred das Gebäude nicht sehen mochte, in dem ihr Mann gestorben war. So etwas Idiotisches hätte sie in ihrem Leben noch nicht gehört, sagte meine Mutter.

Aber jetzt musste ich an Mildred denken.

Ich dachte daran, wie ich Williams Computer praktisch von mir gestoßen hatte, als er mir den Nachruf auf Elsie Waters gezeigt hatte. Ich dachte daran, wie oft ich während der Nachrichten den Blick zu Boden gesenkt hatte. Ich dachte daran, wie ich aus dem Zimmer geflohen war, als das Kapitol verwüstet wurde.

Ich dachte: Mildred, ich bin genau wie du. Ich schaue weg.

Und ich dachte: Jeder schlägt sich durch, wie er kann.

\* \* \*

In den Wochen darauf verfolgte William voller Faszination die Nachrichten. Er sagte: »Lucy, da waren Nazis dabei.« Und er erzählte mir – da ich es ja nicht gesehen hatte –

von dem Mann mit dem Auschwitz-Sweatshirt. Ein anderer habe eine Hakenkreuzfahne geschwenkt, sagte er, und mehrere Leute hätten T-Shirts mit dem Aufdruck 6MWE getragen, was ausgeschrieben bedeutete, dass sechs Millionen getötete Juden noch nicht genug seien.

Ich sagte: »Aber William, irgendjemand muss doch gewusst haben, dass das passieren wird! In der Regierung, meine ich. Jemand muss es gewusst und weggeschaut haben.«

»Sie werden's schon rausfinden«, antwortete er als Einziges. Und irgendwie ärgerte mich das. Dass ihm nicht mehr dazu einfiel.

\* \* \*

Ein paar Tage später wachte ich mitten in der Nacht auf, und eine Erinnerung kam wieder hoch, die ich verdrängt gehabt hatte, weil sie so ungut war; ich hatte sie in eine Tiefe verbannt, wo böse Erinnerungen nichts sind als Kleenexfitzel am Grund einer Jackentasche. Aber die Erinnerung war folgende:

Während meiner Lesereise im Herbst, bevor all dies begonnen hatte, die Pandemie, meine ich, war ich in ein Seminar an meinem alten College eingeladen worden. Ich hatte ohnehin eine Lesung in Chicago, darum sagte ich zu. Aber in der Nacht vor dem Seminar bekam ich plötzlich ein sehr schlechtes Gefühl, warum, weiß ich nicht. Ich tat kaum ein Auge zu in dieser Nacht, so sehr graute mir.

Und sowie ich den Seminarraum betrat, merkte ich, dass

mein Gefühl nicht getrogen hatte. Die Studierenden mieden meinen Blick, als sie hereinkamen, und das beschämte mich. Ich sollte mit ihnen über mein Buch sprechen, in dem es um meine Familie und um die Armut ging, aus der ich kam. Aber die Studierenden mieden meinen Blick. Und weil sie meinen Blick mieden, wurde ich zu dem, wofür sie mich (glaubte ich) hielten: eine alte Frau, die mit ihrer ärmlichen Herkunft hausieren ging. Das brachte mich zum Frösteln, innerlich, meine ich – dieses Gefühl, dass sie mich so sahen. Ich fragte sie reihum, wo sie herkamen, und alle nuschelten sie die Namen von guten Gegenden in reichen Städten. Eine einzige junge Frau war aus Maine, und sie sah wenigstens ansatzweise in meine Richtung. Aber ich dachte: Das ist nicht die Uni, an der ich vor über vierzig Jahren studiert habe. Und ich glaube nicht, dass ich mich irre. Damals hatte ich nirgends die Saturiertheit empfunden, die ich nun hier im Seminarraum versammelt sah, in Gestalt dieser abweisenden jungen Leute. Sie saßen um einen Besprechungstisch, zu fünfzehnt, sie saßen da mit hängenden Schultern und sahen mich nicht an. Auch als die Dozentin das Wort ergriff – eine noch jüngere Frau mit sehr forscher Stimme –, hoben sie den Blick nicht. Die Dozentin sagte: »Dann schießen wir mal los. Stellt Lucy all die Fragen, die ihr vorbereitet habt.«

Aber sie brachte sie nicht zum Reden. Bis heute ist mir unklar, was genau schieflief. Die Dozentin bekam sie nicht dazu, den Mund aufzumachen, eine geschlagene Stunde saßen wir nahezu stumm in dem Seminarraum, und ich dachte: Mein gesamtes Lebenswerk liegt als ein Häuflein

Asche vor mir auf diesem Tisch. Ich fühlte mich bis in die Fußspitzen hinein gedemütigt.

Ein Student, ein junger Mann aus irgendeinem besonders wohlhabenden Vorort, Shaker Heights möglicherweise, sagte mit einem mürrischen Blick zu mir hin: »Ich fand Ihren Vater einfach nur eklig.« Und ich dachte: Lieber Gott! Ich sagte: »Nun ja, er war eben das, was seine Zeit und sein Platz in der Geschichte aus ihm gemacht hatten.« Und alle schwiegen.

Die Dozentin sagte: »Erzählen wir Lucy von den Büchern, die wir gelesen haben und die uns so viel Spaß gemacht haben.«

Also ging es einmal rund um den Tisch, zwei der jungen Frauen gaben ein Buch an, das seit zwei Jahren auf der Bestsellerliste stand, und andere nannten Titel, die ich noch nie gehört hatte. Die Dozentin fragte: »Lucy, was haben Sie in letzter Zeit gelesen?« Und ich sagte, ich läse gerade Biografien russischer Dichter, woraufhin einige ein wenig spöttisch den Mund verzogen.

Schließlich sagte die Dozentin: »Gut, dann bedanken wir uns jetzt bei Lucy, dass sie sich Zeit für uns genommen hat.« Und sie begann zu klatschen, aber niemand klatschte mit.

Als ich mit der Dozentin aus dem Gebäude trat, sagte sie: »Ich würde Sie ja gern noch auf einen Kaffee einladen, ich muss nur leider zu einer Sitzung.«

Ich schaffte es kaum bis zu meinem Auto, so weich waren meine Knie. Sie hatten mich in Grund und Boden gedemütigt, und als eine der Studentinnen – eine junge Frau mit rotem Haar und kleinen Augen – als ihr Lieblingsbuch das von der Bestsellerliste genannt hatte, da hatte ich sie angeschaut, und ich hatte gedacht: Aus dir wird nichts von Wert, bevor der Klimawandel dich umbringt.

Das hatte ich gedacht!!!

Ich saß in meinem geparkten Auto, und Scham durchflutete mich, eine Scham, wie ich sie nur zu gut aus meiner Kindheit kannte. Die Studenten hatten sich exakt so verhalten wie die Kinder damals in meiner Klasse, die mich wie Luft zu behandeln pflegten. Nur verstand ich bei ihnen den Grund nicht. Diese Studenten – ihre Verachtung war so spürbar gewesen, dass mir bei der Erinnerung daran jetzt noch das Herz raste. Ich dachte an Lila, meine Nichte, die nur ein Semester durchgehalten hatte, bevor sie nach Hause zurückgekehrt war, und ich dachte: Jetzt verstehe ich dich.

Und während ich hier neben William lag, der fest schlief – das hörte ich an seinen langsamen, gleichmäßigen Atemzügen –, und die Demütigung in diesem Seminarraum wieder wie neu durchlebte, dachte ich: Ich kann die Menschen verstehen, die zum Kapitol gezogen sind und die Scheiben eingeschlagen haben.

Ich stand leise auf und ging nach unten. Und in mir arbeitete es weiter. Ich dachte: Eine einzige Stunde lang habe ich an diesem Tag an meinem alten College die Demütigung meiner Kindheit wieder mit solcher Macht empfunden. Was wäre, wenn es mir mein ganzes Leben lang so gegangen wäre, wenn alle Jobs, die ich je angenommen hätte, zu wenig eingebracht hätten, um anständig davon zu leben, wenn ich *konstant* das Gefühl hätte haben müssen, schief angesehen zu werden von den wohlhabenderen Leuten in diesem Land, die sich über meine Religion und meine Waffen lustig machten? Ich hatte keine Religion, und Waffen hatte ich auch nicht, aber ich meinte plötzlich zu wissen, wie diesen Menschen zumute sein musste; sie waren wie meine Schwester Vicky, und ich verstand sie. Ihnen war jedes Selbstwertgefühl ausgetrieben worden. Überall begegnete ihnen Verachtung, und sie ertrugen es einfach nicht mehr.

Ich saß lange Zeit im Dunkeln auf dem Sofa, der Halbmond schien übers Meer, und dann dachte ich: Nein, das im Kapitol waren Nazis und Rassisten. Und damit war mit meinem Verständnis – meinem geistigen Scheibenzertrümmern – erst einmal Schluss.

* * *

Wenige Wochen später traf ich Charlene Bibber im Lebensmittelladen. »Charlene!«, sagte ich, und sie sagte: »Hallo, Lucy.« Sie schien mir zugenommen zu haben. Ihre Augen wirkten kleiner in ihrem Gesicht als zuvor.

»Wie geht es Ihnen?«, fragte ich, und sie zuckte nur die Achseln. »Wollen wir mal wieder spazieren gehen? Es ist kalt, aber das muss uns ja nicht abhalten«, sagte ich, und sie zögerte und sagte dann: »Ja, gut.«

Also trafen wir uns am Freitag darauf am Fluss und setzten uns auf einen der Granitblöcke, auf denen wir immer saßen, und sie fragte mich: »Verlieren Sie immer noch den

Verstand?« Und ich sagte, vermutlich ja. Und sie sagte, bei ihr sei es definitiv so, und ich wollte wissen, woran sie das merkte.

Charlene sah hoch zu einem Ast über uns und sagte: »Ach, schauen Sie sich das an!« Ich folgte ihrem Blick, und auf dem kahlen Ast saßen zwei schwarze Vögel, von denen einer dem anderen mit dem Schnabel um den Hals strich und ihm dann den Rücken entlangfuhr. »Schauen Sie, Lucy – er betütelt sie richtig. Er kümmert sich um sie.« Sie wandte den Blick mir zu. »Ich kenne mich ein bisschen aus mit Vögeln, weil Olive Kitteridge so eine Vogelnärrin ist, deshalb weiß ich, dass sie sich tatsächlich umeinander kümmern.« Sie sah wieder nach oben. »Er pickt ihr wahrscheinlich irgendwelches Ungeziefer aus dem Gefieder, damit ihre Flügel sauber bleiben. Das habe ich im Internet gelesen.« Das sagte sie mit einem neuerlichen Blick zu mir hin, und ihre Augen glänzten fast ein bisschen, schien mir.

Dann kam von einem anderen Baum ein dritter schwarzer Vogel angeflogen, und dieser Vogel saß ein paar Minuten bei den zwei ersten, bevor er zu seinem eigenen Baum zurückflog. »Onkel Harry wollte nur kurz nach dem Rechten sehen«, sagte Charlene.

»Wie lustig«, sagte ich.

Wir beobachteten die Vögel noch ein Weilchen, es war ein wolkiger Tag, ihre Schwärze stach scharf von dem grauen, blattlosen Ast ab, auf dem sie saßen, und der Himmel dahinter war von einem noch helleren Grau.

Charlene seufzte und sagte: »Ich höre bei der Tafel auf.«
»Wieso das?«, fragte ich.

»Na ja.« Sie zog den Mantel enger um sich. »Wenn der Impfstoff rauskommt – und das wird er –, werde ich mich nicht impfen lassen, und dann darf ich dort nicht mehr arbeiten.«

»Haben sie Ihnen das gesagt?«

»Ja.« Charlene rieb sich mit der Hand, die im Handschuh steckte, das Auge.

Ich hätte beinahe gefragt: Warum wollen Sie sich nicht impfen lassen? Aber dann ließ ich es doch, und von sich aus sagte sie nichts.

»Das tut mir leid«, sagte ich, und sie sagte: »Danke.«

Wir saßen da, in der Stille, und dann meinte sie: »Also. Gehen wir ein Stück.«

# VII

## 1

Mitte Januar bekam William eine Mail mit dem Termin für seine erste Impfung: in acht Tagen um 17:30 im städtischen Krankenhaus. Er war jetzt schon berechtigt, weil er über siebzig war.

Ich fuhr, damit er auf seinem iPad die Wegbeschreibung lesen konnte, es war dunkel, und einer der Scheinwerfer an unserem Auto streikte. William befahl mir, das Fernlicht einzuschalten, denn damit leuchteten sie beide. Also machte ich das, aber immer wieder einmal betätigte ein entgegenkommendes Auto die Lichthupe, und mir war extrem unwohl. Ich hatte schon immer einen ausgesprochenen Horror davor, etwas Unrechtes zu tun, anderen Ungelegenheiten zu bereiten; das ist eine ganz große Angst von mir.

Als wir zum Krankenhaus kamen, dirigierte uns ein überdimensioniertes Schild auf die Rückseite des Gebäudes; dort war der Eingang für die Impfung. Ich wartete in dem Halbdunkel draußen und beobachtete die Leute, die raus- und reingingen. Manche wirkten vom Gang her recht jung, sie waren gut in Form für siebzig oder älter. Andere tappelten vorsichtig, viele waren allein, aber ich sah auch mehrere Paare vorfahren und erst einmal im Auto sitzen bleiben.

Im Licht der Straßenlaternen konnte ich sie mit den Formularen hantieren sehen, die sie ausfüllen mussten – wie William auch –, und die Verletzlichkeit dieser Menschen rührte mich.

Dann kam eine Nachricht von William: geimpft sei er schon, aber er müsse noch zehn Minuten im Ruheraum sitzen bleiben. Und nach zehn Minuten kam er heraus, und wir fuhren nach Hause mit unseren grellen Scheinwerfern. Einige Fahrer blendeten auf, als sie mich sahen, und mir war auch jetzt wieder sehr unwohl. Aber William hatte seine erste Impfung bekommen. In drei Wochen war er für die zweite bestellt.

Wann es bei mir so weit sein würde, war noch unklar.

Und irgendwie fühlte ich mich während dieser Zeit oft niedergeschlagen. Es war Februar und sehr kalt. Ich traf niemanden außer Bob, mit dem ich dick eingemummelt einmal die Woche am Fluss entlangging. Immerhin wurden die Tage schon länger – ob mir denn aufgefallen sei, fragte Bob mich, dass die Sonne, wenn sie um diese Jahreszeit unterging, nicht *weg*ging, wie sie das im Dezember zu tun schien; sie rüste sich, so formulierte er es, nur für den nächsten Tag. Ich konnte sehen, was er meinte, denn der Himmel öffnete sich, wenn die Sonne sank, zu einem gelben Glänzen und übergoss dann die Unterseiten der Wolken mit leuchtendem Rosa.

Aber sonst sah ich keine Menschen, und William telefonierte andauernd mit irgendwelchen Arbeitskollegen von früher – oder Lois Bubars Sohn – und war völlig erfüllt von seinem Projekt für die Universität.

Jeder will ganz wichtig sein.

Ich dachte wieder daran, wie meine Mutter – meine echte Mutter – das zu mir gesagt hatte. Und es war absolut richtig. Jeder muss das Gefühl haben können, er zählt.

Ich hatte dieses Gefühl nicht. Weil ich es im Grunde zu keiner Zeit hatte. Und so waren es schwere Tage für mich.

Nachts begann ich wieder im Dunkeln wach zu werden, und ich lag da und dachte über mein Leben nach, und nichts daran ergab einen Sinn. Ich bekam nur Bruchstücke zu fassen, und die Tatsache, dass mein Bruder tot war und dass meine Schwester ihr Leben lang einen Groll gegen mich gehegt hatte, lag auf meiner Seele wie eine Ladung schwerer, nasser Sand, und dann dachte ich an die Zeiten, als die Mädchen klein gewesen waren, doch auch das waren keine durchweg frohen Erinnerungen für mich, denn wenn ich nun zurückblickte, fielen mir nur all die Jahre ein, in denen William mich betrogen hatte, und so wurde auch diese Erinnerung, die eigentlich zu den guten gehörte, schal für mich.

Ich dachte daran, wie sehr mein Leben von allem abwich, was ich mir für diese – meine letzten – Jahre vorgestellt hatte. Weihnachten mit Chrissy und Becka und irgendwann auch ihren Kindern – und mit David! – in einer ihrer Wohnungen in Brooklyn! Aber nun lebte keins meiner

Kinder mehr dort, und es sah nicht so aus, als würden sie je wieder zurückkehren.

Nein, jetzt würde ich den Rest meiner Tage mit William in diesem Haus auf seiner schmalen Felskante an der Küste Maines zubringen. In den Sommern würde uns Bridget besuchen kommen, vielleicht würde sie ja auch Weihnachten da sein, ich wusste es nicht.

Ich zweifelte, ob ich mich überhaupt noch nach New York zurücktrauen würde. Es war seltsam, aber mir schien, als wäre es in meiner abgeschotteten Welt hier eher schlimmer geworden mit mir, mit meinen Ängsten, meine ich.

Und immer wieder dachte ich, dass es mein Leben, so wie ich es gekannt hatte, nicht mehr gab.

Es gab es nicht mehr.

Das war eine Tatsache.

Ich erwähnte es Bob gegenüber, als wir Ende Februar wieder einmal am Fluss entlanggingen. Der Tag war nicht allzu kalt und der Fluss weitgehend eisfrei. Bob hatte die Hände in die Taschen gestoßen und sah mich von der Seite an, über die Maske hinweg, die den größten Teil seines Gesichts verdeckte. »Was genau meinst du?«, fragte er, und ich versuchte ihm zu erklären, dass ich schon immer ein Mensch der tausend Ängste war, und meine neueste Angst sei eben, dass ich, wenn – falls – ich tatsächlich noch einmal nach New York käme, der Stadt gar nicht mehr gewachsen sein würde. Ich bin nicht mehr jung, sagte ich noch, und Bob sagte: »Ich weiß.« Doch dann sagte er: »Komisch, dass du dich als einen Menschen der tausend Ängste bezeichnest. Ich empfinde dich als jemand sehr Mutigen.«

»Machst du Witze?« Ich blieb stehen und starrte ihn an.

»Ganz im Gegenteil«, sagte er. »Denk an dein Leben. Du hast dich aus fürchterlichen Verhältnissen herausgekämpft, du hast eine Ehe beendet, die nicht mehr funktioniert hat, du hast Bücher geschrieben, mit denen du viele Menschen erreicht hast. Du hast einen neuen Mann kennengelernt, der dich auf Händen getragen hat. Tut mir leid, Lucy, aber das ist nicht das, was man von einem Menschen der tausend Ängste erwartet.« Er setzte sich wieder in Bewegung. »Aber das mit New York kann ich gut verstehen. Margaret hasst New York, deshalb fährt sie mit mir nicht mehr hin, aber ich überlege auch schon, wie es wohl sein wird, wenn ich endlich geimpft bin und fahren kann.«

Wir sprachen über so vieles auf unserem Gang!

Bob erzählte mir von Jim, seinem Bruder, der mit seiner Frau Helen in Brooklyn lebte. Bob hatte Jim und Helen jetzt über ein Jahr nicht gesehen, auch wenn Jim bereits ein erstes Mal geimpft war. Bob sagte zu mir: »Soll ich dir was sagen, Lucy?« Er setzte sich auf einen Granitblock und zückte seine Zigarettenpackung. Er klopfte eine Zigarette heraus, zündete sie an und steckte die Packung wieder ein. Dann stieß er den Rauch aus und sagte: »Jim ist so was wie meine große Liebe. Pervers, oder?« Er sah mich an. »Ich meine, ich hab den Kerl so abgöttisch geliebt, er hat mir buchstäblich das Herz gebrochen, aber ich war immer – ich weiß nicht –, er ist wie der Ofen, der das Feuer in mir am Brennen hält.«

»Ach, Bob«, sagte ich. »Doch, das verstehe ich.«

»Weißt du, ich war ziemlich durch den Wind, als Pam mich verlassen hat.« Er hatte sich eine Wohnung in Brooklyn genommen, um nahe bei seinem Bruder zu sein, sagte er mir, dritter Stock ohne Lift, und Jim hatte ihn deswegen verspottet, sein »Studentenwohnheim«, so hatte er es genannt. Bob sagte, er habe damals zu viel getrunken; er erinnere sich ungern an diese Zeit, und dann sei er schließlich an die Upper West Side gezogen, in ein Haus mit Portier und allem. »Aber wenn ich ganz ehrlich sein soll …« Kopfschüttelnd zog er an seiner Zigarette. »Wenn ich absolut ehrlich sein soll, ich wünschte, Pam wäre nie gegangen. Ach, Lucy, ich wünschte, sie hätte ihre Kinder mit mir kriegen können. Sie fehlt mir, und ich glaube, ich fehle ihr auch.«

»Oh, unbedingt«, sagte ich. »Ich hab sie an Williams siebzigstem Geburtstag getroffen, und da sagte sie, sie denkt nach wie vor an dich.«

Bob schüttelte immer weiter den Kopf. »O Mann. Irgendwie deprimiert mich das. Es geht ihr so weit gut, glaube ich, sie hat ihre Jungs und alles, und ab und zu telefonieren wir. Aber es ist einfach traurig, Lucy. Pam und Jim sind beide in New York, und da bleiben sie auch, und ich bleibe hier in Maine.«

Wir saßen schweigend da, während ich das auf mich wirken ließ. Es tat mir in der Seele weh!

Nach einer Weile kamen wir wieder ins Reden. Ich sagte, dass ich das Gefühl hätte, William und ich würden nun bis zum Ende zusammenbleiben, und dass ich froh sei darüber – aber dass für mich dennoch ein Rest Ungewissheit blieb.

Bob machte die Augen schmal. »Ungewissheit inwiefern, Lucy?«

»Ich kann's gar nicht so recht sagen.« Ich setzte mich anders hin. »Er geht jetzt so auf in alledem hier. Er hat seine ›Schwester‹«, ich malte mit den Fingern Gänsefüßchen in die Luft, »und er liebt sie, was ich ihm ja gönne, wirklich. Und dann hat er sein Uni-Projekt, für das er Feuer und Flamme ist, und dort sind sie auch ganz begeistert von ihm, und ich weiß einfach nicht – ich meine, was kommt, wenn das irgendwann vorbei ist?

Neulich hat er von seiner New Yorker Wohnung gesprochen, als wäre vollkommen klar, dass wir dort absteigen, wenn wir in Zukunft nach New York kommen. Aber ich habe gesagt, nein, das war deine Wohnung mit Estelle, da möchte ich nicht mit dir hin – was ich völlig einleuchtend finde –, und er war richtig überrascht.«

Bob sagte: »Ganz im Ernst, Lucy?« Und er sah mir ins Gesicht. »Wenn ich in eigener Sache sprechen darf, ich wäre mehr als glücklich, wenn du hier in Crosby wohnen bleiben würdest.«

Das sagte er zu mir.

Er gab mir das Gefühl, dass ich zählte. Bob Burgess schien derzeit der einzige Mensch, der imstande war, mir dieses Gefühl zu vermitteln.

# 2

Bis Anfang März geschah mehreres.

Ich wurde mit meiner Arms-Emory-Geschichte fertig. In der Geschichte kommt Arms dahinter, dass Legs seine Drogen von Jimmie Wagg bekommt, und nun setzt er alles daran, Jimmie Wagg aufzuspüren.

Er findet die drei jungen Burschen bei einer der verlassenen Hütten am Fluss, die ich in Dixon durch die Bäume erspäht hatte, und als Arms Jimmie das Knie in die Weichteile rammt, um ihn in seinen Streifenwagen zu bugsieren, stürzt Sperm sich auf ihn und beißt ihn mit seinen spitzen kleinen Zähnen in die Wade, was Arms so wild macht, dass er Sperm packt und ihm mit seinen starken Armen, ohne es zu wollen, den dünnen, schmalen Hals bricht.

Die Geschichte endet mit einem kurzen Ausblick: Arms ist inzwischen aus dem Polizeidienst ausgeschieden und besucht Sperm – der an einen Heimrespirator angeschlossen im Rollstuhl sitzt – jeden Tag in der ärmlichen Wohnung, in der der Junge mit seiner Mutter haust. Er liebt Sperm jetzt wie seinen eigenen Bruder; er rasiert ihm behutsam die ersten, spärlichen Barthaare ab und stutzt ihm mit dem Nagelknipser die Nägel.

Aber an dem Abend sagte ich zu William, der dasaß und las: »Meine Arms-Emory-Geschichte hat Sympathien für einen weißen Cop, der für den alten Präsidenten war und einen Gewaltakt begeht, für den er nicht mal bestraft wird. Vielleicht sollte ich sie nicht gerade jetzt veröffentlichen.«

William sah auf und sagte: »Gut, vielleicht hilft sie den Menschen aber auch, mehr Verständnis füreinander aufzubringen. Veröffentliche sie ruhig, Lucy.«

Ich schwieg längere Zeit. Dann sagte ich: »Meinen Studenten habe ich immer gepredigt, sie sollen gegen den Strich schreiben. Sie sollen sich aus ihrer vertrauten Welt herauswagen, habe ich ihnen gesagt, denn erst dann wird es beim Schreiben spannend.«

William nahm sich wieder sein Buch vor. Er sagte: »Bring die Geschichte einfach raus.«

Aber ich merkte, dass ich mir nicht mehr zutraute – anderen auch nicht, aber mir am allerwenigsten –, zu beurteilen, was dieser Tage richtig oder falsch war. Ich wusste, die meisten hatten klare Vorstellungen, wie sie sich zu verhalten hatten. Nur mir waren sie irgendwie abhandengekommen. *Mom!*, beschwor ich die liebevolle Mutter, die ich mir ausgedacht hatte, und sie sagte: Du findest deinen Weg schon, Lucy, das tust du doch immer.

Ich war mir nicht sicher, dass das stimmte.

Jedenfalls litt ich sehr mit Arms Emory. Er war mir so nahe.


## 3


Und dann bekam ich im Abstand von drei Wochen meine beiden Impfungen. Als mir die Frau meine zweite Impfdosis spritzte, weinte ich beinahe. Ich dachte: Ich bin frei. Ich dachte: Ich kann wieder nach New York.

William und ich fassten einen Plan. Ich würde allein mit dem Zug nach New Haven fahren und einmal bei Chrissy übernachten und einmal bei Becka in der neuen Wohnung, in die sie gezogen war, und danach eine Woche in New York bleiben. William würde derweil das Flugzeug nehmen und erst einmal Estelle und Bridget besuchen, bevor er nach New York nachkam. Die Mädchen würden getrennt in die Stadt kommen und sich mit mir treffen, das hatten sie gesagt, und mir war das etwas merkwürdig erschienen, dass sie getrennt kommen wollten, meine ich.

Und dann würde William zu mir stoßen, und die Mädchen würden auch ihn besuchen kommen. Ich hatte mir – oder vielmehr William hatte mir – in New York ein Airbnb reserviert.

\* \* \*

Während wir die drei Wochen abwarteten, bis mein Impfschutz wirksam wurde, rief Becka an, um zu sagen, dass sie in Yale angenommen worden war. Ehrlich gesagt schockierte mich das fast ein wenig. William nicht. »Wir wussten doch immer, dass sie was auf dem Kasten hat«, sagte er. Und das stimmte. Aber Becka in Yale? Beim Jurastudium?

Becka fügte hinzu: »Hängt es aber nicht zu hoch, wenn ihr Chrissy sprecht.«

Und auch das machte mich stutzig. Chrissy hatte an der Brooklyn Law School studiert, und ich hatte nie irgendeine Rivalität zwischen den beiden mitbekommen. Chrissy war die Ältere, sie konnte etwas Dominantes haben, und sie hatte – als sie beide jünger waren – Becka gern ein bisschen herumkommandiert, was Becka – im Großen und Ganzen – recht locker zu nehmen schien.

Also sprach ich bei meinem nächsten Telefonat mit Chrissy nicht davon, und auch sie erwähnte es nicht, das fiel mir auf. Sie klang so abwesend, dass ich sie fragte, ob alles in Ordnung war, und sie sagte: »Also echt, Mom. Was soll denn schon sein.«

»Na, dann sehen wir uns ja bald«, sagte ich, und sie sagte nur: »Genau«, und legte auf.

Ich saß eine ganze Weile stumm da nach diesem Gespräch.

# VIII

## 1

Und so wurde es April, und gleich in der ersten Woche fuhr William mich nach Boston und setzte mich in den Zug nach New Haven. Es war frappierend, wie viele freie Parkplätze es plötzlich in Boston gab. Und wie blau der Himmel war. Ein solches Blau! »Ein Jahr lang kein Flugverkehr, das macht schon was aus«, sagte William. Er fand einen Parkplatz unweit der South Station, wir stiegen aus, und er zog meinen kleinen Koffer hinter sich her. Die Stadt funkelte richtiggehend im Sonnenschein, unter dem Blau dieses Himmels.

Aber als wir in den Bahnhof kamen, erschrak ich fast. Es herrschte eine Stimmung wie nach einem Krieg. Nein, eher wie *im* Krieg. Die Beleuchtung war trüb. Und sämtliche Geschäfte im Bahnhof waren geschlossen, bis auf eine Doughnutbude, die aber nur Kaffee verkaufte, und neben der Verkäuferin saß auf einer Holzkiste ihre kleine Tochter; die Schulen hatten noch nicht wieder geöffnet. »William«, flüsterte ich. »Ich weiß«, sagte er.

Ein Polizist hielt Wache.

Auf einer Seite standen Bänke, und diese Bänke waren von Obdachlosen belegt; viele schliefen, andere starrten vor sich hin, ihre Tüten mit Zeitungen und Kleidern um sich gerafft. Eine ältere Frau, die – für meinen Blick – nicht obdachlos wirkte, stand von ihrer Bank auf und lief durch den Bahnhof. Sie hatte ein »besseres« Kleid an, und im Gehen redete sie, am Handy, dachte ich erst, aber als sie an mir vorbeikam, sah ich, dass sie kein Handy hatte. »Ich bin da rein, weil ich dachte, vielleicht finde ich ja ein Brötchen.« Das hörte ich sie sagen.

Die Schaffnerin erlaubte William, mich bis an meinen Platz zu bringen. »Neunzig Prozent von unserem Personal sind schon durch mit dem Virus«, sagte sie und fügte hinzu: »Ich nicht. Ich hab aber auch so was von aufgepasst. Ich hab ein behindertes Kind zu Hause.« Damit ging sie weiter durch die Reihen, und William musste aussteigen. Er stellte sich vor mein Fenster und winkte. Und in mir breitete sich ein Gefühl des Nichtvorhandenseins aus, ich weiß nicht, wie ich es sonst sagen soll.

Ich war nicht die Einzige im Zug. Schräg über den Gang saß eine junge Frau, die ein Buch las, und hin und wieder sah sie zu mir her und lächelte. Und ein paar Reihen vor mir saß ein Mann, zu dem die Schaffnerin jedes Mal, wenn sie an ihm vorbeikam, sagte: »Ziehen Sie die Maske bitte auch über die Nase«, und jedes Mal entschuldigte er sich.

Ich saß da und sah aus dem Fenster, aber ich empfand nicht viel.

Und schließlich fuhr der Zug in New Haven ein.

\* \* \*

Es begann gleich so: Ich stieg aus und schaute mich um, und ich brauchte einen Moment, bis ich in der Frau, die am Bahnsteig auf mich zukam, meine Tochter Chrissy erkannte.

Sie hatte stark abgenommen. Nicht so stark wie damals, als sie krank gewesen war, nach meiner Trennung von William, aber sie war doch auffällig dünn.

»Hallo, Mom«, sagte sie, und wir umarmten uns, und ich sagte: »Chrissy ...«

Und sie sagte: »Was?« Sie trug enge Jeans, in denen mir ihre Beine endlos lang vorkamen.

»Du bist sehr dünn geworden, Herzchen«, sagte ich.

»Ich mach viel Sport.« Sie streckte den Arm vor und zeigte mir durch den eng anliegenden Ärmel ihren kleinen Bizeps.

»Aber Chrissy ...«

»Mom, lass es einfach«, sagte sie. »Fang jetzt nicht von meinem Gewicht an.«

»Wo ist Becka?«, fragte ich.

»Die wartet in ihrer Wohnung auf dich«, sagte Chrissy. Und dorthin fuhr sie mich, sehr befehlsgewohnt, so als wäre sie eine Präsidentin oder Vorstandsvorsitzende – dieser Gedanke streifte mich –, und als wir zu dem Haus kamen, in dem Becka wohnte, nicht weit von Yale, hielt Chrissy an und sagte: »Sie ist im ersten Stock. Dann bis morgen.«

»Morgen?«, fragte ich. »Ich dachte, wir essen heute alle zusammen.«

»Nein, ihr müsst ohne mich auskommen. Bis dann, Mom.« Und sie fuhr davon.

Becka kam die Treppe heruntergerannt und riss die Tür auf: »Mom!« Sie warf die Arme um mich. »Wir können uns wieder umarmen, Mom.« Und wie wir uns umarmten! O meine liebe, süße Becka. Sie zerrte meinen kleinen lila Koffer die Treppe hinauf, und ihre Wohnung war eng, aber allerliebst. Das Bett war in einem Alkoven, und an der Wand dort hatte sie ein Tuch gespannt, an dem ihr Schmuck aufgehängt war. Ohrringe, Ketten, alles. Es passte zu ihr.

»Mommy, wie geht es dir?« Sie ließ sich aufs Sofa fallen und klopfte auf den Platz neben sich. »Erzähl!«

Und so redeten wir, sie konnte es kaum erwarten, im Herbst mit dem Studium zu beginnen, im Moment arbeitete sie nach wie vor fürs Sozialamt, und nach wie vor von daheim aus, und sie erzählte mir, was sie mit ihrem Juraabschluss vorhatte, sie wollte sich »politisch betätigen«, wie sie es nannte, und ich hörte ihr zu und dachte bei mir, wie schön sie doch war.

Dann fragte ich nach ihrer Schwester. »Sie ist wieder so dünn«, sagte ich. Und Beckas Ausdruck veränderte sich, sie wandte den Blick ab, und dann sagte sie mit einem Seufzer: »Mom, Chrissy macht gerade eine schwere Zeit durch, mehr darf ich dir nicht sagen.«

»Eine schwere Zeit? Inwiefern eine schwere Zeit?«

»Mom.« Becka sah mich mit ihren großen braunen Augen an. »Ich soll nicht darüber reden, also tue ich es auch nicht.«

Danach war es nicht leicht, unbeschwert zu sein. Aber Becka kochte uns etwas, und sie erzählte und erzählte, und sie war so sehr sie selbst, dass mir ganz warm ums Herz wurde.

»Du kriegst mein Bett, ich schlafe auf dem Sofa«, sagte

sie und holte eine Steppdecke aus dem Schrank und richtete das Sofa her, und ich sagte: »Das sieht ja unheimlich gemütlich aus«, und sie sagte: »Willst du lieber hier schlafen? Such dir aus, wo du schlafen willst, Mom. Ganz ehrlich.«

Also schlief ich auf dem Sofa, und erstaunlicherweise schlief ich recht gut – aber das lag nur an Becka. Sie schaffte es, die Welt zu einem heimeligen Ort zu machen. Am Morgen sagte sie: »So, und in vier Tagen komme ich in die Stadt, da sehen wir uns dann, und wenn Dad nachkommt, besuche ich euch beide zusammen.«

Wir umarmten uns und mochten uns gar nicht mehr loslassen, während Chrissy hinterm Steuer saß und wartete, dass ich einstieg.

2

Sowie ich bei Chrissy und Michael über die Schwelle trat, ging es mir zu meiner Überraschung wie eigentlich immer in fremden Häusern: Ich fühlte mich unwohl. Ich kannte das Haus von ein, zwei Besuchen, als Michaels Eltern noch darin gewohnt hatten, und mit David war ich auch hier gewesen, zu Chrissys Verlobung mit Michael. Aber als ich nun durch die Seitentür trat, vor Augen die dünnen Beine meiner Tochter, die vor mir ging, befiel mich ein Gefühl der Bedrückung.

Es wirkte alles so schrecklich erwachsen. Die Vorhänge an den Fenstern waren beige und mit goldenen Längsstreifen durchwoben. Die Sonne schien zum Küchenfenster herein und brachte den Kühlschrank und den Herd – beide mit Aluminiumfront – zum Gleißen. Der Tisch war aus dunklem Holz, und ich dachte: Fast so sah es auch bei Catherine aus, Chrissys Großmutter. Catherines Haus hatte ich kennengelernt, als ich praktisch noch ein Kind war, und es hatte mich tief beeindruckt mit seiner Schönheit. Aber dieses Haus beeindruckte mich nicht, es deprimierte mich.

Michael kam in die Küche und sagte: »Hallo, Lucy, ist das schön, dich zu sehen«, und wir umarmten uns. Ich spürte seine Arme an meinem Rücken, er drückte mich fest an sich.

Michael kochte für uns, und Chrissy und ich saßen am Tisch und unterhielten uns. Sie sprach hauptsächlich über ihre Arbeit bei der Amerikanischen Bürgerrechtsunion, und ich dachte: Sie redet über nichts Echtes. Und ich glaube, damit meinte ich, dass sie nichts darüber sagte, wie es ihr ging, aber sie schien aufgeräumt, und wir aßen zusammen an ihrem dunklen Tisch, und Chrissy, das fiel mir auf, aß nur Salat und trank drei Gläser Rotwein. Dann brachten sie mich hinauf ins Gästezimmer, und wir sagten Gute Nacht.

Kaum eine Stunde später hörte ich Chrissy in einem Ton mit Michael reden, den ich ihr niemals zugetraut hätte. Sie sagte: »Dass du's nicht mal hinkriegst, den *Müll* rauszubringen!« Sie wusste nicht, dass ich sie hörte, ich war aus meinem Zimmer gekommen, um mir im Bad ein Glas Wasser für meine Schlaftablette zu holen, und als ich an der Treppe vorbeiging, hörte ich sie das in der Küche zu Michael sagen, und ihr Ton war so unglaublich – so erschreckend – hässlich und scharf. Michael murmelte irgendetwas, dann knallte eine Schranktür, und ich huschte leise ins Bad.

Ich dachte: Sie hat überhaupt keine Achtung mehr vor ihm.

Am nächsten Morgen fuhr sie mich zum Bahnhof und sagte munter: »Also dann, genieß New York, wir sehen uns in zwei Tagen.«

Michael hatte sich an der Tür von mir verabschiedet, auf die zurückhaltende Art, die er oft hat. Ich hatte ihn umarmt, aber er hatte mich nicht so fest gedrückt wie zur Begrüßung.

Die Zugfahrt nach New York kam mir endlos vor. Ich sah immerzu Chrissy vor mir. Ich dachte: Sie ist vierzig, wenn sie jetzt wieder magersüchtig wird, kann sie daran sterben. Ich dachte: Was ist nur los mit ihrer Ehe?

\* \* \*

Es war ein sonniger Tag, und als sich der Zug New York näherte, regte sich in mir ein sehr leises – aber nicht zu leugnendes – Prickeln der Vorfreude, allein schon beim Anblick all der Häuser, die nun vor den Zugfenstern auftauchten, und auch der Menschen, die vereinzelt auf ihren winzigen Terrassen mit Blick auf die Bahngleise saßen. Ich spürte fast ein kleines Glücksgefühl.

Aber als wir in die Stadt selbst einfuhren, konnte ich in der Ferne das Gebäude sehen, in dem ich einmal gewohnt hatte. Und ich empfand nichts. Und nicht anders war es beim Aussteigen an der Grand Central Station, die mir gespenstisch leer vorkam, wir waren nur eine Handvoll Leute, die durch die Bahnhofshalle gingen, und sämtliche Läden in der Halle waren geschlossen. Und dann gab es keine Taxis, wie ich schon befürchtet hatte. Also ging ich um den Bahnhof herum, und auf der Rückseite stand ein einsames Taxi, und mit ihm fuhr ich zu meiner Unterkunft.

Eine Leere hatte sich meiner bemächtigt.

## 3

Das Airbnb lag in Midtown Manhattan, es hatte Spitzengardinen an den Fenstern und befand sich im Hochparterre eines Brownstone-Gebäudes. Ich hatte Jahre zuvor in solch einem Altbau in Brooklyn gewohnt und völlig vergessen gehabt, wie wenig man von innen sieht. Hinter diesen Spitzengardinen fühlte ich mich wie eingesargt. Nach meinem Umzug nach Manhattan hatte ich immer hoch oben gewohnt, und immer mit weitem Blick; umso eigenartiger fühlte es sich nun an, durch diese zwei Zimmer zu gehen. Als William mich anrief, mochte ich nicht darüber reden. Dafür erzählte ich ihm das mit Chrissy, und er sagte mit spröder Stimme: »Ach herrje, Lucy.«

Die Dusche war klein und rund, mit einem Vorhang, der ganz herumging, und als ich darin duschte, hatte ich fast Angst zu stürzen, so haltlos fühlte ich mich.

Zwei Tage lang lief ich durch die Stadt. Von meinen Freunden wusste niemand, dass ich in New York war, ich hatte gedacht, ich würde sie überraschen, aber jetzt war ich froh, dass ich keinem etwas gesagt hatte. Ich hätte ihnen nicht die Aufmerksamkeit schenken können, die sie verdienten. Es waren fast keine Taxis unterwegs. Von den Kleidergeschäften, die einen ganzen Abschnitt der Lexington Avenue säumten, war nicht eines geöffnet; bei manchen waren die Fenster von innen mit zerfledderndem weißem Papier abgeklebt.

Ich ging bei Rot über die Park Avenue, so wenig war los.

Ich saß im Central Park, wo die Sträucher blühten und schon erste Blätter herauskamen, und betrachtete die Leute, die an mir vorbeigingen; der Park war belebt. Aber ich empfand nichts.

Am Montagmorgen um neun ging ich noch einmal zur Grand Central Station, und als ich auf der Empore dort stand und hinabsah, durchquerte genau ein Mann die riesige Bahnhofshalle, und hoch über ihm wölbte sich die gewaltige Decke mit ihren Sternbildern.

Am Nachmittag wollte ich mir bei Bloomingdale's ein Parfüm kaufen – meinen üblichen Duft, den ich immer nehme –, also ging ich in die Kosmetikabteilung im Erdgeschoss mit all den verschiedenen Make-up-Ständen und kaufte ein kleines Fläschchen, das mir im Flugzeug keine

Probleme machen würde – zurück wollten wir fliegen –, und die Verkäuferin unternahm keinen Versuch, mir noch irgendetwas aufzuschwatzen, was ungewohnt war, normalerweise sagten sie: »Und ich darf Ihnen nicht mal die *kleine* Tube von dieser neuen Nachtcreme mitgeben?« Oder etwas in der Art. Aber diese Frau verkaufte mir nur in aller Eile mein Parfüm, und dann sagte sie, ach, hier, und gab mir eine Tüte mit Make-up-Pröbchen, die man eigentlich erst ab einer bestimmten Summe bekommt; mein kleines Parfüm war dafür nicht teuer genug gewesen, aber sie schob mir trotzdem die Tüte hin, und ich bedankte mich, und sie sagte: »Schon gut.«

Und dann fand ich nicht mehr aus dem Laden. Ich irrte durch die riesige Kosmetikabteilung, schlug eine Richtung ein und dachte, nein, hier bin ich falsch, also kehrte ich um und ging in eine andere Richtung und dachte, nein, das ist auch falsch, und schließlich nahm sich ein Verkäufer mit seiner schwarzen Maske meiner an und fragte: Kann ich Ihnen irgendwie helfen? Und ich sagte: Ich suche den Ausgang. Und er wies mir höflich den Weg hinaus.

\* \* \*

In dieser Nacht lag ich in meinem Airbnb wach und dachte an all die Menschen – alte wie junge –, die während der Pandemie in Behausungen wie dieser hatten ausharren müssen. Allein.

# 4

Ich traf mich mit Chrissy im Central Park, wir hatten als Treffpunkt den Ententeich ausgemacht, und sie war schon da, als ich ankam. Sie winkte; sie trug eine Sonnenbrille. »Hallo, Liebes«, sagte ich und setzte mich neben sie auf die Bank, und sie sagte: »Hallo, Mom. Warte kurz. Einen Moment.« Und sie schickte irgendeine Nachricht ab, und dann sah sie mich an und fragte: »Und? Wie ist das, wieder in New York zu sein?«

»Oh, es ist dermaßen seltsam!«, sagte ich.

»Ach ja? Inwiefern?«

Irgendetwas stimmte ganz und gar nicht mit meinem Kind.

Eine Frau, die ich auf um die fünfzig schätzte, umrundete mit schnellen Schritten den Ententeich. Sie telefonierte mit irgendwem, ich hörte sie italienisch sprechen. Immer im Kreis lief sie, in einem dunkelgrünen Sport-Outfit, Hose mit dazu passender Jacke. Ihre Maske, die grellorange war, hing ihr unterm Kinn.

Chrissy saß mit mir auf dieser Parkbank und schaute in einer Tour auf ihr Handy. Einmal sagte sie: »Entschuldige, Mom, ich muss da ganz kurz antworten«, und tippte rasend schnell etwas, bevor sie ihr Telefon endlich einsteckte. Eine Spur entspannter schien sie danach.

Und mit einem Mal hatte ich eine Vision: Chrissy hatte eine Affäre. Oder sie stand kurz davor.

Ich sah geradeaus, während sie redete, sie sprach über ihre Arbeit, irgendwelche internen Zerwürfnisse in der Bürgerrechtsunion, ihre eigene Stelle war davon nicht berührt, aber es sei einfach hochinteressant zuzuschauen, wie die anderen sich gegenseitig bekriegten. Irgendetwas in diesem Stil sagte sie.

Und ich sagte: »Bitte tu's nicht, Chrissy.«

Ich drehte ihr das Gesicht zu, und sie setzte die Sonnenbrille ab und fixierte mich, sie hat nussbraune Augen, und ich hatte das Gefühl, noch nie so intensiv in diese Augen geblickt zu haben oder von ihnen angeblickt worden zu sein. »Was soll ich nicht tun?«, fragte sie schließlich.

»Diese Affäre. Lass sie bleiben.«

Sie starrte mich an, ihre Augen über der Maske verengten sich, schien mir. Sie wandte den Blick nicht von mir. Dann fing sie an, sich über Michael zu beklagen. Sie sagte: »Du weißt nicht, wie er wirklich ist, Mom. Du hast keine Ahnung. Weißt du, womit er sich den ganzen Tag beschäftigt, Mom? Damit, für andere Leute Geld anzulegen – ich meine, wie sinnreich ist das?«

»Äußerst sinnreich«, sagte ich, »für Leute mit Geld.«

Sie geriet noch mehr in Rage. »Eben. Und Millionen und Abermillionen Menschen auf dieser Welt haben keins, also frag die mal, wie sinnreich sie das finden.«

»Aber das wusstest du doch, als du ihn geheiratet hast.«

Sie öffnete den Mund und schloss ihn wieder, und ich machte mir klar, wenn ein Ehepartner den anderen betrügt, dann wird der Betrogene verteufelt. Das ist leider normal.

Aber dann sagte sie etwas, und ich dachte einen Moment, ich muss sterben, Chrissy sagte mit zittriger Stimme: »Mom, hast du irgendeine Ahnung, was das mit mir gemacht hat, als du gesagt hast, dass du und Dad wieder zusammen seid? Du hast das gesagt, als wäre es gar nichts, du hast es einfach ganz nonchalant gesagt – du kapierst es nicht, Mom, oder? Du sagst uns nach all dieser Zeit, ach, übrigens, Dad und ich sind wieder zusammen, als ob diese ganze *Scheiße*, die ihr zwei miteinander ausgestanden habt – und die für uns ja auch nicht gerade toll war, falls du dich erinnerst –, als ob dieser ganze *Mist* plötzlich völlig egal wäre, und …« Sie zuckte übertrieben die Achseln und warf die Arme halb in die Höhe dabei, sie war richtig wütend. »Einfach so, ach, wir sind wieder zusammen.«

Wir saßen eine Zeit lang schweigend da.

»Hattest du noch einen Abgang?«, fragte ich sie schließlich.

»Wer hat dir das gesagt? Becka?«

»Niemand hat mir etwas gesagt. Ich frage nur.«

Chrissy setzte die Sonnenbrille wieder auf und streckte ihre dünnen Beine von sich weg, die Arme verschränkt. »Ja«, sagte sie knapp. »Mitte Januar.«

»Ach, Chrissy.« Ich legte ihr die Hand aufs Bein, aber von ihr kam nichts. Wir saßen nebeneinander in der Sonne. Nach einer Weile sagte ich: »Du hast solche Verluste erlitten, Chrissy. Du hattest drei Fehlgeburten, und du bist wütend. Das ist nur zu verständlich. Aber schmeiß deshalb nicht deine Ehe hin. Bitte, Chrissy. Bitte mach das nicht.«

Sie sagte leise: »Du hast das doch auch gemacht. Du hast gesagt, du hattest eine Affäre, und das war das Ende deiner Ehe mit Dad.«

»Das stimmt«, sagte ich. »Und heute wünschte ich seine Affären wie meine ungeschehen.«

Durch ihre Sonnenbrille sah sie mich an. Sie war so zornig. Sie sagte: »Du hattest einen Mann, der dich auf Händen getragen hat, Mom. David hat dich angebetet. *Angebetet* hat er dich! Und jetzt sagst du mir, du wünschtest, du hättest ihn nie kennengelernt? Das ist doch krank!«

Ich schüttelte langsam den Kopf. Ich hatte nichts zu sagen zu ihrer Anschuldigung.

Nach längerer Zeit fragte ich: »Ist dieser Mann verheiratet?«

Und Chrissy sagte: »Mom, lebst du hinterm Mond? Woher willst du wissen, dass es ein Mann ist? Es könnte genauso gut eine Frau sein, oder jemand Non-Binäres.«

»Ist es eine *Frau*?«, fragte ich.

Sie sah mich böse an und sagte: »Nein, ein Mann. Ich frage bloß, wo du die letzten zwei Jahre gelebt hast. Solche Kategorisierungen sind einfach *out*!«

Und ich fragte: »Hat er Kinder?« Sie schwieg. »Ach, Chrissy«, sagte ich. »Es tut mir so leid, Herzchen. Gott, tut mir das leid.«

Sie schwieg wieder und sagte dann: »Gut, noch haben wir's nicht gemacht, aber das heißt ja nichts. Wir hatten einfach noch nicht die Gelegenheit. Ich treffe ihn morgen, wenn du's genau wissen willst.«

Ich sah sie an, und ich sagte: »Mir ist richtig elend, Chrissy. Mir wird elend, wenn ich nur daran denke.«

Sie sagte: »Hier geht's ausnahmsweise mal nicht um dich, Mom.«

Nach längerem Schweigen sagte ich: »Chrissy, du musst dir professionelle Hilfe holen. Hast du jemanden?«

Sie zögerte und schüttelte dann den Kopf.

Blitzartig – und komplett unerwartet – kam mir der letzte Traum in den Sinn, den ich nach seinem Tod von meinem Vater gehabt hatte, der, in dem ich zu ihm gesagt hatte: »Keine Sorge, Daddy, ab jetzt fahre ich den Chevy.«

Denn bizarrerweise fühlte ich meinen Kopf, der sich so lange komisch angefühlt hatte, mit einem Mal überklar werden.

Ich wandte mich ganz zu ihr um. »Du hörst mir jetzt zu«, sagte ich. »Du hörst dir jedes Wort an, das ich dir zu sagen habe. Und nimm die Sonnenbrille ab, ich muss dein Gesicht sehen können.«

Sie nahm die Sonnenbrille ab. Aber sie sah mich nicht an.

»Ich hätte deinen Vater niemals verlassen, wenn er nicht diese Affären gehabt hätte. So gut kenne ich mich. Ohne seine ganzen Affären hätte ich meine niemals angefangen. Das ist das eine. Und das andere: Glaub mir, hier geht es um Verlust. Weißt du, als ich meine unschöne kleine Affäre hatte – denn sie *war* unschön –, da hatte ich gerade meine Mutter verloren und kurz danach meinen Vater. Und im

Jahr darauf gingst du aufs College, und Becka war auch fast so weit. Und meine Therapeutin sagte zu mir, sie sagte: Lucy, hier geht es um Verlust. Und du, Chrissy, du hast Verluste erlitten. Du hast drei Babys verloren, und jetzt denkst du, du hättest deine Mutter verloren, weil ich wieder mit deinem Vater zusammen bin.«

Jetzt schaute Chrissy mich doch an. Nicht ohne Interesse.

»Und ich sag dir noch was. Ich hatte diesen Mann – mit dem ich die Affäre hatte, durch die mir klar wurde, dass ich nicht mehr mit eurem Vater leben kann – bei einer Schriftstellertagung getroffen, und er hat sich sehr um mich bemüht und mir das Gefühl gegeben, etwas Besonderes zu sein. Mehr war es nicht. Eigentlich ganz simpel, wenn ich jetzt daran zurückdenke: Er hat mich mit Aufmerksamkeit überschüttet und mir das Gefühl gegeben, ganz großartig zu sein, was etwas war, wozu ich zu der Zeit sonst extrem wenig Anlass gesehen habe.«

»Wann tust du das schon?«, sagte Chrissy, aber sie sagte es gedämpft und ohne Bosheit, war mein Eindruck.

»Das stimmt. Aber damals habe ich eben besonders wenig Anlass dazu gesehen, nach diesen vielen Verlusten, und er hat mich so hofiert. Das war in den ersten Tagen der E-Mail, und er hat mir jeden Tag gemailt und mich bestürmt, und jedes Mal schrieb ich ihm zurück: Nein. Aber dann passierte Folgendes:

Ich war mit einer Frau beim Essen, die ich schon viele Jahre kannte, und sie war einer der unglücklichsten Menschen, die ich je getroffen habe, sie hatte nie eine Beziehung gehabt, ob mit Mann oder Frau – und ich wäre die Erste gewesen, der sie es gesagt hätte, das weiß ich. Sie war so ein *armer* Mensch, Chrissy, sie hatte irgendeinen ganz schweren Schaden, aber sie war nie in Therapie deswegen, sondern lebte einfach so dahin, sie war Steueranwältin, und an dem Abend gingen wir zusammen essen, und ich bekam das Gefühl, dass sie wahrscheinlich auch noch ein Alkoholproblem hatte, sie trank allein mindestens eine Flasche Wein, nach einem Martini als Aperitif, und dann – hörst du mir zu?«

Aber das tat sie unzweifelhaft. Sie sah mich an, und ihr Blick war gespannt. Sie nickte.

»Und zum Nachtisch bestellte sie sich diese speziellen Mini-Doughnuts, die mit einer Schokoladensoße zum Tunken serviert wurden, und als ich ihr zusah, wie sie ihre kleinen Doughnuts in diese Schokoladensoße tunkte, überkam mich so eine – ja, Angst, muss man wohl sagen, weil ich Zeugin einer so bodenlosen Einsamkeit wurde. Und ich dachte: Doch, ich lasse mich mit ihm ein.

Und als ich heimkam, schrieb ich ihm nur das eine Wort: Ja. Und er war überglücklich. Und damit war es geschehen.«

Chrissy sah hinaus auf den Ententeich und atmete tief aus.

»Aber ich habe immer gedacht, wenn ich an dem Abend nicht mit dieser armen Frau essen gewesen wäre, dann hätte ich ihn nicht erhört. Du fragst mich nach David. Ja, David hat mich sehr, sehr geliebt und ich ihn auch. Aber war es deshalb so besser als anders? Auf die Frage gibt es keine Antwort, Chrissy. Und du siehst ja, wie unglücklich Trey Becka gemacht hat ...«

»Ich sehe vor allem, dass sie einer Ehe entkommen ist,

die nicht gut für sie war.« Chrissy richtete den Blick wieder auf mich.

Ich überlegte. »Ja, schon«, sagte ich. »Aber sie hat Trey auch auf eine Enttäuschung hin geheiratet. Und das hast du nicht«, fügte ich hinzu. »Ihre Ehe war ganz anders als eure. Als du Michael durch diese gemeinsamen Freunde von euch kennengelernt hast, da hat es zwischen euch einfach gefunkt, Chrissy, das konnte jeder sehen. Und ihr habt so viel gelacht miteinander, denk an die Rede von diesem Freund bei eurer Hochzeit, der erzählte, wie ihr zwei bei irgendwem in der Diele standet und aus dem Lachen gar nicht mehr rausgekommen seid.«

Ich sah mit zusammengekniffenen Augen auf den Entenreich, bevor ich mich ihr wieder zuwandte. »Hast du Michael irgendetwas davon gesagt?«

Sie schüttelte rasch den Kopf.

»Euer Verhältnis ist gestört, das sieht man. Weil du mit jemand anderem zusammen sein willst. Oder glaubst, es zu wollen. Also hör mir noch mal zu, Chrissy. Das ist wichtig. Wälz die Entscheidung nicht auf Michael ab. Du entscheidest für dich, was du tun willst, aber sag ihm nicht, dass du dich zu einem anderen Mann hingezogen fühlst. Wahrscheinlich ahnt er es sowieso und fühlt sich gedemütigt und weiß nicht, was er tun soll, weil im Moment alles, was er macht, bei dir als Zumutung ankommt. Wenn du deine Ehe beenden willst, beende sie. Aber wenn nicht, solltest du versuchen, deinem Mann etwas offener zu begegnen.«

Sobald ich das gesagt hatte, wurde mir klar, dass sie das nicht konnte. Also sagte ich: »Aber das kannst du im Moment wahrscheinlich nicht, ihm offener begegnen, weil du ihn nicht willst.«

Chrissy, die den Blick nicht von mir gewandt hatte, sah jetzt weg. Ich betrachtete sie von der Seite und konnte in ihrem Gesicht keine Wut mehr entdecken, nur eine große Verletzlichkeit.

Ich legte ihr die Hand auf den Arm. Ein bisschen dauerte es, dann legte sie ihre Hand kurz auf meine, und als sie mich ansah, hatte sie Tränen in den Augen, ein paar liefen ihr sogar übers Gesicht. Sie wischte sie mit dem Handrücken weg. »Ach, Süße«, sagte ich. »Süße, Süße, Süße.«

Ich wartete, ob noch mehr Tränen kämen, und es kamen auch welche, aber nur ganz kurz, und dann nichts mehr.

»Okay, ich hab's verstanden«, sagte sie und stand auf.

Und dann fing sie zu schluchzen an – mein Gott, wie das Kind schluchzte! –, und sie setzte sich wieder hin, und ich nahm sie in den Arm, und sie duldete es, und so saßen wir lange, während sie weinte und weinte und weinte, und ich hatte beide Arme um sie geschlungen und küsste sie zwischendurch auf den Kopf, den sie in meine Halsbeuge schmiegte.

Die Telefoniererin ging wieder an uns vorbei.

# 5

William erzählte ich an diesem Abend nichts von unserem Gespräch, sosehr ich es wollte; er besuchte für zwei Tage Estelle und Bridget in Larchmont und war dort eben erst angekommen, und danach würde er zum ersten Mal wieder zu seiner Wohnung fahren, und ich hörte ihm an, wie sehr ihn all das beschäftigte, darum dachte ich, ich erzähle es ihm, wenn er hier ist.

* * *

Ich lag auf dem Bett, unter den Spitzengardinen. Aber ich konnte an nichts anderes denken als an Chrissy.
Ach, mein Kind!
Das kein Kind mehr war …

* * *

Ich dachte an Williams Affären, an meine Reaktion, als ich von ihnen erfuhr, und ich kann nur sagen:
Es demütigte mich. Es demütigte mich über alle Maßen. Es zwang mich zu Boden. Und es demütigte mich deshalb so, weil ich so etwas in meinem eigenen Leben niemals für möglich gehalten hätte. Ich hatte geglaubt, so etwas passierte nur anderen Frauen. Irgendwann während dieser Zeit war ich zu einem Fest eingeladen, und ich hörte zwei Frauen über eine andere Frau reden, deren Mann eine Affäre hatte. Und was mir vor allem erinnerlich ist – *was mir durch und*

*durch ging –*, war, dass sie beide sagten: Also wirklich, dass sie *dermaßen* ahnungslos war!

Und dann ging es mir selbst so.

Und als ich begriff, dass ich Teil eines Parallellebens gewesen war, eines Lügenlebens, zog mir das den Boden unter den Füßen weg. Aber ich habe oft gedacht, dass es einen besseren Menschen aus mir gemacht hat. Wenn die Demütigung tief genug ist, kann das die Folge sein. Das habe ich im Leben gelernt. Man kann bitter werden, oder man wächst, das ist meine Erfahrung. Und ich bin durch den Schmerz gewachsen. Weil ich durch ihn begriffen habe, wie es sein kann, dass man als Frau so ahnungslos ist. Denn es *war* passiert, und zwar *mir*.

Weil ich selbst niemals eine Affäre angefangen hätte, war für mich klar gewesen, dass auch William keine anfangen würde.

Ich hatte mit meinem eigenen Kopf gedacht.

Mit dem eigenen Kopf denken, das war Davids und mein kleiner Scherz gewesen, daran dachte ich jetzt, in diesem Bett unter dem Fenster mit den Spitzengardinen. Wenn David fassungslos darüber war, wie, sagen wir, der Dirigent der Philharmoniker die neue Geigerin zusammengestaucht hatte, sagte ich: »Du denkst schon wieder mit deinem eigenen Kopf, David.« Und er lachte und gab mir recht. »Du musst in seinen Kopf rein, dann verstehst du ihn vielleicht«, worauf David sagte, nie und nimmer wolle er in den Kopf dieses Mannes.

Jeder denkt mit seinem eigenen Kopf, darum geht es mir.

Und an das, was Chrissy über David gesagt hatte, musste ich denken, während ich mich in meinem Bett wälzte: dass er mich auf Händen getragen hatte. Ja, das hatte er in der Tat.
 Hätte ich darauf wirklich verzichten wollen?

Das war jetzt nicht mehr die Frage, für mich hatten sich die Dinge anders gefügt.

Und auch für Chrissy würden sie sich auf ihre Art fügen.

* * *

Am nächsten Tag blieb mein Kopf unverändert klar. Ich sagte mir: Es gibt nichts, was du tun kannst. (Aber ich sorgte mich doch sehr um mein Kind.)
 Ich lief durch die Straßen, und es war auffallend, wie freundlich die Leute waren, »Oh, Entschuldigung«, sagten sie, oder: »Ups, tut mir leid«, wenn sie sich auf dem Gehsteig versehentlich zu nahe kamen. Etliche Male fiel mir das auf. Der Mann im Feinkostgeschäft, der mir mein Mittagssandwich zurechtmachte, wünschte mir einen so richtig schönen Tag. »Einen so *richtig* schönen, okay?« Und er lächelte mich an, als er mir das Sandwich reichte.
 Bei vielen der geöffneten Läden hing ein Schild an der Tür, auf dem stand: Wir schaffen das nur alle zusammen.

* * *

William rief an; Estelle und Bridget würden bald wieder in die Stadt ziehen, erzählte er. Estelle war jetzt auch geimpft, und sie schienen mit allem gut klarzukommen. Aber er klang etwas verhalten, also wartete ich, und er sagte: »Ich bin rausgegangen zum Telefonieren, und morgen fahre ich in meine Wohnung. Mir graut richtig davor, Lucy.«

Auch jetzt drängte es mich wieder, ihm von Chrissy zu erzählen, aber ich wollte ihn damit nicht belasten, solange er bei Bridget war, also sprach ich es nicht an.

»Wie geht es Bridget?«, fragte ich, und seine Stimme wurde gleich fröhlicher. »Gut. Es ist richtig schön mit ihr.«

Und dann sagte er, wenn er übermorgen in der Stadt sei, würde er in seiner Abteilung vorbeischauen müssen und dort hoffentlich ein paar Leute treffen und alles für seinen Ruhestand auf den Weg bringen und seinem Labor einen letzten Besuch abstatten, und ich verstand, dass das für ihn ein trauriger Anlass war. Aus all diesen Gründen erwähnte ich nichts davon, dass sich Chrissy – wahrscheinlich genau jetzt, während wir zwei telefonierten – mit einem Mann traf, mit dem sie eine Affäre anzufangen gedachte. Ich erinnerte ihn nur daran, dass ich morgen mit Becka verabredet war und dass in ein paar Tagen beide Mädchen kommen würden, um ihn und mich zu sehen.

»Also dann, Lucy.« Er sagte nicht, dass er mich liebte. David hatte es nie versäumt, das zu sagen. Aber William war nicht David. So viel hatte ich nun begriffen. Und er brauchte es auch nicht zu sein. Auch das wusste ich.

* * *

Als ich mich an diesem Abend fürs Bett fertig machte, kam eine Nachricht von Chrissy: Ich komme morgen zusammen mit Becka, um dich noch mal zu sehen.

Wie schön!, schrieb ich zurück.

\* \* \*

Und da waren sie, meine schönen Töchter. Am Ententeich, meine beiden Mädchen. Aber was hieß schon »meine« – sie gehören mir nicht, dachte ich, während ich auf sie zuging, so wenig, wie mir die Stadt New York gehört. Diese beiden Gedanken streiften mich. Chrissy und Becka winkten mit erhobenen Armen, als ich den kleinen Hügel hinunterkam. Es war wieder ein sonniger Tag, aber ein paar Wolken zogen auf. Keines der Mädchen trug eine Sonnenbrille, darum ließ ich meine im Gehen in der Jackentasche verschwinden. Ich umarmte sie beide, und sie rückten auseinander, damit ich mich zwischen sie setzen konnte. Chrissy hielt einen großen Pappbecher mit Deckel in der Hand, Kaffee im Zweifel. Sie trank einen Schluck daraus. Sie sah müde aus, fand ich.

Ich wartete.

Chrissy sagte: »Okay, nur dass du Bescheid weißt. Becka kennt übrigens die ganze Geschichte.« Sie straffte den Rücken und sah mich an. »Ich habe mich gestern mit dem Typen getroffen.«

»Und?«, fragte ich nach ein paar Sekunden.

»Und er hat einen Riesenfehler gemacht, Mom.« Chrissy fuhr sich durchs Haar. »Ich hab ihm gesagt, ich bin mir nicht ganz sicher, ob ich das durchziehen will, und er ist stinkwütend geworden, Mom. Er war fuchsteufelswild, Mom. Richtig fuchsteufelswild! Es war – doch, ich hab es fast mit der Angst gekriegt, und ich dachte nur, *Shit*!«

Mit großen Augen sah sie mich an, den Mund halb geöffnet.

Ich sagte: »Dann war's das?«

»Das war's, aber so was von.«

Ich drehte mich zu Becka um, die nur die Augenbrauen hochzog.

Chrissy fuhr fort: »Und dann bin ich heimgefahren, und Michael und ich haben lange miteinander geredet, und ich hab ihm gesagt, dass ich grauenhaft war in letzter Zeit und dass es an den Abgängen lag und dass es mir leidtut, und er war ziemlich nett, muss ich sagen. Auf der Hut, aber nett.« Chrissy stiegen die Tränen in die Augen, als sie das sagte, und ich beobachtete sie und spürte, wie Becka mein Knie drückte.

Mir wurde klar, dass ich keine Ahnung hatte, was aus Chrissys Ehe werden würde.

»Ich bin einfach so alt, Mom, und dem Arzt bin ich egal. Scheißegal bin ich ihm. Und er will *Spezialist* sein für so was!«

»Dann suchen wir dir einen anderen Arzt. In New York wimmelt es von Ärzten.«

Sie sagte: »Ich hab Angst, dass sie mich mit Gelbkörperhormonen oder so was vollpumpen, und das erhöht später mein Krebsrisiko. Das hab ich im Internet recherchiert.«

»Im Internet«, sagte ich. »Du holst dir deine medizinischen Informationen aus dem Internet. Gut, vielleicht stimmt das. Aber vielleicht auch nicht. Auf jeden Fall suchen wir dir erst mal einen neuen Arzt. Dein Vater wird dir ja wohl einen verschaffen können, mit diesen ganzen Kontakten, die er hat. Herrgott, Chrissy, da ist das letzte Wort noch längst nicht gesprochen.«

»Ich weiß nicht …«, sagte sie.

»Wir werden sehen.«

Sie legte rasch die Hand auf meine, und als sie sie zurückziehen wollte, hielt ich sie fest, und sie zog sie nicht weg. Wir saßen in der Sonne und hielten uns an den Händen.

Nach einer kurzen Pause fragte Becka: »Und, Mom, wirst du jetzt bis ans Ende deiner Tage auf einem Felsvorsprung in Maine leben?«

»Ich weiß!«, sagte ich und wandte das Gesicht ihr zu. »Oh, ich weiß! Ich hab mich das auch schon gefragt.«

Becka sagte: »Na gut, das Haus hat ja echt was. Ich meine, es gibt Schlimmeres.«

»Allerdings! Sehr viel Schlimmeres«, sagte ich. »Euer Vater findet es herrlich da, wegen seiner neuen Familie und diesen ganzen Schädlingen und Kartoffeln …«

»Ich weiß«, unterbrach mich Chrissy. »Er redet ja über nichts anderes mehr.«

Ach je, William!, dachte ich. Aber ich ließ mich nicht irremachen. »Euer Vater ist glücklich da, und ich habe auch Freunde gefunden, ganz besonders Bob Burgess, er ist einer der besten Freunde, die ich je hatte, denke ich oft.« Und ich beschrieb ihn kurz, seine liebenswerte Schwerfälligkeit, die ausgebeulten Jeans.

Worauf Chrissy mich ansah und fast übermütig lächelte: »Wirst du eine Affäre mit ihm anfangen, Mom?«

»Nein«, sagte ich ernsthaft, »er ist mit einer Pfarrerin verheiratet, sie ist genau richtig für ihn, auch wenn er sich, glaube ich, ein bisschen vor ihr fürchtet ...«

»Wieso das?« Diesmal war es Becka, die mich unterbrach.

»Na ja, er raucht heimlich, wenn sie es nicht mitkriegt.«

Darüber musste Chrissy richtig lachen. Und Becka sagte: »Äh – wie alt ist dieser Typ?«

»Ach, ungefähr mein Alter, würde ich sagen.«

»Und da muss er hinter dem Rücken seiner Frau rauchen?«

»So ist es«, sagte ich.

»Mom, das ist doch Irrsinn.«

»Nun ja«, sagte ich. »So trifft eben jeder seine Wahl.« Aber während ich es noch sagte, fragte ich mich, ob das stimmte – ob wir wirklich jeder unsere Wahl trafen –, und ich musste an diese Sendung denken, die ich auf meinem Computer gesehen hatte, laut der es keinen freien Willen gab, sondern alles vorherbestimmt war. Also sagte ich: »Jedenfalls glaube ich, man trifft seine Wahl, keine Ahnung.«

Chrissy wandte mir den Kopf zu. »Wie jetzt? Mom, du hast hier vorgestern gesessen und mir einen Schritt ausgeredet, den ich ohne dich vermutlich gemacht hätte, wie kannst du also sagen, vielleicht trifft man ja doch keine Wahl?«

»Ich weiß es nicht«, sagte ich. »Ich weiß nicht, ob ich es glaube oder nicht.« Ich hielt inne. »Letzten Endes weiß ich gar nichts.« Ich fügte hinzu: »Außer, wie lieb ich dich und Becka habe. Das weiß ich ganz sicher.«

Chrissy sah mich nicht an. »Mom«, sagte sie leise. »Du weißt eine Menge.«

Dann sprach wieder Becka. »Wir dachten eben bloß – gut, ich sag's jetzt einfach. Wir haben uns gefragt, ob Dad sich die Pandemie zunutze gemacht hat, um dich mit da hoch zu nehmen, damit er dich für sich hat und nie wieder allein sein muss.«

»Im Ernst?« Ich war ganz verwundert, und dann fiel mir wieder Lauren ein, Beckas Therapeutin, die Becka vor Jahren gesagt hatte, William würde mich manipulieren, was ich schon damals nicht verstanden hatte.

Ich sagte zu den beiden: »Er hat mich hoch nach Maine gebracht, um mich vor dem Virus zu retten. Und euch hat er aus der Stadt rausgebracht, weil er *euch* retten wollte.«

»Natürlich, er liebt uns, das wissen wir«, sagte Becka. »Und wir lieben ihn ja auch. Aber warum wollte er mit dir unbedingt nach Maine und nicht irgendwo anders hin? Doch eindeutig wegen Lois Bubar, und für ihn ist die Rechnung ja nun aufgegangen.«

Ein winziges Flackern der Unruhe züngelte in mir auf, denn dieser Gedanke war mir nach Williams erstem Treffen mit Lois ja auch schon gekommen.

Becka fuhr fort: »Wie geht gleich wieder dieser Spruch – die Frau trauert, der Mann sucht sich Ersatz?« Sie zögerte kurz und sagte dann nachdenklich: »Ich bin mir einfach nicht sicher, ob Dad immer so ganz zu trauen ist.«

»In welcher Hinsicht genau …«, setzte ich an.

Aber da verkündete Chrissy unvermittelt: »Ich hab echt Hunger.«

Sie das sagen zu hören!

Ich stand auf und sagte: »Dann suchen wir uns ein Lokal.« Also verließen wir den Park, die Wolken hatten sich wieder verzogen, und in der Madison Avenue fanden wir ein Café mit Tischen auf dem Gehsteig, dort setzten wir uns in die Sonne, und Chrissy warf einen Blick auf die Speisekarte und sagte zu dem Kellner: »Für mich bitte ein Sandwich mit Geflügelsalat.«

»Für mich auch«, sagte ich. Und Becka zuckte die Achseln und sagte: »Na gut, dann nehm ich das auch.«

Wir redeten ein bisschen, und Chrissy sagte: »Ich glaub, ich muss erst mal diesen Kaffee loswerden«, und ging mit ihrer Maske nach drinnen, und während sie weg war, sagte Becka zu mir: »Mom, der Typ hatte Mitesser auf der Nase.«

»Welcher Typ?« Ich schaute mich um.

»Der von Chrissy, mit dem sie ins Bett wollte. Als sie ihn gestern getroffen hat, hatte er lauter Mitesser auf der Nase. Und dann hat er diesen Koller gekriegt.«

Ich sah Becka an, die kopfschüttelnd zurückschaute. »Sie hat die Mitesser über Zoom nicht gesehen, sagt sie.« Und sie fügte hinzu: »Aber das war nicht das, was sie abgetörnt hat. Ich meine, geholfen haben sie wohl nicht gerade. Es war dieser Anfall, den er hingelegt hat.«

»Gott sei Dank«, sagte ich, und Becka sagte: »Aber echt.«

Und dann kam Chrissy zurück, und unsere Sandwichs kamen, und ich behielt Chrissy im Auge, während sie aß, sie aß langsam, aber immerhin aß sie. Und als sie die erste Hälfte geschafft hatte, sah sie auf ihren Teller und sagte: »Ach, was soll's«, und griff nach der zweiten Hälfte.

Gott, war ich erleichtert.

Ich öffnete schon den Mund, um zu sagen: Kinder, hört mal kurz zu. Euer Vater hatte Krebs. Aber dann dachte ich: Nein. Er hat ihnen nichts davon gesagt, also sollte ich es auch nicht. Und in der Sekunde, in der ich das dachte, sagte Becka grübelnd: »Irgendwie muss Dad immer Geheimnisse haben.«

Ich war richtig baff, ich schwieg kurz und fragte dann: »Was für Geheimnisse?«

Becka zuckte die Achseln: »Ach, ich weiß jetzt kein konkretes Beispiel. Aber das ist schon auch ein Grund, warum uns das mit dir und Dad so ein bisschen Sorgen macht.«

Ich ließ mir das durch den Kopf gehen. »Ich weiß gar nicht, ob er dieser Tage tatsächlich noch Geheimnisse hat. Und wenn ich ganz ehrlich sein soll, es spielt auch keine Rolle mehr. Er und ich sind nicht mehr jung und werden es auch nie wieder sein. Und wir kommen gut miteinander aus.«

»Mehr nicht?«, fragte Chrissy.

»Na schön, mehr als gut. Ich weiß jetzt, wer er ist. In dem Maß, meine ich, in dem das bei ihm möglich ist.«

Die Mädchen nickten. »Na gut«, sagte Becka, und im selben Moment sagte Chrissy: »Okay, Mom. Solange du nur glücklich bist.«

Da saßen wir also an unserem Tisch auf dem Gehsteig – auf den die Sonne herabschien, als wollte sie nie aufhören zu scheinen – und unterhielten uns, und schließlich brachen wir auf, die Mädchen mussten zu ihrem Zug zurück nach New Haven, aber in ein paar Tagen würden sie wiederkommen, um ihren Vater zu besuchen. Wir umarmten uns auf dem Gehsteig. »Bis dann, Mom«, sagten sie beide, als ihr Uber-Taxi am Bordstein hielt, und stiegen ein.

Ich sah ihnen nach, als das Taxi mit ihnen wegfuhr. Wie anders sie – und ihr Leben – sich entwickelt hatten, als ich es mir vorgestellt hatte, dachte ich. Und ich dachte: Es ist ihr Leben, sie können damit machen, was sie wollen. Oder müssen.

Und mir fiel ein Tag nicht lange vor Chrissys Geburt ein, als ich auf meinen dicken Bauch hinabgeschaut und die Hand darübergewölbt und gedacht hatte: Wer immer du bist, du gehörst mir nicht. Ich helfe dir, in die Welt zu gelangen, aber du gehörst mir nicht.

Daran erinnerte ich mich jetzt, und ich dachte: Lucy, du wusstest gar nicht, wie recht du hast.

# 6

Als ich in mein Quartier zurückkam, rief William an, ganz melancholisch gestimmt wegen seines Labors und der Wohnung, und er sagte: »Lucy, kann ich zu dir kommen und bei dir schlafen? Ich mag heute Nacht nicht in meiner Wohnung sein.«

»Natürlich! Gern!«, sagte ich. »Ich muss dir so viel erzählen!«

\* \* \*

Als ich William kennenlernte, führte er mich aus. Er lud mich in richtige Restaurants ein! Ich hatte noch nie in einem richtigen Restaurant gegessen. Und er bezahlte für mich – zog einfach ein paar Scheine heraus und bezahlte für mich, als wäre es nichts. Und dann sahen wir uns einen Kinofilm an. Jede Woche machten wir das. Einen Kinofilm! Bevor ich zu studieren begann, war ich noch nie im Kino gewesen, aber jetzt gingen wir jeden Freitag, erst essen und dann ins Kino, und wenn der Film anfing, hielt er mir eine Handvoll Popcorn vors Gesicht.

Dieser Mann hatte mich in die Welt eingeführt, das will ich damit sagen. So weit das bei mir eben möglich war. William war es, der das für mich getan hatte.

Und doch bekam ich Beckas Worte nicht aus dem Kopf, dass ihrem Vater nicht ganz zu trauen war. Was hatte ich da getan, fragte ich mich, worauf hatte ich mich eingelassen, als ich eingewilligt hatte, mit ihm in Maine zu leben, wo ihn seine neue Familie so in Beschlag nahm. Sogar mein Zuhause in New York hatte ich aufgegeben.

Und dann kam mir diese Erinnerung: Als ich mit den Mädchen und William in Brooklyn wohnte, ging von unserem Schlafzimmer im ersten Stock eine kleine Veranda ab, und eines Morgens entdeckte William, dass ein Eichhörnchen sich auf dieser Veranda ein riesiges Nest gebaut hatte, und er besprach sich mit mir und entschied dann, ich glaube, ich entschied es mit ihm, dass das Nest wegmusste. Es war zu dicht am Haus. Also holte William einen Besen und fegte das Nest einfach weg.

Und was sich mir so tief eingeprägt hatte, war dies: wie den ganzen Tag und die ganze Nacht und noch bis zum Abend des nächsten Tages das Eichhörnchen Laute ausstieß, die wie Weinen klangen. Das Eichhörnchen weinte und weinte und weinte. Weil ihm sein Zuhause genommen war.

\* \* \*

Ich sah auf die Spitzengardinen an den Fenstern und dachte: *Mom, ich weiß nicht, wem ich vertrauen soll!* Und meine Mutter – die liebevolle Mutter, die ich mir über die Jahre hinweg ausgedacht hatte – sagte prompt: Lucy, vertrau auf dich selbst.

\* \* \*

Ich ging hinaus und setzte mich auf die Treppenstufe. Ich saß da und dachte an die Mädchen und William und an David – der so ganz und gar fort war – und daran, dass es uns alle eines Tages nicht mehr geben würde. Es bedrückte mich in dem Moment nicht, es war einfach eine Tatsache, mit der ich lebte.

Und dann ging mir dieser Gedanke durch den Kopf:

Im Prinzip sind wir alle im Lockdown, durchgehend. Wir wissen es nur nicht.

Aber wir behelfen uns, so gut wir können. Fast alle versuchen wir nur, uns irgendwie durchzuschlagen.

Ein Mann ging vorbei, die Stirn über der Maske leicht gerunzelt, mit seinen Gedanken beschäftigt. Eines der Häuser gegenüber hatte Blumenkästen mit viel Grün und leuchtend gelben Stiefmütterchen vor den Fenstern. Ein paar Autos fuhren die Straße entlang.

Und dann hielt ein grauer Wagen, und William stieg aus. Er hatte seinen kleinen braunen Rollkoffer bei sich. Ich stand auf und breitete die Arme aus. »Oh, William«, sagte ich. Da standen wir und umarmten uns, zwei alte Leute auf einem Gehsteig in New York, wo wir vor all diesen vielen Jahren zusammen angekommen waren.

»Noch enger«, sagte ich. »Noch enger.«

Und William rückte ein Stück von mir ab und sagte: »Noch enger, und ich komm hinten wieder raus«, bevor er mich erneut an sich zog; seine Arme schlossen sich fest um mich. Dann sagte er leise: »Ich liebe dich, Lucy Barton – wenn das irgendwas zu sagen hat.«

Ein ganz schwacher Schauder durchrieselte mich, eine Bangigkeit um mich und um die Welt insgesamt. Und ich stand da und klammerte mich an diesen Mann, als wäre er der letzte noch lebende Mensch auf diesem schönen, schrecklichen Stern, unserer Erde.

# Danksagung

Ich danke folgenden Menschen, ohne die ich dieses Buch so nicht hätte schreiben können: allen voran wie immer Kathy Chamberlain, meiner ersten Leserin; außerdem meinem Lektor Andy Ward, meiner Verlegerin Gina Centrello und meinem gesamten Team bei Random House; Molly Friedrich und Lucy Carson, Carol Lenna, Trish Riley, Pat Ryan, Beverly Gologorsky, Jeannie Crocker, Ellen Crosby, meiner Tochter Zarina Shea und dem wunderbaren Benjamin Dreyer.

Elizabeth Strout

# Die Unvollkommenheit der Liebe

Roman

*208 Seiten, btb 71657*
*Aus dem Amerikanischen von Sabine Roth*

**Eine Geschichte über Mütter und Töchter und über die Liebe, die, so groß sie auch sein mag, immer nur unvollkommen sein kann.**

Als die Schriftstellerin Lucy Barton längere Zeit im Krankenhaus verbringen muss, erhält sie unverhofften Besuch von ihrer Mutter, die sie seit Jahren nicht mehr gesehen hat. Zunächst ist sie überglücklich. Doch mit den Gesprächen werden Erinnerungen an ihre Kindheit wach, die sie längst hinter sich gelassen zu haben glaubte ….

»Meisterhaft. Leidenschaftlich, heftig, klar.
So gut, dass ich Gänsehaut bekam.
Eine der besten Schriftstellerinnen Amerikas.«
*Sunday Times*

btb